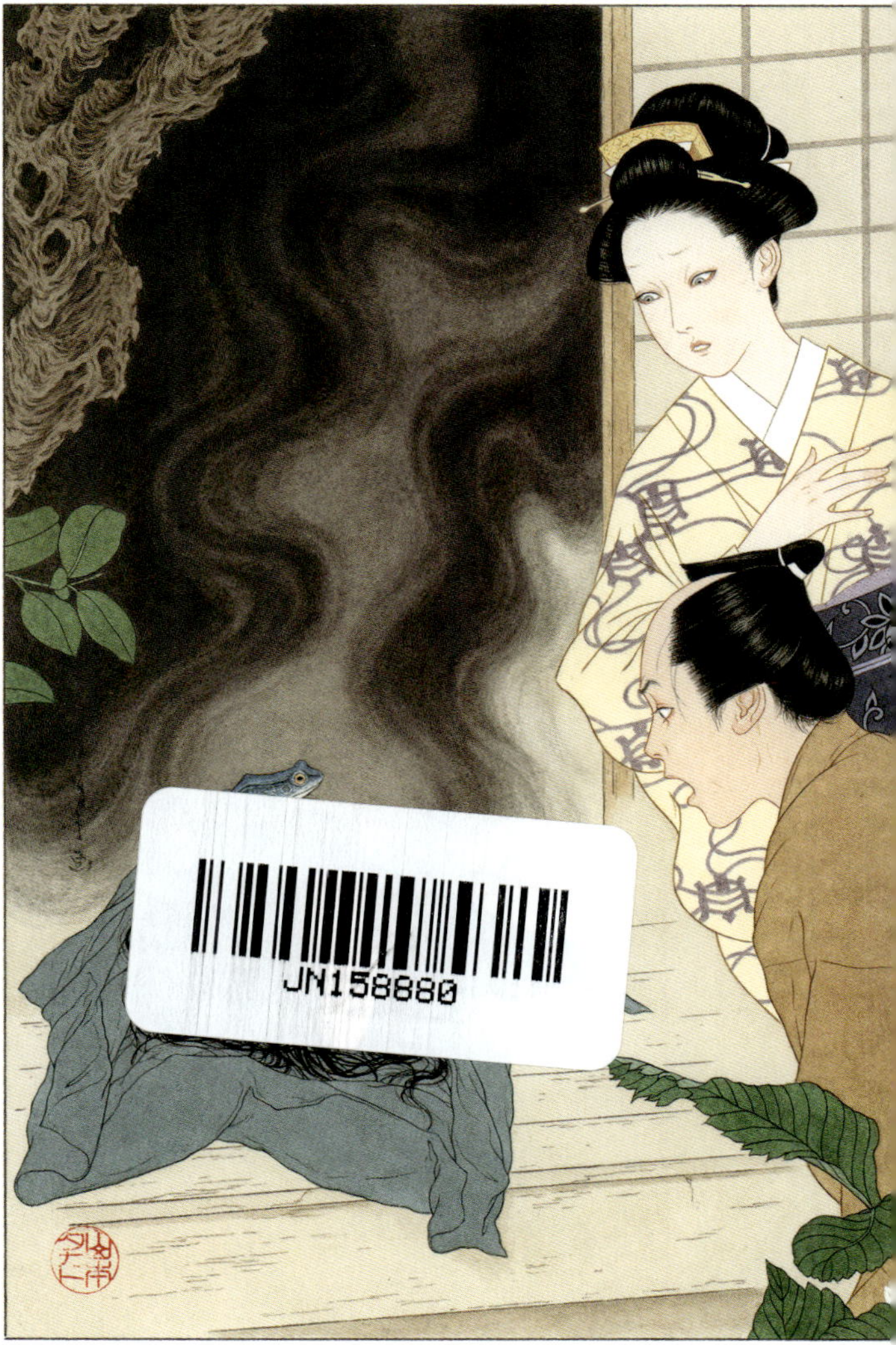

口絵❖山本タカト「西瓜」
デザイン❖ミルキィ・イソベ

中公文庫

異 妖 新 篇

岡本綺堂読物集六

岡 本 綺 堂

中央公論新社

目次

異妖新篇

附録

異妖新篇

岡本綺堂読物集六

口絵　山本タカト

異妖新篇

西瓜《すいか》

一

されば M君の話である。M君は学生で、今年の夏休みに静岡在の倉澤といふ友人をたづねて、そこに半月あまりも逗留してゐた。

倉澤の家は旧幕府の旗本で、維新の際にその祖父といふ人が旧主君の供《とも》をして、静岡へ無禄《むろく》移住をした。平生《へいぜい》から用心のいゝ人で、多少の蓄財もあつたのを幸ひに、幾らかの田地を買つて帰農したが、後《のち》には茶を作るやうにもなつて、士族の商法が頗《すこぶ》る成功したらしく、今の主人──即《すなわ》ち倉澤の父の代になつては大勢の雇人を使つて、なか〳〵盛《さかん》に遣《や》つてゐるやうに見えた。祖父といふ人は已《すで》に世を去つて、離れ座敷の隠居所は殆《ほとん》ど空家《あきや》同様になつてゐるので、わたしは逗留中そこに寝起きをしてゐた。

「母屋《おもや》よりもこゝの方が静《しずか》でいゝよ。」と、倉澤は云つたが、実際こゝは閑静で居心のいゝ八畳の間であつた。併《しか》しその逗留のあひだに三日《みつか》ほども雨が降りつゞいたことがあつて、わたしも稍《や》や退屈を感じないわけには行《ゆ》かなくなつた。

勿論《もちろん》、倉澤は母屋から毎日出張《でば》つて来て、話相手になつてくれるのではあるが、久振りで出逢つた友達といふのでは無し、東京のおなじ学校で毎日顔をあはせてゐるのであるから、今さら特別にめづらしい話題が湧き出して来《こ》よう筈はない。その退屈がだん〳〵に嵩《こう》じて来た第三日のゆふ方《がた》に、倉澤は袴羽織といふ扮装《いでたち》でわたしの座敷へ顔を出した。かれは気の毒さうに云つた。

「実は町にゐる親戚の家《うち》から老人が急病で死んだといふ通知が来たので、これから鳥渡行《ちよつと》つて来なければならない。都合によると、今夜は泊り込むやうになるかも知れないから、君ひとりで寂しいだらうが、まあ我慢してくれたまへ。そこで、このあひだ話したことのある写本だがね。家《うち》の者に云ひつけて土蔵《くら》の中から捜し出させて置いたから、退屈凌《しの》ぎに読んで見たまへ。格別面白いこともあるまいとは思ふが……。」

彼は古びた写本七冊をわたしの前に置いた。

「このあひだも話した通り、僕の家《いえ》の六代前の主人は享保《きようほう》から宝暦《ほうれき》のころに生きてゐたのださうで、雅号《がごう》を杏雨《きようう》と云つて俳句なども遣つたらしい。その杏雨が何くれとなく書きあつめて置いた一種の随筆がこの七冊で、もと〳〵随筆のことだから何処《どこ》まで書けばい〻と云ふこともないのだらうが、兎《と》に角《かく》まだこれだけでは完結しないとみえて、題号さへも附けてないのだ。維新の際に祖父も大抵のものは売払つてしまつたのだが、これだけは先《ま》づ残して置いた。勿論、売ると云つたところで買手もなく、さりとて紙屑屋へ売るのも何だか惜しいやうな気がするので、保存するといふ意味でも無しに自然保存なされて今日まで無事であつたといふわけだが、古葛籠《ふるつづら》の底に押込まれたま〻で誰も読んだ者もなかつたのを、先頃の土用干《どようぼ》しの時に、僕が測らず発見したのだ。」

「それでも二足三文《そくもん》で紙屑屋なんぞに売られてしまはなくつて好《よ》かつたね。今日になつてみれば頗《すこぶ》る貴重な書き物が維新当時にみんな反古《ほご》にされてしまつたからね。」と、わたしは所ろ〴〵に虫蝕《むしく》ひのある古写本をながめながら云つた。

「なに、それほど貴重な物ではないに決つてゐるがね。君はそんなものに趣味を持つてゐるやうだから、まあ読んでみて、何か面白いことでもあつたら僕にも話してくれたまへ。」

かう云つて、倉澤は雨のなかを出て行つた。かれの云ふ通り、わたしは若いくせにこんなものに趣味《ゆう》を有してゐて、東京にゐるあひだも本郷や神田の古本屋あさりをしてゐるので、一種の好奇心も手伝つてすぐに其の古本をひき寄せて見ると、なるほど二百年も前のものかも知れない。黴臭《かび》いやうな紙の匂ひが何だか昔なつかしいやうにも感じられた。一冊は半紙廿枚綴りで、七冊百四十枚、それにお家流で丹念に細《こま》かく書かれてゐるのであるから、全部を読了するにはなか〳〵の努力を要すると、わたしも初めから覚悟して、今日はいつもよりも早く電燈のスヰツチを拈《ひね》つて、小さい食卓《ちやぶだい》の上でその第一冊から読みはじめた。

随筆といふか、覚え帳といふか、そのなかには種々雑多の事件が書き込まれてゐて、和歌や俳諧の風流な記事があるかと思ふと、公辺の用務の記録もある。題号さへも附けてないくらゐで、本人は勿論世間に発表する積《つも》りはなかつたのであらうが、それにしても余りに乱雑な体裁だと思ひながら、根《こん》よく読みつゞけてゐるうちに『深川仇討《あだうち》の事』『湯島女殺しの事』などといふやうな、其当時の三面記事をも発見した。それに興味を誘はれて、更《さら》に読みつゞけてゆくと、『稲城家《いなぎけ》の怪事』といふ標題の記事を又見付けた。

それには斯《こ》ういふ奇怪《きつかい》の事実が記《しる》されてあつた。

原文には単に今年の七月初めと書いてあるが、その年の二月、行徳《ぎやうとく》の浜に鯨が流れ寄つたといふ記事から想像すると、それは享保十九年の出来事であるらしい。日も暮《く》れ六《む》つに近い頃に、ひとりの中間体《ちゆうげんてい》の若い男が風呂敷づつみを抱へて、下谷御徒士町辺《したやおかちまちへん》を通りかゝつた。そこには某藩侯《ぼうはんこう》の辻番所がある。これも単に某藩侯とのみ記してあるが、下谷御徒士町といふからは恐らく立花家《たちばなけ》の辻番所であらう。その辻番所の前を通りかゝると、番人のひとりが彼《か》の中間に眼をつけて呼びとめた。

「これ、待て。」

由来、武家の辻番所には『生きた親爺《おやじ》の捨て所《どころ》』と川柳《せんりゆう》に嘲《あざけ》られるやうな、半耄碌《はんもうろく》の老人の詰めてゐるのが多いのであるが、こゝには『筋骨たくましき血気の若侍のみ詰めゐたれば、世の人常に恐れをなしけり』と原文に書いてある。その血気の若侍に呼びとめられて、中間はおとなしく立ちどまると、番人は更《さら》に訊いた。

「おまへの持つてゐるものは何だ。」

「これは西瓜《すいか》でござります。」

「あけて見せろ。」

中間は素直に風呂敷をあけると、その中から女の生首が出た。番人は声を暴《あら》くして詰《なじ》つた。

「これが西瓜か。」

中間は真蒼《まつさお》になつて、口も利けなくなつて、唯《ただ》ぼんやりと突つ立つてゐると、他の番人もつゞいて出て来て、すぐに彼を捻《ね》ぢ伏せて縄をかけてしまつた。三人の番人はその首をあらためると、それは廿七八か三十前後の、色こそ白いが醜い女で、眉も剃らず、歯も染めてゐないのを見ると、人妻でないことは明かであつた。唯《ただ》不思議なのは、その首の切口から血の滴《したた》つてゐないことであるが、それは決して土人形の首ではなく、たしかに人間の生首である。番人等《ら》は一応その首をあらためた上で、再び元の風呂敷につゝみ、更にその首の持参者の詮議に取りかゝつた。

「おまへは一体どこの者だ。」

「本所《ほんじょ》の者でござります。」

「武家奉公をする者か。」

それからそれへと厳重の詮議に対して、中間は顫《ふる》へながら答へた。かれはまだ江戸馴れない者であるらしく、殊《こと》に異常の恐怖に襲はれて半分は酔つた人のやうになつてゐたが、それでも訊《たず》ねられることに対しては皆一通りの答弁をしたのである。彼は本所の御米蔵《おこめぐら》のそばに小屋敷《こやしき》を持つてゐる稲城八太郎の奉公人で、その名を伊平《いへい》といひ、上総《かずさ》の八幡在《やはたざい》から三月前に出て来た者であつた。したがつて、江戸の勝手も方角もまだよく判《わか》らない。けふは主人の云ひつけで、湯島の親類へ七夕《たなばた》に供へる西瓜を持つてゆく途中、道をあやまつて御徒士町の方角へ迷ひ込んで来たものであると云ふことが判つた。

「湯島の屋敷へは今日はじめて参るものか。」と、番人は訊いた。

「いえ、今日でもう四度目《よたびめ》でござりますから、何《なん》ぼ江戸馴れないと申しても、道に迷ふ筈はないのでござりますが……。」と、中間は自分ながら不思議さうに小首をかたむけてゐた。

「主人の手紙でも持つてゐるか。」

「御親類のことでござりますから、別に御手紙はござりません。たゞ口上だけでござります。」

「その西瓜といふのはお前も検《あらた》めて来たのか。」

「お出入りの八百屋《やおや》へまゐりまして、わたくしが自分で取つて来て旦那様や御新造《ごしんぞう》様のお目にかけ、それで宜《よろ》しいといふので風呂敷につゝんで参つたのでござりますから……。」と、かれは再び首をかたむけた。「それが途中でどうして人間の首に変りましたか。まるで夢のやうでござります。まさかに狐に化かされたのでもござりますまいが……。なにが何《ど》うしたのか一向にわかりません。」

暮六《くれむ》つと云つても、此頃の日は長いので往来は明るい。しかも江戸のまん中で狐に化《ばか》されるなどと云ふことのあるべき筈がない。さりとて田舎者丸出しで、見るから正直さうな此の若い中間が嘘いつはりを申立てようとも思はれないので、番人等《ら》も共に首をかたむけた。第一、なにかの仔細があつて人間の生首を持参するならば、夜中《やちゆう》ひそかに持ち運ぶべきであらう。暮方《くれがた》と云つても夕日の光のまだ消え残つてゐる時刻に、平気でそれを抱へあるいてゐると云ふのは、あまりに大胆過ぎてゐるではないか。もし又、かれの申立てを真実とすれば、近ごろ奇怪千万《きつかいせんばん》の出来事で、西瓜が人間の生首に変るなどとは、どう考へても判断の付かないことではないか。番人等も実に思案に惑《まど》つた。

「どうも不思議だな。もう一度よく検めてみよう。」

かれらは念のために再びその風呂敷をあけて見て、一度にあつと云つた。中間も思はず声をあげた。

風呂敷につゝまれた女の生首は元の西瓜に変つてゐるのである。叩いてみても、転《ころ》がして見ても、それは確かに青い西瓜である。西瓜が生首となり、更に西瓜となり、さながら魔術師に操られたやうな不思議を見せたのであるから、諸人《しよにん》のおどろかされるのも無理はない。それも一人の眼ならば見損《みそん》じといふこともあらうが、若い侍が三人、若い中間が一人、その四人の眼に生首とみえたものが忽ち西瓜に変るなどとは、まつたく狐に化かされたとでも云ふの外《ほか》はあるまい。かれらは徒《いたず》らに呆《あき》れた顔を見合はせて、しばらくは溜息を吐《つ》いてゐるばかりであつた。

二

伊平は無事に釈《ゆる》された。

いかに評議したところで、結局どうにも解決の付けようがないので、武勇を誇るこの辻番所の若侍等も伊平をそのまゝ釈放してしまつた。たとひその間《あいだ》にいかなる不思議があつたにしても、西瓜が元の西瓜である以上、かれらはその持参者の申立てを信用して、無事に済ませるより外はなかつたのである。伊平は早々にこゝを立去つた。

表へ出て、若い中間はほつとした。かれは疑問の西瓜をかゝへて、湯島の方へ急いで行きかけたが、小半町《こはんちよう》ほどで又立ちどまった。これを此《こ》のまゝ先方へとゞけて好《い》いか悪いかと、かれは不図《ふと》かんがへ付いたのである。どう考へても奇怪千万なこの西瓜を黙つて置いて来るのは何《なん》だか気がかりである。さりとて、途中でそれが生首に化けましたなどと正直に云ふわけにも行くまい。これは一先《ひとま》づ自分の屋敷へ引返《ひつかえ》して、主人に一応その次第を訴へて、なにかの指図を仰ぐ方が無事であらうと、かれは俄《にわか》に足の方角を変へて、本所の屋敷へ駈け戻ることにした。

辻番所でも相当に暇取つたので、長い両国橋を渡つて御米蔵に近い稲城の屋敷へ帰り着いた頃には、日もまつたく暮れ切つてゐた。稲城は小身《しようしん》の御家人《ごけにん》で、主人の八太郎夫婦と下女一人、僕一人の四人暮しである。折から主人の朋輩《ほうばい》の池部《いけべ》郷助《ごうすけ》といふのが来合せて、奥の八畳の縁先で涼みながら話してゐた。狭い屋敷であるから、伊平は裏口からずつと通つて、茶の間になつてゐる六畳の縁の前に立つと、御新造のお米《よね》は透《すか》し観て声をかけた。

「おや、伊平か。早かつたね。」

「はい。」

「なんだか息を切つてゐるやうだが、途中でどうしたのかえ。」

「はい。どうも途中で飛んだことがございまして……。」と、伊平は気味の悪い持物を縁側におろした。

「実はこの西瓜が……。」

「その西瓜がどうしたの。」

「はい。」

伊平はなにか口籠《くちごも》つてゐるので、お米も少し焦《じれ》つたくなつたらしい、行燈《あんどう》の前を離れて縁側へ出て来た。

「さうして、湯島へ行つて来たの。」

「いえ、湯島の御屋敷へは参りませんでした。」

「なぜ行かないんだえ。」

訳《わけ》を知らないお米はいよ〳〵焦《じ》れて、自分の眼のまへに置いてある風呂敷づつみに手をかけた。

「実はその西瓜が……。」と、伊平は同じやうなことを繰返してゐた。

「だからさ。この西瓜がどうしたと云ふんだよ。」

云ひながらお米は念のために風呂敷をあけると、忽ちに驚きの声をあげた。伊平も叫んだ。西瓜は再び女の生首と変つてゐるのである。

「何だつて、お前こんなものを持つて来たのだえ。」

流石《さすが》は武家の女房である。お米は一旦驚きながらも、手早くその怪しい物に風呂敷をかぶせて、上からしつかりと押さへ付けてしまつた。その騒ぎを聞きつけて、主人も客も座敷から出て来た。

「どうした、どうした。」

「伊平が人間の生首を持つて帰りました。」

「人間の生首……。飛んでもない奴だ。わけを云へ。」と、八太郎も驚いて詮議した。かうなれば躊躇《ちゆうちよ》してもゐられない。もと〳〵それを報告する積りで帰つて来たのであるから、伊平は下谷の辻番所に於《お》ける一切の出来事を訴へると、八太郎は勿論、客の池部も眉をよせた。

「なにかの見違ひだらう。そんなことがあるものか。」

八太郎は妻を押退けて、自らその風呂敷を刎《は》ね退《の》けてみると、それは人間の首ではなかつた。八太郎は笑ひ出した。

「それ見ろ。これがどうして人間の首だ。」

併《しか》しお米の眼にも、伊平の眼にも、たしかにそれが人間の生首に見えたといふので、八太郎は行燈を縁側に持ち出して来て、池部と一緒によく検《あらた》めてみたが、それは間違ひのない西瓜であるので、八太郎は又笑つた。併し池部は笑はなかつた。

「伊平は前の一件があるので、再び同じ幻影《まぼろし》を見たとも云へようが、なんにも知らない御新造までが人間の生首を見たといふのは如何にも不思議だ。これは強《あなが》ちに辻番人の疎忽《そこつ》や伊平の臆病とばかりは云はれまい。念のためにその西瓜を截《た》ち割つて見てはどうだな。」

これには八太郎も異存はなかつた。然《しか》らば試みに割つてみようといふので、彼は刀の小《こ》柄《づか》を突き立ててきり〳〵と、引きまはすと西瓜は真紅な口をあいて、一匹の青い蛙《かわず》を吐き出した。蛙は跳ねあがる暇も無しに、八太郎の小柄に突き透された。

「こいつの仕業《しわざ》かな。」と、池部は云つた。八太郎は西瓜を真二つにして、更にその中を探つてみると、幾條《いくすじ》かの髪の毛が発見された。長い髪は蛙《かわず》の後足《あとあし》の一本に強くからみ付いて、恰《あたか》も彼を繋《つな》いでゐるかのやうにも見られた。

髪の毛は女の物であるらしかつた。西瓜が醜い女の顔にみえたのも、それから何かの糸を引いてゐるのかも知れないと思ふと、八太郎ももう笑つてはゐられなくなつた。お米の顔は蒼くなつた。伊平は顫へ出した。

「伊平。すぐに八百屋へ行つて、この西瓜の出どころを詮議して来い。」と、主人は命令した。

伊平はすぐに出て行つたが、暫《しばら》くして帰つて来て、主人夫婦と客との前でかういふ報告をした。八百屋の説明によると、その西瓜は青物市場から仕入れて来たのではない。柳島に近いところに住んでゐる小原数馬《おはらかずま》といふ旗本の屋敷から受取つたものである。小原は小《こ》普請《ぶしん》入りの無役といひ、屋敷の構《かま》へも広いので、裏の空地一円を畑にして色々の野菜を作つてゐるが、それは自分の屋敷内《うち》の食料ばかりでなく、一種の内職のやうにして近所の商人《あきんど》にも払ひ下げてゐる。なんと云つても殿様の道楽仕事であるから、市場で仕入れて来るよりも割安であるのを幸ひに、狡《ずる》い商人等はお世辞でごまかして、相場はづれの廉値《やすね》で引取つて来るのを例としてゐた。八百屋の亭主は伊平の話を聴いて顔をしかめた。

「実は小原様の御屋敷から頂く野菜は、元値も廉《やす》し、品も好《よ》し、まことに結構なのですが、時々にお得意先からお叱言《こごと》が来るので困ります。現にこのあひだも南瓜《とうなす》から小さい蛇が出たと云つて、お得意から叱られましたが、それもやつぱり小原様から頂いて来たものでした。ところで、今度はお前さんの御屋敷へ納めた西瓜から蛙《かえる》が出るとは……。尤《もつと》もあの辺には蛇や蛙《かえる》が沢山棲んでゐますから、自然その卵子《たまご》が何《ど》うかして這入《はい》り込んで南瓜《とうなす》や西瓜《すいか》のなかで育つたのでせうな。併し西瓜が女の生首に見えたなぞは少し念入り過ぎる。伊平さんも真面目さうな顔をしてゐながら、人を嚇《おど》かすのはなか〳〵巧《うま》いね。は、、、、、。」

八百屋の亭主も西瓜から蛙《かわず》の飛び出したことだけは信用したらしかつたが、それが女の首に見えたことは伊平の冗談と認めて、まつたく取合はないのであつた。伊平はそれが紛れもない事実であることを主張したが、口下手《くちべた》の彼はたうとう相手に云ひ負かされて、結局不得要領《ふとくようりよう》で引揚げて来たのである。しかし彼の西瓜が小原数馬の屋敷の畑から生れたことだけは明白になつた。同じ屋敷の南瓜から蛇の出たことも判つた。但《ただ》しその蛇にも女の髪の毛が絡《から》んでゐたか何《ど》うかは、伊平は聞き洩《もら》した。

もうこの上に詮議の仕様もないので、八太郎はその西瓜を細く切り刻んで、裏手の芥溜《ごみため》に捨てさせた。あくる朝、試しに芥溜をのぞいて見ると、西瓜は皮ばかり残つてゐて、紅い身は水のやうに融《と》けてしまつたらしい。青い蛙《かわず》の死骸も見えなかつた。

事件はそれで済んだのであるが、八太郎はまだ何だか気になるので、二三日過ぎた後《のち》、下谷の方角へ出向いた序《ついで》に、彼《か》の辻番所に立寄つて聞きあはせると、番人等は確かにその事実のあつたことを認めた。さうして、自分たちは今でも不審に思つてゐると云つた。それにしても、なぜ最初に伊平を怪《あやし》んで呼びとめたかと訊くと、唯《ただ》なんとなく其《その》挙動が不審であつたからであると彼等は答へた。江戸馴れない山出しの中間が道に迷つてうろ〳〵してゐたので、挙動不審と認められたのも無理はないと八太郎は思つた。而《しか》もだん〳〵話してゐるうちに、番人のひとりは更にこんなことを洩《もら》した。

「まだそればかりでなく、彼《か》の中間のかゝへてゐる風呂敷包みから生血が滴《したた》つてゐるやうにも見えたので、いよ〳〵不審と認めて詮議いたしたのでござるが、それも拙者の目違ひで、近ごろ面目《めんぼく》もござらぬ。」

それを聞かされて、八太郎はまた眉をひそめたが、その場は好加減《いいかげん》に挨拶して別れた。その西瓜から蛙《かわず》や髪の毛のあらはれた事など、彼は一切語らなかった。

稲城の屋敷にはその後別に変つたこともなかつた。八太郎は家内の者を戒《いまし》めて、その一件を他言させなかつたが、この記事の筆者は或時《あるとき》彼《か》の池部郷助からその話を洩れ聞いて、稲城の主人にそれを問ひ糺すと、八太郎はまつたく其通りであると迷惑さうに答へた。それは此の出来事があつてから四月《よつき》ほどの後《のち》のことで、中間の伊平は無事に奉公してゐた。かれは見るから実体《じってい》な男であつた。

その西瓜を作り出した小原の家については、筆者はなんにも知らなかつたので、それを再び稲城に聞き糺《ただ》すと、八太郎も考へながら答へた。

「近所でありながら拙者《せつしゃ》もよくは存じません。併し何やら悪い噂のある屋敷ださうでござる。」

それがどんな噂であるかは、かれも明《あきら》かに説明しなかつたさうである。筆者も押返しては詮議しなかつたらしく、原文の記事はそれで終《おわ》つてゐた。

三

「はゝ、君の怪談趣味も久しいものだ。」と、倉澤は八畳の座敷の縁側に腰をかけて、団扇《うちわ》を片手に笑ひながら云つた。

親類の葬式もきのふで済んだので、彼は朝から私の座敷へ遊びに来て、このあひだの随筆のなかに何か面白い記事はなかつたかと訊いたので、わたしは彼《か》の『稲城家の怪事』の一件を話して聞かせると、彼は忽《たちま》ちそれを一笑に附してしまつたのである。

暦《こよみ》の上では、けふが立秋といふのであるが、三日ほど降りつゞいて晴れた後は、更にカン〳〵天気が毎日つゞいて、日向《ひなた》へ出たらば焦げてしまひさうな暑さである。それでもこゝの庭には大木が茂つてゐるので、風通しは少し悪いが、暑さに苦むやうなことは無い。わたしも縁側に蒲蓙《がまござ》をしいて、倉澤と向ひ合つてゐたが、今や自分が熱心に話して聞かせた怪談を、頭から問題にしないやうに蹴《け》散《ち》らされてしまふと、何だか一種の不平を感じないわけにも行かなかつた。

「君はたゞ笑つてゐるけれども、考へると不思議ぢやないか。女の生首が中間ひとりの眼にみえたと云ふならば格別、辻番の三人にも見え、稲城の家の細君にも見えたと云ふのだから、どうも可怪《おかし》いよ。」

「可怪くないね。」

「ぢやあ、君にその説明が附くのかね。」

「勿論さ。」と、倉澤は澄ましてゐた。

「むゝ、面白い。聞かして貰《もら》はう。」と、わたしは詰問《きつもん》するやうに訊いた。

「迷信家の蒙《もう》を啓《ひら》いて遣《や》るかな。」と、彼はまた笑つた。「君が頻《しき》りに問題にしてゐるのは、その西瓜が大勢の眼に生首とみえたと云ふことだらう。若《も》しそれが中間ひとりの眼に見えたのならば、錯覚とか幻覚とか云ふことで、君も承認するのだらう。」

「だからさ。今もいふ通り、それが中間ひとりの眼で見たのでないから……。」

「ひとりでも大勢でも同じことだよ。君は『群衆妄覚』といふことを知らないのか。群衆心理を認めながら、群衆妄覚を認めないと云ふことがあるものか。僕はその事件をかう解釈するね。まあ、聴きたまへ。その中間は江戸馴れない田舎者だといふから、何となく其様子が可怪《おかし》くつて、挙動不審にも見えたのだらう。おまけに其の抱へてゐる品《しな》が西瓜と来てゐるので、辻番の奴等は若しや首ではないかと思つたのだらう。いや、三人の辻番のうちで、その一人は一図《いちず》に首だと思ひ込んでしまつたに相違ない。そこで、彼の眼には、中間のかゝへてゐる風呂敷から生血が滴つてゐるやうに見えたのだ。西瓜をつゝんで来たのだから、その風呂敷は湿《ぬ》れてゞもゐたかも知れない。なにしろ怪しく見えたので、呼びとめて詮議をうけることになつて、その風呂敷をあけると、生首がみえた。――その男には生首のやうに見えたのだ。あツ、首だと云ふと、他の二人――これも若しや首ではないかと内々疑つてゐたのであるから、一人が首だと云ふのを聞かされると、一種の暗示を受けたやうな形で、これも首のやうに見えてしまつた。それがいはゆる群衆妄覚だ。かうなると、もう仕方がない。三人の侍が首だ首だと騒ぎ立てると、田舎生まれの正直者の中間は面食《めんくら》つて、異常の恐怖と狼狽《ろうばい》との為に、これも妄覚の仲間入りをして仕舞つて、その西瓜が生首のやうに見えたのだ。それだから彼等がだん〳〵に落付いて、もう一度検《あらた》めて見ることになると、西瓜は依然たる西瓜で、だれの眼にも人間の首とは見えなくなつたと云ふわけさ。かう考へれば、別に不思議はあるまい。」

「なるほど辻番所の一件は、先づそれで一応の解釈が付くとして、その中間が自分の家《うち》へ帰つた時にも再び西瓜が首になつたと云ふぢやあないか。主人の細君がなんにも知らずに風呂敷をあけて見たらば、やつぱり女の首が出たといふのは何《ど》ういふわけだらう。」

「その随筆には、細君がなんにも知らずに明けたやうに書いてあるが、おそらく事実はさうではあるまい。その風呂敷をあける前に、中間は先づ辻番所の一件を報告したのだらうと思ふ。武家の女房と云つても細君は女だ。そんな馬鹿なことがあるものかと云ひながらも、内心一種の不安をいだきながら明けて見たに相違ない。その時はもう日が暮れてゐる。行燈《あんどう》の灯《ひ》のよく達《とど》かない縁先のうす暗いところで、怖々覗《こわごわのぞ》いて見たのだから、その西瓜が再び女の首に見えたのだらう。中間の眼にも勿論さう見えたらう。それも所詮は一時の錯覚で、みんなが落付いてよく見ると、元の通りの西瓜になつてしまつた。詰まりはそれだけの事さ。むかしの人は屢々《しばしば》そんなことに驚かされたのだな。その西瓜を断ち割つてみると、青い蛙《かえる》が出たとか、髪の毛が出たとか云ふのは、単に一種のお景物《けいぶつ》に過ぎないことで、瓜《うり》や唐茄子《とうなす》からは蛇の出ることもある。蛙《かえる》の出ることもある。その時代の本所や柳島辺には蛇も蛙も沢山に棲んでゐたらうぢやないか。丁度にそんな暗合があつたものだから、いよ〳〵怪談の色彩が濃厚になつたのだね。」

彼は無雑作に云ひ放つて、又もや高く笑つた。いよ〳〵小癪《こしやく》に障《さわ》るとは思ひながら、差当つてそれを云ひ破るほどの議論を持ち合せてゐないので、私は残念ながら沈黙するのほかは無かつた。外はいよいよ日盛りになつて来たらしく、油蟬《あぶらぜみ》の声がさう〴〵しく聞えた。

倉澤はやがて又笑ひながら云ひ出した。

「さうは云ふもの丶、僕の家《うち》にも奇妙な伝説があつて、西瓜を食はないことになつてゐるのだ。勿論、この話とは無関係だが……。」

「君は西瓜を食ふぢやないか。」

「僕は食ふさ。唯《ただ》こゝの家《うち》にさういふ伝説があると云ふだけの話だ。」

わたしは東京で彼と一緒に西瓜を食つたことは屢々《しばしば》ある。而《しか》も彼の家《いえ》にそんな奇妙な伝説があることは、今まで些《ち》つとも知らなかつたのである。倉澤はそれに就《つ》いて期《こ》う説明した。

「なんでも二百年も昔の話ださうだが……。ある夏のことで、こゝらに畑荒しが流行《はや》つたさうだ。断つて置くが、それは江戸の全盛時代であるから、僕等の先祖は江戸に住んでゐて、別に何のかゝり合ひがあつたわけではない。その頃こゝには又左衛門とかいふ百姓が住んでゐて、相当に大きく暮らしてゐる旧家であつたと云ふことだ。そこで今も云つた通り、畑あらしが無暗《むやみ》に流行るので、又左衛門の家《うち》でも雇人等に云ひつけて毎晩厳重に警戒させてゐると、ある暗い晩に西瓜畑へ忍び込んだ奴があるのを見つけたので、大勢が駆け集まつて撲《なぐ》り付けた。相手は一人、こつちは大勢だから、無事に取押へて詮議すれば好かつたのだが、なにしろ若い者が大勢あつまつてゐたので、この泥坊めといふが否《いな》や、鋤《すき》や鍬《くわ》でめちやくに撲り付けて、たうとう息の根を留めてしまつた。主人もそれを聞いて、とんだ事をしたと思つたらうが、今更どうにもならない。殺されたのは男でなく、もう六十以上の婆《ばあ》さんで、乞食のやうな穢《きたな》い装《なり》をして、死んでも大きい眼を明《あ》いてゐたさうだが、どこの者だか判らない。その時代のことだから、相手が乞食同様の人間で、しかも畑あらしを働いたのだから、撲り殺しても差したる問題にもならなかつたらしく、夜の明けないうちに近所の寺へ投げ込み同様に葬《ほうむ》つて、先づ無事に済んでしまつたのだが、その以来、その西瓜畑に婆さんの姿が時々にあらはれるといふ噂が立つた。これは何処にもありさうな怪談で、別に不思議なことでもなかつたが、もう一つ『その以来』といふ事件は、又左衛門の家《うち》の者がその畑の西瓜を食ふと、みんな何かの病気に罹《かか》つて死んでしまふのだ。主人の又左衛門が真先に死ぬ、つゞいて女房が死ぬ、忰《せがれ》が死ぬといふ始末で、こゝの家《うち》では娘に婿を取ると同時に、その畑を潰《つぶ》してしまつた。それでも西瓜が祟《たた》るとみえて、その婿も出先で西瓜を食つて死んだので、又左衛門の家《うち》は結局西瓜のために亡《ほろ》びて仕舞ふことになつたのだ。勿論一種の神経作用に相違ないが、その後もここに住むものは矢はり西瓜に祟られると云ふのだ。」

「持主が変つても祟られるのか。」

「まあ然《そ》うなのだ。又左衛門の家《うち》はほろびて、他の持主がこゝに住むやうになつても、やはり西瓜を食ふと命があぶない。さういふわけで、持主が幾度も変つて、僕の一家が明治の初年にこゝへ移住して来たときには、空家同様になつてゐたと云ふことだ。」

「君の家《うち》の人たちは西瓜を食はないかね。」と、わたしは一種の興味を以《もつ》て訊いた。

「祖父は武士《さむらい》で、別に迷信家といふのでも無かつたらしいが、元来が江戸時代の人間で、あまり果物《くだもの》——その頃の人は水菓子と云つて、重《おも》に子供の食ふ物になつてゐたらしい。そんなわけで、平生《へいぜい》から果物を好まなかつた関係上、彼《か》の伝説は別としても、殆ど西瓜などは食はなかつた。祖母も食はなかつた。それが伝説的の迷信と結びついて、僕の父も母も自然に食はないやうになつた。柿や蜜柑《みかん》やバナ、は食つても、西瓜だけは食はない。平気で食ふのは僕ばかりだ。それでもこゝで食ふと、家《うち》の者になんだか忌《いや》な顔をされるから、こゝにゐる時はなるべく遠慮してゐるが、君も知つてゐる通り、東京に出てゐる時には委《い》細構《さいかま》はずに食つたよ。氷に冷した西瓜はまつたく旨《うま》いからね。」

かれは飽《あく》まで、平気で笑つてゐた。わたしも釣込まれて微笑した。

「そこで、君の家《うち》は別として、その以前に住んでゐた人達が西瓜を食つてみんな死んだといふのは、本当のことだらうか。」

「さあ、僕もたしかには知らないが、こゝらの人の話では先づ本当だと云ふことだね。」と、倉澤は笑つた。「たとひそれが事実であつたとしても、西瓜を食ふと祟られるといふ一種の神経作用か、さもなくば不思議の暗合だよ。世のなかには実際不思議の暗合が沢山あるからね。」

「さうかも知れないな。」

私もいつか彼に降伏してしまつたのであつた。西瓜の話はそれで一旦立消えになつて、それから京都の話が出た。わたしは三四日の後《のち》にこゝを立去つて、更に京都の親戚をたづねる予定になつてゐたのである。倉澤も一緒に行かうかなどと云つてゐたのであるが、親戚の老人が死んだので、その二七日《ふたなのか》や三七日《みなのか》の仏事に参列するために、こゝで旅行することはむづかしいと云つた。自分などは居ても居ないでも別に差支へはないのであるが、仏事をよそにして出歩いたりすると、世間の口がうるさい。父や母も故障をいふに相違ないから、先づ見合せにするの外《ほか》はあるまいと彼は云つた。さうして、君は京都に幾日ぐらゐ逗留する積りだと私に訊いた。

「さう長くもゐられない。やはり半月ぐらゐだね。」と、わたしは答へた。

「さうすると、廿七八日頃になるね。」と、かれは考へるやうに云つた。帰りには又こゝへ寄つてくれるだらう。」

「さあ。」と、私もかんがへた。再びこゝへ押掛けて来て色々の厄介になるのは、倉澤は兎《と》もあれ、その両親や家内の人々に対して少しく遠慮しなければならないと思つたからである。それを察したやうに、彼は又云つた。

「君、決して遠慮することはないよ。どうで田舎のことだから別に御馳走をするわけぢやあ無し、君ひとりが百日逗留してゐても差支へはないのだから、帰りには是非寄つてくれ給へ。僕もその積りで待つてゐるから、屹《きつ》と寄つてくれ給へよ。廿七日か廿八日頃に京都を立つとして、廿九日には確《たしか》にこゝへ来《こ》られるね。」

「それぢやあ廿九日に来ることにしよう。」と、私もたうとう約束してしまつた。

「都合によると、僕はステーシヨンへ迎ひに出てゐないかも知れないから、真直《まつすぐ》にこゝへ来ることにして呉れたまへ。い丶かい。廿九日だよ。なるべく午前に来て貰ひたいな。」

「む丶。暑い時分だから、夜行の列車で京都を立つと、午前十一時頃にはこ丶へ着くことになるだらう。」

「廿九日の午前十一時頃……。屹と待つてゐるよ。」と、彼は念を押した。

四

その日は終日暑かつた。日が暮れてから私は裏手の畑のあひだを散歩してゐると、倉澤もあとから来た。

「君、例の西瓜畑の跡《あと》といふのを見せようか。昔はまつたく空地にしてあつたのだが、今日の世の中にそんなことを云つちやあゐられない。僕はしきりに親父に勧めて、この頃はそこら一面を茶畑にしてしまつたのだ。」

彼は先に立つて案内してくれたが、成程そこらは一面の茶畑で、西瓜の蔓《つる》が絡み合つてゐた昔のおもかげは見出されなかつた。広い空地に草をしげらせて、蛇や虻《あぶ》の棲家にして置くよりも、かうすれば立派な畑になると、彼はそこらを指さして得意らしく説明した。その畑も次第に夕闇《ゆうやみ》の底にかくれて、涼しい風が虫の声と共に流れて来た。

「お丶、涼しい。」と、わたしは思はず云つた。

「東京と違つて、流石《さすが》に日が暮れるとずつと凌《しの》ぎ好くなるよ。」

かう云ひかけて、倉澤はうす暗い畑の向うを透《すか》して視た。

「あ、横田君が来た。どうしてこんな方へ廻つて来たのだらう。僕達のあとを追つかけて来たのかな。」

「え、横田君……。」と、私もおなじ方角を見まはした。「どこに横田君がゐるのだ。」

「それ、あすこに立つてゐるぢやあないか。君には見えないか。」

「見えない。誰も見えないね。」

「あすこにゐるよ。白い服を着て、麦わら帽をかぶつて……。」と、彼は畑のあひだから伸び上るやうにして指さした。

而《しか》もわたしの眼にはなんにも見えなかつた。横田といふのは、東京の××新聞の社員で、去年からこの静岡の支局詰《づ》めを命ぜられた青年記者である。学生時代から倉澤を識《し》つてゐるといふので、こゝの家《うち》へも遊びに来る。わたしも倉澤の紹介で、このあひだから懇意になつた。その横田がたづねて来るのに不思議はないが、その人の姿がわたしの眼にはみえないのである。倉澤は何を云つてゐるのかと、わたしは少しく烟《けむ》に巻かれたやうにぼんやりしてゐると、彼はわたしを置去りにして、その人を迎へるやうに足早に進んで行つたかと思ふと、やがて続けてその人の名を呼んだ。

「横田君……横田君……。おや、可怪《おかし》いな。どうしたらう。」

「君は何か見間違へてゐるのだよ。」と、わたしは彼に注意した。「横田君は初めから来てゐやあしないよ。」

「いや、確にそこに立つてゐたのだが……。」

「だつて、そこにゐないのが確な證拠ぢやないか。」と、わたしは嘲《あざけ》るやうに笑つた。「君のいはゆる『群衆妄覚』ならば、僕の眼にも見えさうなものだが……。僕にはなんにも見えなかつたよ。」

倉澤はだまつて、たゞ不思議さうに考へてゐた。どこから飛んで来たのか、一匹の秋の蛍が弱い光をひいて、彼の鼻のさきを掠《かず》めて通つたかと見るうちに、やがてその影は地に落ちて消えた。

それから三日の後《のち》に、わたしは倉澤の家《うち》を立去つて京都へ行つた。彼は停車場《ていしやじよう》まで送つて来て、月末《つきずえ》の廿九日午前には屹《きつ》と帰つて来てくれと、再び念を押して別れた。

京都に着いて、わたしは倉澤のところへ絵ハガキを送つたが、それに対して何の返事もなかつた。彼が平生の筆不精を知つてゐる私は、別にそれを怪《あや》しみもしなかつた。

廿九日、その日は二百十日《とおか》を眼のまへに控へて、なんだか暴《あ》れ模様の陰《くも》つた日で、汽車のなかは随分蒸暑かつた。午前十一時をすこし過ぎた頃に静岡の駅に着いて、汗をふきながら汽車を降りると、プラツトフオームの人込みのなかに、倉澤の家《うち》の若い雇人の顔がみえた。彼はすぐに駈けて来て、わたしの革包《かばん》をうけ取つてくれた。

つゞいて横田君の姿が見えた。かれは麦わら帽をかぶつて、白い洋服を着てゐた。出迎ひの二人は簡単に挨拶したばかりで、殆ど無言でわたしを案内して、停車場前にある珈琲《カフエー》式の休憩所へ連れ込んだ。

註文の曹達水《そうだすい》の来るあひだに、横田君は先づ口を切つた。

「多分間違ひはあるまいと思つてゐましたが、それでもあなたの顔が見えるまでは内々心配してゐました。早速ですが、けふは午後二時から倉澤家の葬式で……。」

「葬式……。誰が歿《なくな》つたのですか。」

「倉澤小一郎君が……。」

わたしは声が出ないほどに驚かされた。雇人は無言で俯向《うつむ》いてゐた。女給が運んで来た三つのコツプは、徒《いたず》らに我々の眼さきに列《なら》べられてあるばかりであつた。

「あなたが京都へお立ちになつた翌々日でした。」と、横田君はつゞけて話した。「倉澤君は町へ遊びに出たと云つて、日の暮れがたに私の支局へたづねて来てくれたので、××軒といふ洋食屋へ行つて、一緒にゆふ飯《めし》を食つたのですが……。その時に倉澤君は西瓜を註文して……。」

「西瓜を……。」と、わたしは訊き返した。

「さうです。西瓜に氷をかけて食つたのです。わたしも一緒に食ひました。さうして無事に別れたのですが、その夜なかに倉澤君は下痢を起して、直腸加答児《かたる》といふ診断で医師の治療を受けてゐたのです。それで一旦はよほど快方に向つたやうでしたが、廿日過ぎから又悪くなつて、たうとう赤痢のやうな症状になつて……。いや、まだ本当に赤痢とまでは決定しないうちに、一昨日《おとゝい》の午後六時頃にいけなくなつて仕舞ひました。西瓜を食つたのが悪かつたのだと云ひますが、その晩××軒で西瓜を食つたものは他にも五六人ありましたし、現にわたしも倉澤君と一緒に食つたのですが、ほかの者はみな無事で、倉澤君だけがこんな事になるといふのは、やはり胃腸が弱つてゐたのでせう。なにしろ夢のやうな出来事で驚きました。早速京都の方へ電報をかけようと思つたのですが、あなたから来たハガキが何《ど》うしても見えないのです。それでも倉澤君が息をひき取る前に、あなたは廿九日の午前十一時頃に屹《きつ》と来るから、葬式はその日の午後に営《いとな》んでくれと云ひ残したさうで……。それを頼《たよ》りに、お待ち申してゐたのです。」

わたしの頭は混乱してしまつて、何と云つて好《い》いか判らなかつた。その混乱のあひだにも私の眼に着いたのは、横田君の白い服と麦わら帽であつた。

「あなたは倉澤君と××軒へ行つたときにも、やはりその服を着ておいでゞしたか。」

「さうです。」と、横田君はうなづいた。

「帽子もその麦藁《むぎわら》で……。」

「さうです。」と、彼は又うなづいた。

麦わら帽に白の夏服、それが横田君の一張羅《いっちょうら》であるかも知れない。したがつて、横田君と云へば其の麦わら帽と白い服を聯想《れんそう》するのかも知れない。さきの夜《よ》、倉澤が一種の幻覚のやうに横田君のすがたを認めた時に、麦わら帽と白い服を見たのは当然であるかも知れない。而もその幻影にあらはれた横田君と一緒に西瓜を食つて、彼の若い命を縮めてしまつたのは、単なる偶然とばかりは云ひ得ないやうな気もするのである。

かれが東京で西瓜を屢々食つたことは、わたしも知つてゐる。而も静岡ではなるべく遠慮してゐると云つたにも拘《かかわ》らず、彼は横田君と一緒に西瓜を食つたのである。群衆妄覚をふりまはして、稲城家の怪事を頭から蹴散らしてしまつた彼自身が、まさかに迷信の虜《とりこ》となつて、西瓜に祟られたとも思はれない。これも亦《ま》た単なる偶然であらうか。

彼はわたしに向《むか》つて、八月廿九日の午前には必ず帰つてくれと云つた。その廿九日の午前に帰つて来て、恰《あたか》もその葬式の間に合つたのである。私は約束を守つてこの日に帰つて来たのを、せめてもの幸《さいわい》であるとも思つた。

そんなことを色々かんがへながら、私は横田君等と共に、休憩所の前から自動車に乗込むと、天候はいよ〳〵不穏《ふおん》になつて、どうでも一度は暴《あ》れさうな空の色が、わたしの暗い心を脅かした。

鴛鴦鏡《おしどりかがみ》

一

Y君は語る。

これは明治の末年、わたしが東北のある小さい町の警察署に勤めてゐた時の出来事と御承知ください。一体それは探偵談といふべきものか、怪談といふべきものか、自分にもよく判らない。今日の流行詞《はやりことば》でいへば、或《あるい》は怪奇探偵談とでも云ふべき部類のものであるかも知れない。

地方には今も往々見ることであるが、こゝらも暦《こよみ》が新旧ともに行はれてゐて、盆や正月の場合にも町方《まちかた》では新暦による、在方《ざいかた》では旧暦によると云ふ風習になつてゐるので、今この事件の起つた正月の下旬も、在方では旧正月を眼の前に控へてゐる忙がしい時であつた。

例年に比べると雪の少ない年ではあつたが、それでも地面が白く凍《こお》つてゐることは云ふまでもない。

夜《よ》の十一時頃に、わたし達は町と村との堺にある弁天の祠《やしろ》のそばを通つた。当夜の非番で、村のある家の俳句会に出席した帰り路《みち》である。連れの人々には途中で別れてしまつて、町の方角へ向つて帰つて来るのは、町の呉服屋の息子で俳号を野童《やどう》といふ青年と私との二人《ふたり》ぎりであつた。月はないが、星の明るい夜で、土地に馴れてゐる私達にも、夜更《よふ》けの寒い空気はかなりに鋭く感じられた。今夜の撰句の噂なども仕尽して、ふたりは黙つて俯《うつ》向《む》いて歩いてゐると、野童は突然にわたしの外套の袖をひいた。

「矢田《やだ》さん。」

「え。」

「あすこに何かゐるやうですね。」

わたしは教へられた方角を透《すか》して視ると、そこには小さい弁天の祠が暗いなかに立つてゐた。むかしは祠のほとりに湖水のやうな大きい池があつたと云ひ伝へられてゐるが、その池もいつの代《よ》にかだんだんに埋《うず》められて、今は二三百坪《つぼ》になつて仕舞つたが、それでも相当に深いといふ噂であつた。狭い境内《けいだい》には杉や椿の古木《こぼく》もあるが、そのなかで最も眼に立つのは池の岸に垂《た》れてゐる二本の柳の大樹《たいじゅ》で、この柳の青い蔭があるために、春から秋にかけては弁天の祠のありかが遠方からも明かに望み見られた。その柳も今は痩せてゐる。

その下に何物かが潜《ひそ》んでゐるらしいのである。

「乞食かな。」と、わたしは云つた。

「焚火《たきび》をして火事でも出されると困りますね。」と、野童は云つた。

去年の冬も乞食の焚火のために、村の山王の祠を焼かれたことがあるので、私は一応見とゞける必要があると思つて、野童と一緒に小さい石橋《いしばし》をわたつて境内へ進み入ると、こゝには堂守などの住む家もなく、唯《ただ》わづかに社前の常夜燈《じようやとう》の光ひとつを頼りであるが、その灯も今夜は消えてゐるので、わたし達は暗い木立のあひだを探るやうにして辿つて行くのほかは無かつた。

足音を忍ばせて段々に近寄ると、池の岸にひとつの黒い影の動いてゐるのが、水明りと雪明りと星明りとで朧《おぼろ》げに窺《うかが》はれた。その影のうづくまるやうに俯向いて、凍つた雪をかいてゐるらしい。獣《けもの》ではない、確に人である。私服を着てゐるが、わたしも警察官であるから、進み寄つて声をかけた。

「おい。そこに何をしてゐるのだ。」

相手はなんの返事も無しに、摺《す》りぬけて立去らうとするらしいので、私は追ひかけて、その行く手に立ち塞《ふさ》がつた。野童も外套の袖《そで》をはねのけて、素破《すわ》といへば私の加勢をするべく身構《みがま》へしてゐると、相手はむやみに逃げるのも不利益だと覚《さと》つたらしく、無言でそこに立ちどまつた。

「おい、黙つてゐては判《わか》らない。君は土地の者かね。」

「はい。」

「こゝに何をしてゐたのだ。」

「はい。」

その声と様子とで、野童は早くも気が注《つ》いたらしい。一足摺寄《ひとあしすりよ》つて呼びかけた。

「君は……。冬坡《とうは》君ぢやないか。」

さう云はれて、わたしも気が注いた。彼は町の烟草《たばこ》屋の息子で、雅号を冬坡といふ青年であるらしかつた。冬坡も我々の俳句仲間であるが、今夜の句会には欠席してこんなところに来てゐたのである。さう判ると、わたし達も聊《いささ》か拍子《ひようし》抜《ぬ》けの気味であつた。

「むゝ。冬坡君か。」と、わたしも云つた。「今頃こんなところへ何しに来てゐたのだ。夜《よ》詣《まい》りでもあるまい。」

「いや、夜まゐりかも知れませんよ。」と、野童は笑つた。「冬坡君は弁天さまへ夜参りをするやうな訳《わけ》があるんですから。」

なんにしても其《その》正体が冬坡と判つた以上、私もむづかしい詮議も出来なくなつたので、三人が後《あと》や先になつて境内をあるき出した。野童は今夜の会の話などをして聞かせたが、冬坡はことば寡《すく》なに挨拶するばかりで、身にしみても聴いてゐないらしかつた。わたしの家《うち》は町はづれで、他《た》のふたりは町のまん中に住んでゐるので、私が一番先に彼等と別れを告《つ》げなければならなかつた。

二人に挨拶して自分の家《うち》へ帰つたが、冬坡の今夜の挙動がどうも私の腑《ふ》に落ちなかつた。野童は何も彼《か》も呑《の》み込んでゐるやうなことを云つてゐたが、なんの仔細《しさい》があつて彼はこの寒い夜ふけに弁天の祠へ行つて、池のほとりにさまよつてゐたのであらう。併《しか》し冬坡が此頃こゝらにも流行する不良青年の徒《と》でないことは、わたしも平生《へいぜい》からよく知つてゐるので、彼が何等《なんら》かの犯罪事件に関係があらうとも思はれない。したがつて、私も深く注意することも無しに眠つてしまつた。

そのあくる日は朝から出勤してゐたので、わたしは野童にも冬坡にも逢ふ機会がなかつた。すると、次の日の午前九時頃になつて、一つの事件が彼《か》の弁天池のほとりに起《おこ》つた。町の清月亭《せいげつてい》といふ料理屋の娘の死体が池のなかから発見されたのである。娘はお照《てる》と云つて、年は十九、色も白く、髪も黒く、容貌《きりよう》も悪くないのであるが、惜《おし》いことには生まれながらに左の足がすこし短いので、いはゆる跛足といふ程でもないが、歩く格好はどうも宜《よろ》しくない。殊《こと》にさういふ商売屋の娘であるから、当人も平生からひどくそれを苦にしてゐたらしい。だん〳〵年頃になるに連れて、その苦がいよ〳〵重《おも》つて来たらしくこの足が満足になるならば私は十年ぐらゐの寿命を縮めても好《い》いなどと、先ごろ或人に語つたといふ噂もある。それらの願掛《がんか》けの為か、或は他に仔細があるのか知らないが、お照は正月の七草《なな》《くさ》頃から弁天さまへ日参《につさん》をはじめた。それも昼中は人の眼に立つのを厭《いと》つて、日の暮れるのを待つて参詣するのを例としてゐた。料理屋商売としては、これから忙がしくならうといふ灯《ひ》ともし頃に出てゆくのは、少しく不似合のやうではあるが、彼女はひとり娘である上に、現在は女親ばかりで随分甘やかして育てゝゐるのと、もと〳〵狭い土地であるから、弁天の祠まで往復十町あまりに過ぎないで、さのみの時間をも要しないが為に、母も別に彼《か》れ是《こ》れも云はなかつたらしい。お照は昨夜も参詣に出て行つて、かうした最期《さいご》を遂げたのである。

清月亭は宵《よい》から三組《みくみ》ほどの客が落合つてゐたので、それに紛れて初めのうちは気も附かなかつたが、八時頃になつても娘が帰つて来ないので、母もすこしく不安を感じ出して、念のために雇人を見せに遣ると、弁天社内にお照のすがたは見えないと云つて、一旦《いつたん》はむなしく帰つて来た。いよ〳〵不安になつて、心当りを二三軒聞きあはせた後《のち》に、今度は母が雇人を連れて再び弁天の祠へ探しに行つたが、娘の影はやはり見当らなかつた。彼女の死体はあくる朝になつて初めて発見されたのであつた。

その訴《うつた》へに接して、わたしは一人の巡査と共に現場へ出張して、型のごとくに其死体を検視することになつた。池は南に向つて日あたりの好いところにあるが、それでもこゝらのことであるから、岸のあたりは可《か》なりに厚く凍つてゐる。お照の死体は池のまん中に浮んでゐたと云ふのであるが、私たちの出張したときには、もう岸の上に引揚げられて、所詮無駄とは知りながら藁火《わらび》などで温められてゐた。

この場合、他殺か自殺かを決するのが第一の問題であることは云ふまでもない。医師もあとから駈けつけて来たが、誰の眼にもすぐに疑はれるのは、お照の額《ひたい》のやゝ左に寄つたところに、生々しい打疵《うちきず》の痕《あと》の残つてゐることである。而《しか》もそれを以《もつ》て一図《いちず》に他殺の證拠と認め難《がた》いのは、こゝらの池や川は氷が厚いので、それが自然に裂けて劒《つるぎ》のやうに尖つてゐる所もある。或は自然に凸起《とつき》して岩のやうに突き出てゐる所もある。それがために自殺を目的の投身者も、往々《おうおう》その氷に触《ふ》れて顔や手足を傷《きずつ》けてゐる場合があるので、お照の死体もその額の疵だけで他殺と速断するのは危険であることを私たちも考へなければならなかつた。殊《こと》に医師の検案によると、死体は相当に水を飲んでゐるといふのであるから、他殺の死体を水中に投げ込んだといふ疑ひはいよ〱薄くなるわけである。

もしお照が自殺であるとすれば、彼女は投身の目的で岸から飛び込んだか、氷が厚いので目的を達しがたく、単に額を傷《きずつ》けたに止《とど》まつたので、更《さら》に這《は》ひ起きて真中《まんなか》まで進んで行つて、氷の薄いところを択《えら》んで再び投身したものと察しられる。しかし困つたことには、私たちの出張するのを待たずして、早く死体を引揚げてしまつた為に、氷の上は大勢に踏み荒らされて、泥草鞋《どろわらじ》などの跡が乱れてゐるので、その当時の状況を判断するに就《つい》て甚《はなは》だしい不便を与へるのであつた。

この時、わたしの注意をひいたのは、岸に垂れてゐる二本の枯柳《かれやなぎ》の大樹《たいじゆ》の根本が二つながら掘り返されてゐることである。更に検《あらた》めると、一本の根本の土は乾いてゐる。他の一本の根本の土はまだ乾かないで、新しく掘り返されたやうに見える。私はそこらに集まつてゐる土地の者に訊いた。

「この柳の下はどうしてこんなに掘つてあるのかね。」

いづれも顔をみあはせてゐるばかりで、進んで返事をする者はなかつた。誰も今まで気が注《つ》かなかつたと云ふのである。わたしは岸に近い氷の上に降り立つて、再びそこらを見まはすと、凍り着いてゐる疎《まだら》な枯蘆《かれあし》のあひだに、園藝用かとも思はれるやうな小さいスコープを発見した。スコープには泥や雪が凍つてゐた。

何者かがこのスコープを用ひて、柳の下を掘つたのであらう。さう思つた一刹那《いっせつな》、彼《か》の冬坡のすがたが私の眼さきに閃《ひらめ》いた。かれは一昨日《おととい》の晩、この柳の下にうづくまつて、凍つた雪を掻《か》いてゐたのである。

二

お照の死体は清月亭の親許《おやもと》へ引渡された。

種々の状況を綜合《そうごう》して考へると、大体に於《お》いて自殺説が有力であつた。彼女は自分が跛足に近いのを近頃《いちじ》著るしく悲観してゐたといふ事実がある以上、若い女の思ひつめて、遂《つい》に自殺を企てたものと認めるのが正当であるらしかつた。もう一つ、清月亭の女中達の中立てによると、その相手は誰であるか判らないが、お照は近来なにかの恋愛関係を生じて、それがために人知れず煩悶《はんもん》してゐたらしいと云ふのである。さうなると、自殺の疑ひがいよ〳〵濃厚になつて来て、不具者の恋、それが彼女を死の手へ引渡したものと認められて、警察側でも深く踏み込んで詮議するのを見合はせるやうになつた。

冬坡は何のために柳の下を掘つてゐたのか、又それがお照の死と何かの関係があるのか無いのか。それらのことは容易に判断が附かなかつたが、わたしは警部といふ職務の表《おもて》、一応は冬坡を取調べるのが当然であると考へてゐると、恰《あたか》もその日の夕方に、町の裏通りで冬坡に出逢つた。

そこは東源寺といふ寺の横手で、玉椿の生垣《いけがき》のなかには雪に埋《うず》もれた墓場が白く見えて、ところ〴〵に大きい杉が立つてゐた。ゆふぐれの寒い風はその梢《こずえ》をざは〳〵と揺《ゆす》つて、どこかで鴉《からす》の啼《な》く声もきこえた。冬坡はわたしの来るのを知つてゐるのか知らないのか、俯向き勝《がち》に摺《す》れちがつて行き過ぎようとするのを、わたしは小声で呼びかへした。

「冬坡君。どこへ行くのだ。」

彼は怯《おび》えたやうに立停まつて、無言でわたしに挨拶した。冬坡は平生《へいぜい》から温良の青年である。殊にわたしの俳句友達である。彼に対して職権を示さうなどとは勿論《もちろん》考へてゐないので、わたしは個人的に打解《うちと》けて訊《き》いた。

「君は一昨日《おとゝい》の晩、あの弁天池のところで何をしてゐたのかね。」

彼はだまつてゐた。

「君はスコープで何か掘つてゐたのぢやないかな。」と、わたしは畳《たた》みかけて訊いた。

「いゝえ。」

「では、夜更《よふ》けにあすこへ行つて、何をしてゐたのかな。」

彼は又黙つてしまつた。

「君はゆうべもあの池へ行つたかね。」

「いゝえ。」

「なんでも正直に云つてくれないと困る。さもないと、わたしは職務上、君を引致《いんち》しなければならないことになる。それは私も好まないことであるから、正直に話してくれ給へ。ゆうべは兎《と》もあれ、一咋日の晩は何をしに行つたのだね。」

冬坡はやはり黙つてゐるのである。かうなると、わたしも少しく語気を改めなければならなくなつた。

「君はふだんに似合はず、ひどく強情だな。隠してゐると、君の為にならないぜ。実は警察の方では、清月亭のむすめは他殺と認めて、君にも疑ひをかけてゐるのだ。」と、わたしは嚇《おど》すやうに云つた。

「さうかも知れません。」と、かれは低い声で独り言《ごと》のやうに言つた。

「それぢやあ君は何か疑はれるやうな覚えがあるのかな。」

云ひかけて私はふと見かへると、折れ曲つた生垣の角から一人の女の顔がみえた。女は顔だけをあらはして、こちらを窺《うかが》つてゐるらしかつた。もう暮れかゝつてゐるので、その人相はよく判らないが、ゆふ闇のなかにも薄白《うすじろ》く浮んでゐる彼女の顔が、どうも堅気《かたぎ》の女ではないらしい。わたしはさう直覚しながら、更によく見定めようとする時、不意にわつといふ声がきこえた。何者かが後ろから彼女を嚇《おど》したのである。つゞいて若い男の笑ひ声がきこえて、角から現れ出たのは野童であつた。

彼等とわたし達との距離は四五間《けん》に過ぎないのであるから、この悪戯《いたずら》騒ぎのために、今まで隠されてゐた女の姿も自然にわたしの眼先へ押出された。女はコートを着て、襟巻《えりまき》に顔の半分を深く埋《うず》めてゐたが、それが町の藝妓《げいしゃ》であるらしいことは大抵察せられた。野童の家はこの町でも大きい店で、彼も相当に道楽をするらしいから、予《かね》てこの藝妓を識《し》つてゐるのであらう。さう思つてゐるうちに、野童の方でもわたし達の姿をみつけて、早足に進み寄つて来た。

「今晩は……。やあ、冬坡君もゐたのか。」

さうは云つたもの、、彼は俄《にわか》に口を噤《つぐ》んで、わたし達の顔をぢつと眺めてゐた。普通の立話以外に何かの仔細があるらしいことを、彼もすぐに覚《さと》つたらしい。飛んだ邪魔者が来たとは思つたが、わたしも笑ひながら挨拶した。

「君と今ふざけてゐたのは誰だね。」

「え。あれは……。」と、野童は冬坡の顔をみながら再び口を噤んだ。

「あゝ、それぢやあ冬坡君のおなじみかね。」

わたしは再び見かへると、女の姿はいつの間にか消えてしまつて、あたりを包む夕闇の色はいよ〳〵深く迫つて来た。

野童は一昨日《おとゝい》の晩わたしに向《むか》つて、冬坡君は弁天さまへ夜参りをする訳《わけ》があると云つた。してみると、彼は冬坡について何かの秘密を知つてゐるらしい。その秘密は彼の藝妓に関《かん》聯《れん》することではあるまいか。併《しか》しそれだけのことならば、いかに内気の青年であると云つても、冬坡が堅く秘密を守るほどの事もあるまい。いづれにしても、野童と冬坡とは別々に取調べる必要がある。ふたりが鼻を突き合はせてゐては、その取調べに不便があると思つたので、わたしはこゝで一先《ひとま》づ冬坡を手放すことにした。

二つ三つ冗談を云つて、わたしはそのまゝ行きかけると、野童は曲り角まで追つて来て、そつと訊いた。

「あなたは今、冬坡君を何か調べておいでになつたのですか。」

「むゝ、すこし訊きたいことがあつて……。君にも訊きたいことがあるのだが、今夜わたしの家《うち》へ来てくれないか。」

「まゐります。」

わたしは家《うち》へ帰つて風呂に這入つて、ゆふ飯《めし》を食つてしまつたが、野童はまだ来なかつた。そのうちに細《こま》かい雪が降り出して来たと、家内《かない》の者が云つた。この春はこゝらに珍しいほど降らなかつたのであるから、もう降り出す頃であらうと思ひながら、薄暗い電燈《でんとう》の下で炬燵《こたつ》に這入《はい》つてゐると、外の雪は音も無しに降りつゞけてゐるらしかつた。

九時過ぎになつて、野童が来た。いつもは遠慮無しに炬燵に這入つて差向ひになるのであるが、今夜はなんだか固くなつて、平生よりも行儀よく坐つてゐた。炬燵に這入れと勧《すす》めても、彼は躊躇《ちゆうちよ》してゐるらしいので、わたしは妻《さい》に云ひつけて、彼に手あぶりの火鉢をあたへさせた。

「たうとう降り出したやうだな。」と、わたしは云つた。

「降つて来ました。今度はちつと積《つも》るでせう。」

「さつきの藝妓はなんと云ふ女だね。」

野童は暗い顔をいよ〳〵暗くして答へた。

「染吉《そめきち》です。」

「あゝ、染吉か。」と、わたしは廿三四の、色の白い、眉の力んだ、右の眼尻に大きい黒子《ほくろ》のある女の顔をあたまに描いた。

「それに就《つい》て、今夜出ましたのですが……。」と、野童は左右へ気配りするやうに声をひそめて云ひ出した。「あなたは何で冬坡君をお調べになつたのでせうか。」

わたしはすぐには答へないで、相手の顔を睨《にら》むやうに見つめてゐると、彼は恐れるやうに少し猶予《ためら》つてゐたが、やがて小声で又云ひつゞけた。

「さつき寺の横手で、あなたにお目にかゝつた時に、どうも何だか可怪《おかし》いと思ひまして、あれから冬坡をある所へ連れて行つて、色々に詮議をしますと、最初は黙つてゐて、なかなか口を開《あ》かなかつたのですが、わたくしがだん〳〵説得しましたので、たうとう何も彼《か》も白状しました。」

「白状……。なにを白状したのかね。あの男がやつぱり清月亭のむすめを殺したのか。」

と、わたしはもう大抵のことを心得てゐるやうな顔をして、探りを入れた。

「まあ、お聴きください。御承知の通り、冬坡はおふくろと弟と三人暮しで、大して都合が好いと云ふわけでもなく、殊《こと》におとなしい性質の男ですから、自分から進んで花柳界へ踏み込むやうなことは無かつたのですが、商売が煙草屋で、花柳界に近いところにあるので、藝妓や料理屋の女中達はみんな冬坡の店へ煙草を買ひに行きます。冬坡はおとなしい上に男振りも好いので、浮気つぽい花柳界にはなかなか人気があつて、些《ち》つとぐらゐ遠いところにゐる者でも、わざ〳〵廻り路をして冬坡の店へ買ひに来るやうな訳でしたが、そのなかでも彼《か》の染吉が大熱心で、どういふ風に誘ひかけたのか知りませんが、去年の秋祭の頃から冬坡と関係を附けて仕舞つたのださうです。染吉もなか〳〵悧口《りこう》な女ですし、冬坡はおとなしい男なので、二人の秘密はよほど厳重に守られて、今まで誰にも覚《さと》られなかつたのです。わたくしも些《ち》つとも知りませんでした。いや、まつたく知らなかつたのです。」

或《あるい》は薄々知つてゐたのかも知れないが、この場合、彼としては先《ま》づかう云ふのほかはあるまいと思ひながら、わたしは黙つて聴いてゐた。

三

外の雪には風がまじつて来たらしく、窓の戸を時々にゆする音がきこえた。雪や風には馴れてゐる筈の野童が、今夜はなんだかそれを気にするやうに、幾たびか見返りながら又語りつゞけた。

「そのうちに、又ひとりの競争者があらはれて来ました。と申したら、大抵御推量も附きませうが、それは彼《か》の清月亭のお照で、勿論染吉との関係を知らないで、だん〳〵に冬坡の方へ接近して来て、これも去年の冬頃から関係が出来てしまつたのです。かう云ふと、冬坡は甚《はなは》だ不しだらのやうにも聞えますが、何分にもあゝ云ふ気の弱い男ですから、女の方から眼の色を変へて強く迫つて来られると、それを払ひ退《の》けるだけの勇気がないので、どつちにも義理が悪いと思ひながら、両方の女に引摺《ひきず》られて、まあずる〳〵に其日其日を送つてゐたと云ふわけです。併《しか》しそれがいつまでも無事に済む筈がありません。去年の暮《くれ》に、冬坡のおふくろが風邪をひいて、冬至の日から廿六七日頃まで一週間ほど寝込んだことがあります。そのときに染吉とお照とが見舞に来て……。どちらも菓子折か何かを持つて来て、しかも同時に落合つたものですから、甚《はなは》だ工合《ぐあい》の悪いことになつて仕舞ひました。どうも一通りの見舞ではないらしいと染吉も睨む、お照も睨む。双方睨み合ひで、そのときは何事もなく別れたのですが、二人の女の胸のなかに青い火や紅い火が一度に燃えあがつたのは判り切つたことです。

そこで、人間はまあ五分五分としても、お照の方が年も若《わか》し、おまけに相当の料理屋の娘といふのですから、この方《ほう》に強味があるわけですが、困つたことには片足が短い、まあ一種の片輪者と云つたやうなものですから、斯《こ》ういふ場合にはそれが非常な弱味になります。又、染吉は冬坡よりも二つの年上であると云ふのが第一の弱味である上に、競争の相手が自分の出先の清月亭の娘といふのですから、商売上の弱味もあります。そんなわけで、どちらにも色々の弱味があるだけに、余計に修羅を燃やすやうにもなつて、その競争が激烈といふか、深刻といふか、他人には想像の出来ないやうに物凄いものになつて来たらしいのです。併《しか》し何分にも暮から正月にかけては、料理屋も藝妓も商売の忙がしいのに追はれて、男の問題にばかり係り合つてもゐられなかつたのですが、正月ももう半過《なかばす》ぎになつて、お正月気分もだん〳〵に薄れて来ると、この問題の火の手がまた熾《さかん》になりました。染吉もお照も暇さへあれば冬坡をよび出して、恨《うら》みを云つたり愚痴を云つたりして、滅茶滅茶に男を小突《こづ》きまはしてゐたらしいのです。この春になつてから、冬坡が兎《と》かくに句会を怠《なま》け勝《がち》であつたのも、そんな捫着《もんちゃく》の為であつたと云ふことが今判りました。

「併し君は一昨日《おととい》の晩、冬坡君は夜参《よまい》りをする訳があると云つたね。」と、わたしはやゝ皮肉らしく微笑した。

野童はすこし慌てたやうに詞《ことば》を途切らせた。なんと云つても、彼は已《すで》に冬坡の秘密を知つてゐたに相違ないのである。併しこゝで詰まらない揚足《あげあし》を取つてゐて、肝腎の本題が横道へ外《そ》れてはならないと思つたので、わたしは笑ひながら又云つた。

「そこで、結局どう云ふことになつたのだね。」

「染吉とお照は一方に冬坡を窘《いじ》めながら、一方には神信心をはじめました。殊《こと》にあゝいふ社会の女達ですから、毎晩彼《か》の弁天さまへ夜参りをして、恋の勝利を祈つてゐたのです。そのうちに誰が教へたのか知りませんが、弁天さまは嫉妬深いから、そんな願掛けは肯《き》いてくれないばかりか、却つて祟《たたり》があると云つたので、染吉はこの廿日頃から夜参りをやめました。お照も廿三四日頃から矢はり参詣《さんけい》を見合はせたさうです。すると、この廿五日の巳《み》の日の晩に、二人がおなじ夢を見たのです。」

「夢をみた……。」

「それが実に不思議だと冬坡も云つてゐました。」と、野童自身も不思議さうに云つた。「それが二人ながら些《ち》つとも違はないのです。弁天さまが染吉とお照の枕元へあらはれて、境内《けいだい》の柳の下を掘つてみろ。そこには古い鏡が埋《うず》まつてゐる。それを掘り出したものは自分の願《がん》が叶《かな》ふのだといふお告《つげ》があつたさうです。そこで、明くる晩、染吉はお座敷の帰りに冬坡をよび出して、これから一緒に弁天さまへ行つてくれと無理に境内へ連れ込んで、一本の柳の下を掘つてゐるところへ、あなたとわたくしが来かゝつたので、染吉はあわてゝ祠《やしろ》のうしろへ隠れてしまつて、冬坡だけが我々に見つけられたのです。常夜燈を消して置いたのも染吉の仕業《しわざ》で、何分《なにぶん》あたりが暗いので、そこらに染吉の隠れてゐることは一向気が附きませんでした。我々が立去つたあとで、染吉は再び掘らうとしたのですが、冬坡がスコープを持つて行つてしまつたので、仕方が無しに帰つて来たさうです。」

「お照は掘りに来なかつたのだね。」

「お照がなぜすぐに来なかつたのか、その仔細《しさい》はわかりません。商売が商売ですから、その晩はどうしても出られなかつたのかも知れません。それでも次の日、すなはち昨日の夕方に冬坡を呼び出して、やはり一緒に行つてくれと云つたさうですが、冬坡はゆうべに懲《こ》りてゐるので、夢なんぞは当てになるものではないから止《や》めた方がいゝと云つて、たうとう断つてしまひました。それでもお照は思ひ切れないで、自分ひとりで弁天の祠へ行つて、二本目の柳の下から鏡をほり出したのです。」

「鏡……。ほんたうに鏡が埋《うず》められてゐたのか。」と、わたしは炬燵の上から身体《からだ》を乗り出して訊いた。

「まつたく古い鏡が出たのだから不思議です。」と、彼は小声に力を籠《こ》めて云つた。「お照がそれを掘り出したところへ、染吉があとから来ました。染吉もまだ思ひ切れないので、今夜は日の暮れるのを待ちかねて、二本目の柳の下を掘りに来ると、お照がもう先廻りをしてゐるので驚きました。どちらも明らさまに口へ出して云へることではありませんから、お互ひにまあ好《いい》加減《かげん》な挨拶などをしてゐるうちに、お照が何か鏡のやうなものを袖の下に隠してゐるのを、常夜燈のひかりで染吉が見つけたのです。お照も早く常夜燈を消して置けば好かつたのでせうが、年が若いだけにそれ程《ほど》の注意が行きとゞかなかつたので、忽《たちま》ち相手に見付けられて仕舞つたのです。一方のお照が死んでゐるので、詳しいことは判りませんが、染吉はそれを見せろと云ひ、お照は見せないといふ。日は暮れてゐる、あたりに人は無し、もう斯《こ》うなれば仇《かたき》同志の喧嘩になるより外《ほか》はありません。なんと云つても、染吉の方が年上ですし、お照は足が不自由といふ弱味もあるので、その鏡をたうとう染吉に奪ひ取られました。それを取返さうと獅嚙《しが》み付くと、染吉ももう逆上《のぼ》せてゐるので、持つてゐる鏡で相手の額を力まかせに殴りつけた上に、池のなかへ突き落して逃げました。」

　お照の額の疵《きず》は氷の為ではなかつた。たとひ氷でないとしても、それが鏡のたぐひであらうとは、わたしも少しく意外であつた。

「たゞ突き落して逃げたのだね。」と、わたしは念を押した。

「染吉はさう云つてゐるさうです。御承知の通り、岸の氷は厚いのですから、たゞ突き落しただけでは溺死《できし》する筈はありません。まん中の辺《へん》まで引摺《ひきず》つて行つて突き落すか。それとも染吉が立去つたあとで、お照は水でも飲む積《つも》りで真中まで這ひ出して行つて、氷が薄いために思はず滑《すべ》り込んだのか。或は大切の鏡を奪ひ取られた為に、一図《いちず》に悲観して自殺する気になつたのか。それらの事情はよく判らないのですが、いづれにしても自分がお照を殺したも同然だと云つて、染吉は覚悟してゐるさうです。」

「覚悟してゐる……。それでは自首する積《つも》りかね。」

「それが困るのです。」と、野童は顔をしかめた。「自分でもさう覚悟をしてゐながら、やはり女の未練で、けふも冬坡を寺の墓地へよび出して、これから一緒に北海道へ逃げてくれと頻《しき》りに口説《くど》いてゐるのです。」

「冬坡はどこにゐるね。」

「今はわたくしの家《うち》の奥座敷に置いてあるのです。うつかりした所にゐると、染吉が附纏《つきまと》つて来て何をするか判りませんから。」

「よろしい。それではすぐに女を引挙《ひきあ》げることにしよう。君の留守に、冬坡が又ぬけ出しでもすると困るから、早く帰つて保護してゐてくれ給《たま》へ。」

野童を先に帰して、わたしはすぐに官服に着かへて出ると、表はもう眼も明けないやうな吹雪《ふぶき》になつてゐた。署へ行つて染吉を引致《いんち》の手続きをすると、彼女は午後から一度も抱《かか》へ主《ぬし》の家《うち》へ帰らないと云ふのであつた。停車場《ていしやじよう》へ聞きあはせに遣《や》つたが、彼女が汽車に乗込んだやうな形跡はなかつた。

もしやと思つて、弁天社内を調べさせると、恰《あたか》もお照とおなじやうに、その死体は池の中から発見された。雪と水とに濡れてゐる染吉の懐《ふところ》ろには、古い鏡を大事さうに抱《だ》いてゐた。冬坡を連れて逃げる望みも無いとあきらめて、彼女はここを死場所に択《えら》んだのであらう。お照がみづから滑り込んだのであれば勿論、たとひ染吉が引摺り込んだとしても、事情が事情であるから死刑にはなるまい。而《しか》も彼女は思ひ切つて恋のかたきの跡《あと》を追つたのである。

鏡は青銅で作られて、その裏には一双《いつそう》の鴛鴦《おしどり》が彫つてあつた。鑑定家の説によると、これは支那《しな》から渡来したもので、おそらく漢の時代の製作であらうと云ふことであつた。漢といへば殆《ほとん》ど二千年の昔である。そんな古い物がいつの代《よ》に渡つて来て、こんなところに何《ど》うして埋《うず》められてゐたのか勿論判らない。更《さら》に不思議なのは、染吉もお照もおなじ夢を見せられて、その鏡のために同じ終りを遂《と》げたことである。弁天さまに対して恋の願掛けなどをした為に、そんな祟《たたり》を蒙《こうむ》つたのであらうと、花柳界の者は怖ろしさうに語り伝へてゐた。実際わたし達にもその理窟が判らないのであるから、迷信ぶかい花柳界の人々がそんなことを云ひ触《ふ》らすのも無理はなかつた。殊《こと》にその鏡の裏に鴛鴦が彫つてあつたと云ふことも、この場合には何かの意味ありげにも思はれた。

冬坡は一応の取調べを受けただけで済んだが、土地にも居難《いにく》くなつたとみえて、五里ほど距《はな》れてゐる隣の町へ引越してしまつたが、其後別に変つたことも無いやうに聞いてゐる。

白髪鬼

一

S弁護士は語る。

私はあまり怪談などといふものに興味を有《も》たない人間で、他人からそんな話を聴かうともせず、自分から好んで話さうともしないのですが、若いときに唯《た》つた一度、こんな事件に出逢つたことがあつて、その謎だけはまだ本当に解《と》けないのです。

今から十五年ほど前に、わたしは麴町《こうじまち》の半蔵門に近いところに下宿屋生活をして、神田のある法律学校に通つてゐたことがあります。下宿屋と云つても、素人家《しろうとや》に手入れをして七間《ま》ほどの客間を造つたのですから、満員となつたところで七人以上の客を収容することは出来ない。云はゞ一種の素人下宿のやうな家《うち》で、主婦は五十をすこし越えたらしい上品な人でした。ほかに廿八九の娘と女中ひとり、この三人で客の世話をしてゐるのですが、だん〳〵聞いてみると、こゝの家《うち》には相当の財産があつて、長男は京都の大学に這入つてゐる。その長男が卒業して帰つて来るまで、唯《ただ》遊んでゐるのも詰まらなく、また寂しくもあると云ふやうなわけで、道楽半分にこんな商売を始めたのださうです。したがつて、普通の下宿屋とは違つて、万事がいかにも親切で、いはゆる家族的待遇をしてくれるので、止宿人《ししゆくにん》はみな喜んでゐました。

さういふわけで、私たちは家《いえ》の主婦を奥さんと呼んでゐました。下宿屋のおかみさんを奥さんと呼ぶのは少し変ですが、前にもいふ通り、まつたく上品な温和な婦人で、どうもおかみさんとは呼びにくいやうに感じられるので、どの人もみな申合はせたやうに奥さんと呼び、その娘を伊佐子さんと呼んでゐました。家《うち》の苗字は――仮に堀川と云つて置きませう。

十一月はじめの霽《は》れた夜《よる》でした。わたしは四谷須賀町のお酉《とり》様へ参詣《さんけい》に出かけました。東京の酉の町といふのを予《かね》て話には聞いてゐながら、まだ一度も見たことがない。さりとて浅草まで出かけるほどの勇気もないので、近所の四谷で済ませて置かうと思つて、ゆふ飯《めし》を食つた後に散歩ながらぶら〳〵行つてみることになつたのですから、甚《はなは》だ不信心の参詣者と云ふべきでした。今夜は初酉《はつとり》ださうですが、天気が好いせゐか頗《すこぶ》る繁昌してゐるので、混雑のなかを揉《も》まれながら境内と境外を一巡して、電車通りの往来まで出て来ると、こゝも露店で賑はつてゐる。その人ごみの間《あいだ》で不意に声をかけられました。

「やあ、須田君。君も来てゐたんですか。」

「やあ、あなたも御参詣ですか。」

「まあ、御参詣といふべきでせうね。」

その人は笑ひながら、手に持つてゐる小さい熊手と、笹《ささ》の枝に透《とお》した唐《とう》の芋《いも》とを見せました。彼は山岸猛雄《たけお》――これも仮名です。――といふ男で、やはり私とおなじ下宿屋に止宿してゐるのですから、二人は肩をならべて歩き始めました。

「随分賑やかですね。」と、わたしは云ひました。「そんなものを買つてどうするんです。」

「伊佐子さんにお土産《みやげ》ですよ。」と、山岸はまた笑つてゐました。「去年も買つて行つたから、今年も吉例《きちれい》でね。」

「高いでせう。」と、そんな物の相場を知らない私は訊きました。

「なに、思ひ切つて値切り倒して……。それでも初酉だから、商人《あきんど》の鼻息がなか〳〵暴《あら》い。」

そんなことを云ひながら四谷見附《よつやみつけ》の方角へ向つて来ると、山岸はある珈琲店《カフェー》の前に立ちどまりました。

「君、どうです。茶でも喫《の》んで行きませんか。」

かれは先に立つて店へ這入《はい》つたので、わたしもあとから続いて這入ると、幸ひに隅《すみ》の方のテーブルが空いてゐたので、二人はそこに陣取つて、紅茶と菓子を註文しました。

「須田君は酒を飲まないんですね。」

「飲みません。」

「些《ち》つともいけないんですか。」

「ちつとも飲めません。」

「わたしも御同様だ。少しは飲めると好《い》いんだが……。」と、山岸は何か考へるやうに云ひました。「この二三年来、なんとかして飲めるやうになりたいと思つて、随分勉強してみたんですがね。どうしても駄目ですよ。」

　飲めない酒をなぜ無理に飲まうとするのかと、年の若い私はすこしく可笑《おか》しくなりました。その笑ひ顔をながめながら、山岸はやはり仔細《しさい》ありさうに溜息をつきました。

「いや、君なぞは勿論飲まない方が好いですよ。併《しか》し私なぞは少し飲めると好いんだが……。」と、彼は繰返して云ひましたが、やがて又俄《にわか》に笑ひ出しました。「なぜと云つて……。少しは酒を飲まないと、伊佐子さんに嫌はれるんでね。はゝゝゝ。」

　山岸の方はどうだか知らないが、伊佐子さんが兎角《とかく》かれに接近したがつて、いはゆる秋波《しゅうは》を送つてゐるらしいのは、他《ほか》の止宿人もみな認めてゐるのでした。堀川の家《うち》では、伊佐子さんが姉で、京都へ行つてゐる長男は弟ださうです。伊佐子さんは廿一の年に他へ縁付いたのですが、その翌年に夫が病死したので、再び実家へ戻つて来て、それから空《むな》しく七八年を送つてゐるといふ気の毒な身の上であることを、わたし達も薄々《うすうす》知つてゐました。容貌《きりよう》も先づ十人並《ま》み以上で、阿母《おつか》さんとは違つてなか〳〵元気の好い活潑な婦人でしたが、気のせゐか、その蒼白い細面《ほそおもて》がやゝ寂しく見えるやうでした。

山岸は三十前後で、体格も好く、顔色も好く、一口に云へばいかにも男らしい風采《ふうさい》の持主でした。その上に、郷里の実家が富裕であるらしく、毎月少《すくな》からぬ送金を受けてゐるので、服装も好く、金づかひも好い。どの点から見ても、七人の止宿人のうちでは彼が最も優等であるのですから、伊佐子さんが彼に眼をつけるのも無理はないと思はれました。いや、彼女が山岸に眼をつけてゐることは、奥さんも内々《ないない》承知してゐながら、そのまゝ黙《もつ》許《きよ》してゐるらしいと云ふ噂もあるくらゐですから、今こゝで山岸の口から伊佐子さんのことを云ひ出されても、私はさのみに怪《あや》しみもしませんでした。勿論、妬《ねた》むなどといふ気は些《ち》つとも起りませんでした。

「伊佐子さんは酒を飲むんですか。」と、わたしも笑ひながら訊きました。

「さあ。」と、山岸は首をかしげてゐました。「よくは知らないが、恐らく飲むまいな。私にむかつても、酒を飲むのはおよしなさいと忠告したくらゐだから……。」

「でも、酒を飲まないと、伊佐子さんに嫌はれると云つたぢやありませんか。」

「あはゝゝゝ。」

彼があまりに大きな声で笑ひ出したので、四組ほどの他の客がびつくりしたやうに、こつちを一度に見返つたので、わたしは少し気まりが悪くなりました。茶を飲んで、菓子を食つて、その勘定は山岸が払つて、二人は再び往来へ出ると、大きい冬の月が堤《どて》の松の上に高くかゝつてゐました。霽《は》れた夜《よ》と云つても、もう十一月のはじめですから、寒い西北の風が我々を送るやうに吹いて来ました。

四谷見附を過ぎて、麴町の大通りへさしかゝると、橋ひとつを境にして、急に世間が静《しずか》になつたやうに感じられました。山岸は消防署の火の見を仰ぎながら、突然《だしぬけ》にこんなことを云ひ出しました。

「君は幽霊といふものを信じますか。」

思ひも付かないことを問はれて、私もすこしく返答に躊躇しましたが、それでも正直に答へました。

「さあ。わたしは幽霊といふものに就《つい》て、特に研究したこともありませんが、まあ信じない方ですね。」

「さうでせうね。」と、山岸はうなづきました。「わたしにしても信じたくないから、君なぞが信じないといふのは本当だ。」

彼はそれぎりで黙つてしまひました。今日ではわたしも商売柄で相当におしやべりをしますが、学生時代の若い時には、どちらかと云へば無口の方《ほう》でしたから、相手が黙つてゐれば、こつちも黙つてゐるといふ風で、二人は街路樹の落葉を蹈みながら、無言で麴町通りの半分以上を通り過ぎると、山岸はまた俄《にわか》に立ちどまりました。

「須田君、うなぎを食ひませんか。」

「え。」

わたしは山岸の顔をみました。唯《た》つた今、四谷で茶を飲んだばかりで、又すぐにこゝで鰻《うなぎ》を食はうといふのは少《すこ》しく変だと思つてゐると、それを察したやうに彼は云ひました。

「君は家《うち》で夕飯《ゆうめし》を食つたでせうが、わたしは午後に出たぎりで、実はまだ夕飯を食はないんですよ。あの珈琲店《カフエー》で何か食はうかと思つたが、ごた〳〵してゐるので止《や》めて来たんです。」

なるほど彼は午後から外出してゐたのです。それで、まだ夕飯を食はずにゐるのでは、四谷で西洋菓子を二つぐらゐ食つたのでは腹の虫が承知しまいと察せられました。それにしても、鰻を食ふのは贅沢《ぜいたく》です。いや、金廻りの好《よ》い彼としては別に不思議はないかも知れませんが、我々のやうな学生に取つては少しく贅沢です。今日《こんにち》では方々《ほうぼう》の食堂で鰻を廉《やす》く食はせますが、その頃のうなぎは高いものと決まつてゐました。殊《こと》に山岸がこれから這入らうとする鰻屋は、こゝらでも上等の店でしたから、わたしは遠慮しました。

「それぢやあ貴方《あなた》ひとりで食べていらつしやい。わたしはお先へ失敬します。」

行きかけるのを、山岸は引止めました。

「それぢやあいけない。まあ、附合ひに来てくれたまへ。鰻を食ふばかりぢやない、ほかにも少し話したいことがあるから……。いや、嘘ぢやない。まつたく話があるんだから……。」

断り切れないで、私はたうとう、鰻屋の二階へ連れ込まれました。

二

こゝで山岸とわたしとの関係を、更《さら》に説明して置く必要があります。

山岸はわたしと同じ下宿屋に住んでゐるといふ以外に、特別にわたしに対して一種の親《した》しみを持つてゐてくれるのは、二人がおなじ職業をこゝろざしてゐるのと、私が先輩として常に彼を尊敬してゐるからでした。私も将来は弁護士として世間に立つ積《つも》りで勉強中の身の上ですから、自分よりも年上の彼に対して敬意を払ふのは当然です。単に年齢の差があるばかりでなく、その学力に於ても、彼とわたしとは大いに相違してゐるのでした。山岸は法律上の知識は勿論、英語のほかに独逸《ドイツ》仏蘭西《フランス》の語学にも精通してゐましたから、私は好い人と同宿したのを喜んで、その部屋へ押掛けて行つて種々《いろいろ》のことを訊くと、彼もまた根《こん》よく親切に教へてくれる。さういふわけですから、山岸といふ男はわたしの師匠と云つてもいゝくらゐで、わたしも彼を尊敬し、彼もわたしを愛してくれたのです。

唯《ただ》こゝに一つ、わたしとして不思議でならないのは、その山岸がこれまでに四回も弁護士試験をうけて、いつも合格しないと云ふことでした。あれほどの学力もあり、あれほどの胆力もありながら、どうして試験を通過《パス》することが出来ないのか。わたしの知つてゐる範囲内でも、その学力はたしかに山岸に及ばないと思はれる人間がいづれも無事に合格してゐるのです。勿論、試験といふものは一種の運だめしで、実力の優《まさ》つたものが必ず勝つとも限らないのですが、それも一回や二回でなく、三回も四回もおなじ失敗をくり返すといふのは、どう考へても判り兼ねます。

「わたしは気が小さいので、いけないんですね。」

それに対して、山岸はかう説明してゐるのですが、わたしの視るところでは彼は決して小胆《しようたん》の人物ではありません。試験の場所に臨《のぞ》んで、いはゆる「場打《ばう》て」がするやうな、気の弱い人物とは思はれません。体格は堂々としてゐる、弁舌は流暢《りゆうちよう》である。どんな試験官でも確《たしか》に彼を採用しさうな筈であるのに、それがいつでも合格しないのは、まつたく不思議といふの外《ほか》はありません。それでも彼は、郷里から十分の送金を受けてゐるので、何回の失敗にも左《さ》のみ屈する気色もみせず、落ちつき払つて、下宿屋生活をつゞけてゐるのです。わたしは彼に誘はれて、こゝの鰻の御馳走になつたのは、今までにも二三回ありました。

「君なぞは若い盛りで、さつき食つた夕飯なぞは疾《と》うの昔に消化してしまつた筈だ。遠慮なしに食ひたまへ、食ひたまへ。」

山岸にすゝめられて、私はもう遠慮なしに食ひ始めました。兎《と》もかくも一本の酒を註文したのですが、二人ともに殆《ほとん》ど飲まないで、唯《ただ》むやみに食ふばかりです。蒲焼《かばやき》の代《かわ》りを待つてゐるあひだに、彼は徐《しずか》に云ひ出しました。

「実はね、わたしは今年《こんねん》かぎりで郷里へ帰らうかと思つてゐますよ。」

私はおどろきました。すぐには何とも云へないで、黙つて相手の顔を見つめてゐると、山岸はすこしく容《かたち》をあらためました。

「甚《はなは》だ突然で、君も驚いたかも知れないが、わたしもいよ〳〵諦《あきら》めて帰ることにしました。どう考へても、弁護士といふ職業はわたしに縁がないらしい。」

「そんなことは無いでせう。」

「私もそんなことは無いと思つてゐた。そんな筈はないと信じてゐた。幽霊が此世《このよ》に無いと信じるのと同じやうに……。」

さつきも幽霊といひ、今もまた幽霊と云ひ出したのが、わたしの注意をひきました。併《しか》し黙《だま》つて聴いてゐると、彼は更《さら》にこんなことを云ひ出しました。

「君は幽霊を信じないと云ひましたね。わたしも勿論信じなかつた。信じないどころか、そんな話を聴くと笑つてゐた。その私が幽霊に責められて、たうとう自分の目的を捨てなければならない事になつたんですよ。幽霊を信じない君達の眼から見れば、実にばか〳〵しいかも知れない。まあ、笑つてくれ給へ。」

わたしは笑ふ気にはなれませんでした。山岸の口からこんなことを聴かされる以上、それには相当の根拠がなければならない。と云つて、まさかに幽霊などといふものが此世にあらうとは思はれない。半信半疑で矢はり黙つてゐると、山岸もまた黙つて天井の電燈をみあげてゐました。広い二階に坐つてゐるのは我々の二人ぎりで、隅々から滲《にじ》み出して来る夜の寒さが人に迫るやうにも思はれました。

併《しか》し今夜もまだ九時頃です。表には電車の往来するひゞきが絶えずごう〳〵と聞《きこ》えてゐます。下では鰻を焼く団扇《うちわ》の音がぱた〳〵ときこえます。思ひこしか、頭の上の電燈が薄暗くみえても、床《とこ》の間《ま》に生けてある茶の花の白い影が侘《わび》しくみえても、怪談らしい気分を深めるには、まだ不十分でした。勿論、山岸はそんなことに頓着《とんちゃく》する筈もない、たゞ自分の云ひたいだけの事を云へばいゝのでせう。やがて又、向き直つて話しつゞけました。

「自分の口から云ふのも何だが、わたしはこれまでに相当の勉強もした積りで、弁護士試験ぐらゐは先《ま》づ無事に通過《パス》するといふ自信を持つてゐたんですよ。うぬぼれかも知れないが、自分ではさう信じてゐたんです。」

「そりやさうです。」と、私はすぐに云ひました。「あなたのやうな人がパスしないと云ふ筈はないんですから。」

「ところが、いけないから可笑《おか》しい。」と、山岸はさびしく笑ひました。「君も御承知だらうが、今年で四回、つゞけて見事に失敗してゐる。自分でも少し不思議に思ふくらゐで……。」

「私もまつたく不思議に思つてゐるんです。どう云ふわけでせう。」

「そのわけは……。今もいふ通り、わたしは幽霊に責められてゐるんですよ。いや、実にばか〳〵しい。我ながら馬鹿げ切つてゐると思ふのだが、それが事実であるから何《ど》うにも仕様がない。今まで誰にも話したことはないが、わたしが初めて試験を受けに出て、一生懸命に答案をかいてゐると、一人の女のすがたが私の眼の前にぼんやりと現れたんです。場所が場所だから、女などが出て来る筈がない。それは瘦形《やせがた》で脊《せい》の高い、髪の毛の白い女で、着物は何を着てゐるかはつきりと判らないが、顔だけはよく見えるんです。髪の白いのを見ると、老人かと思はれるが、その顔は色白の細面《ほそおもて》で、まだ三十を越したか越さないか位《ぐらい》にも見える。さういふ次第で、年ごろの鑑定は付かないが、髪の毛の真白であるだけは間違ひ無い。その女がわたしの机の前に立つて、わたしの書いてゐる紙の上を覗き込むやうにぢつと眺めてゐると、不思議にわたしの筆の運びが鈍くなつて、頭もなんだか茫《ぼう》として、何をかいてゐるのか自分にも判らなくなつて来る……。君はその女を何だと思ひます。」

「併《しか》し……。」と、わたしは考へながら云ひました。「試験場には大勢の受験者が机をならべてゐるんでせう。しかも昼間でせう。」

「さうです、さうです。」と、山岸はうなづきました。「まつ昼間《ぴるま》で、硝子《ガラス》窓の外には明るい日が照つてゐる。試験場には大勢の人間がならんでゐる。そこへ髪の毛の白い女の姿があらはれるんですよ。勿論、他の人には見えないらしい。わたしの隣にゐる人も平気で答案を書きつゞけてゐるんです。なにしろ、私はその女に邪魔をされて、結局なんだか判らないやうな答案を提出することになる。何がなんだか滅茶苦茶《めちゃくちゃ》で、自分にも訳が判らないやうなものを書いて出すのだから、試験官が明盲でない限り、そんな答案に対して及第点をあたへて呉《く》れる筈がない。それで第一回の受験は見ごとに失敗してしまつた。それでも私はそれほどに悲観しませんでした。元来がのん気な人間に生まれ付いてゐるのと、もう一つには、幸ひに郷里の方が相当に暮らしてゐるので、一年や二年は遊んでゐても困ることは無いといふ安心があつたからでした。」

「そこで、あなたはその女に就て、どう考へておいでになつたんです。」

「それは神経衰弱の結果だと見てゐました。」と、山岸は答へました。「幾《いく》らのん気な人間でも、試験前には勉強する。殊《こと》にその当時は学校を出てから間もないので、毎晩二時三時ごろまでも勉強してゐたから、神経衰弱の結果、さういふ一種の幻覚を生じたものだらうと判断しました。したがつて、さのみ不思議とも思ひませんでした。」

「その女はそれぎり姿を見せませんでしたか。」と、わたしは追ひかけるやうに訊いた。

「いや、お話はこれからですよ。その頃わたしは神田に下宿してゐたんですが、何分《なにぶん》にも周囲がさうざうしくつて、いよ／＼神経を苛立《いらだ》たせるばかりだと思つたので、更《さら》に小石川の方へ転宿して、その翌年に第二回の試験を受けると、これも同じ結果に終りました。わたしの机の前には、やはり髪の白い女の姿があらはれて、わたしが書いてゐる紙の上をぢつと覗いてゐるんです。畜生、又来たかと思つても、それに対抗するだけの勇気がないので、又もや眼が眩《くら》んで、頭がぼんやりして、なんだか夢のやうな心持になつて……。結局めちや／＼の答案を提出して……。それでも私はまだ悲観しませんでした。やはり神経衰弱が祟《たた》つてゐるんだと思つて、それから三月ほども湘南《しようなん》地方に転地して、唯《ただ》ぶら／＼遊んでゐると、頭の工合《ぐあい》もすつかり好くなつたらしいので、東京へ帰つて又もや下宿をかへました。それが現在の堀川の家《うち》で、今までのうちでは一等居ごころの好い家《うち》ですから、こゝならば大いに勉強が出来ると喜んでゐると、去年は第三回の受験です。近来は健康も回復してゐるし、試験の勝手もよく判つてゐるし、今度こそはといふ意気込みで、わたしは威勢よく試験場へ這入つて、答案をすら／＼書きはじめると、髪の白い女が又あらはれました。いつも同じことだから、もう詳しく云ふまでもありますまい。わたしは悄々《すごすご》と試験場を出ました。」

　あり得《う》べからざる話を聴かされて、わたしも何だか夢のやうな心持になつて来ました。そこへ蒲焼のお代《かわ》りを運んで来ましたが、わたしはもう箸《はし》をつける元気がない。それは満腹の為ばかりでは無かつたやうです。山岸も皿を見たばかりで、箸をとりませんでした。

三

うなぎを食ふよりも、話のつゞきを聴く方が大事なので、わたしは誘ひかけるやうに又訊きました。

「さうすると、それもやつぱり神経のせゐでせうか。」

「さあ。」と、山岸は低い溜息を洩らしました。「かうなると、わたしも少し考へさせられましたよ。実は今まで郷里の方に対して、受験の成績は毎回報告してゐましたが、髪の白い女のことなぞは一切秘密にしてゐました。そんなことを云つて遣《や》つたところで、誰も信用する筈も無し、落第の申訳にそんな奇怪《きつかい》な事実を捏造《ねつぞう》したやうに思はれるのも、あまり卑怯らしくつて残念だから、どこまでも自分の勉強の足らないことにして置いたんです。ねえ、さうでせう。わたしの眼にみえるだけで、誰にも判《わか》らないことなんだから、いくら本当だと主張したところで信用する者はありますまい。まして自分自身も神経衰弱の祟りと判断してゐるくらゐだから、そんな余計なことを報告して遣る必要もないと思つて、かたぐ其儘《そのまま》にして置いたんですが、三度が三度、同じことが続いて、おなじ結果になるといふのは少し可怪《おか》しいと自分でもやゝ疑ふやうになつて来た。そこへ郷里の父から手紙が来て、ちよつと帰つて来いといふんです。父は九州のFといふ町で、やはり弁護士を開業してゐるんですが、早い子持で、廿三の年《とし》にわたしを生《う》んだのだから、去年は五十二で、土地の同業者間では先《ま》づ好い顔になつてゐる。そのおかげで私もまあ斯《こ》うしてぶら〳〵してゐられるんですが……。その父も毎々の失敗にすこし呆《あき》れたんでせう、兎もかくも一度帰つて来いといふので、去年の暮から今年の正月にかけて……。それは君も知つてゐるでせう。それから東京へ帰つて来たときに、私の様子に何か変つたところがありましたか。」

「いゝえ、気がつきませんでした。」と、私は首をふりました。

「さうでしたか。なんぼ私のやうな人間でも、三回も受験に失敗してゐるんだから、久しぶりで国へ帰つて、父の前へ出ると、流石《さすが》に極《き》まりが悪い。そこは人情で、なにかの云ひ訳もしたくなる。その云ひ訳のあひだに口が滑つて、髪の白い女のことをうつかり饒舌《しやべ》つてしまつたんです。すると、父は俄《にわか》に口唇《くちびる》を屹《きつ》と結んで、しばらく私の顔を見つめてゐたが、やがて厳粛な口調《くちよう》で、お前それは本当かといふ。本当ですと答へると、父は又だまつて仕舞つて、それぎり何にも云ひませんでしたが、扨《さて》さうなると私の疑ひはいよ〳〵深くならざるを得ない。父の様子から想像すると、これには何か仔細のあることで、単にわたしの神経衰弱とばかりは云つてゐられないやうな気がするぢやありませんか。その時はまあそれで済んだんですが、それから二三日の後《のち》、父はわたしに向つて、もう東京へ行くのは止《よ》せ、弁護士試験なぞ、受けるのは思ひ切れと、かう云ふんです。併《しか》しそのまゝ実家に居据《いすわ》つてゐても仕方がないので、わたしは父にむかつて、お願ひですからもう一度東京へ遣《や》つてください。万一今年の受験にも失敗するやうであつたら、その時こそは思ひ切つて帰郷しますと、無理に父を口説《くど》いて再び上京しました。したがつて、今年の受験はわたしに取つては背水《はいすい》の陣《じん》と云つたやうなわけで、平素《へいそ》のんヽ気な人間も少しく緊張した心持で帰つて来たんです。それが君達に覚《さと》られなかつたとすると、私はよほどのんヽ気にみえる男なんでせうね。」

山岸は又さびしく笑ひながら語りつゞけました。

「ところで、今年の受験もあの通りの始末……。やはり白い髪の女に祟《たた》られたんですよ。彼女は今年も依然として試験場にあらはれて、わたしの答案を妨害しました。云ふまでもない事だが、試験場に於けるわたしの席は毎年変つてゐる。而《しか》も彼女は同じやうな、影の形に従《したが》ふがごとくに、私の前にあらはれて来るのだから、どうしても避《さ》ける方法がない。わたしは此の幽霊——先《ま》づ幽霊とでも云ふの外《ほか》はありますまい。この幽霊のために再三再四妨害されて、実に腹が立つて堪《たま》らないので、もう斯《こ》うなつたら根《こん》くらべ意地くらべの決心で、来年も重ねて試験を受けようと思つてゐたところが、二三日前に郷里の父から手紙が来て、今度こそは何《ど》うしても帰れといふんです。この正月の約束があるから、わたしももう強情を張り通すわけにも行かないのと、もう一つ、わたしに強い衝動《ショツク》をあたへたのは、父の手紙にかういふことが書いてあるんです。たとひ無理に試験を通過したところで、弁護士といふ職業を択《えら》むことは、おまへの将来に不幸をまねく基《もと》であるらしく思はれるから、もう思ひ切つて帰郷して、なにか他の職業を求める事にしろ。お前として今までの志望を抛棄《ほうき》するのは定めて苦痛であらうと察せられるが、お前にばかり強《し》ひるのではない、わたしも今年かぎりで登録を取消して弁護士を廃業する……。」

「なぜでせう。」と、わたしは思はず口を容《い》れました。

「なぜだか判らない。」と、山岸は思ひありげに答へました。「併《しか》し判らないながらも、何だか判つたやうな気もするので、わたしもいよ〳〵思ひ切つて東京をひきあげて、年内に帰国する積りです。父は、F町の近在に相当の土地を所有してゐる筈だから、草花でも作つて、晩年を送る気になつたのかも知れない。わたしも父と一緒に園藝でも行《や》つてみるか、それとも何か他の仕事に取りかゝるか、それは帰郷の上でゆつくり考へようと思つてゐるんです。」

わたしは急にさびしいやうな、薄暗い心持になりました。どんな事情があるのか知らないが、父も弁護士を廃業する、その子も弁護士試験を断念して帰る。それだけでも聴く者のこゝろを暗くさせるのに、更に現在のわたしとしては、自分が平素尊敬してゐる先輩に捨て、行《ゆ》かれるのが、いかにも頼りないやうな寂しい思ひに堪へられないので、黙つて俯向いてその話を聴いてゐると、山岸は又云ひました。

「今夜《こんや》の話はこの場かぎりで、当分は誰にも秘密にして置いてくれ給《たま》へ。いゝかい。奥さんにも伊佐子さんにも暫《しばら》く黙つてゐて呉《く》れたまへ。」

奥さんは兎もあれ、伊佐子さんがこれを知つたら定めて驚くことであらうと、私は気の毒に思ひましたが、この場合、彼《か》れ是《こ》れ云ふべきではありませんから、山岸の云ふがまゝに承諾の返事をして置きました。

お代《かわ》りの蒲焼は二人ともに些《ち》つとも箸をつけなかつたので、残して行《ゆ》くのも勿体ないと云つて、その二人前を折詰にして貰ふことにしました。それは伊佐子さんへお土産にするのだと、山岸は云つてゐました。熊手と唐《とう》の芋と、うなぎの蒲焼と、重《かさ》ね重《がさ》ねのおみやげを貰つて、なんにも知らない伊佐子さんはどんなに喜ぶことかと思ふと、わたしはいよ〳〵寂しいやうな心持になりました。

表へ出ると、木枯《こがら》しとでも云ひさうな寒い風が先刻《さつき》よりも強く吹いてゐました。宿《やど》へ帰るまで二人は黙つて歩きました。

四

おみやげの品々を貰つて、伊佐子さんは果して大喜びでした。奥さんも喜んでゐました。その呉《く》れ手が山岸であるだけに、伊佐子さんは一層嬉しく感じたのであらうと思ふと、わたしは気の毒を通り越して、なんだか悲しいやうな心持になつて来たので、匆々《そうそう》に挨拶して、自分の部屋へ這入つてしまひました。

堀川の家《うち》で止宿人にあたへてゐる部屋は、二階に五間《いつま》、下に二間《ふたま》といふ間取りで、山岸は下の六畳に、わたしは二階の東の隅の四畳半に陣取つてゐるのでした。東の隅と云つても、東側には隣の二階家が接近してゐるので、一間《いつけん》の肱かけ窓は北の往来にむかつて開かれてゐるのですから、これからは日当りの悪い、寒い部屋になるのです。今夜のやうな風の吹く晩には、窓の戸をゆする音を聞くだけでも夜の寒さが身に沁みます。もう勉強する元気もないので、私はすぐに冷い衾《よぎ》のなかに潜り込みましたが、何分《なにぶん》にも眼が冴えて眠られませんでした。いや、眠られないのが当りまへかとも思ひました。

わたしは今夜の話をそれからそれへと繰返して考へました。髪の白い女といふのは、一体何者であらうかとも考へました。山岸はそれを幽霊と信じて仕舞つたらしいが、さつきも云ふ通り、白昼《はくちゆう》衆人のあひだに幽霊が姿をあらはすなどと云ふのは、どうしても私には信じられないことでした。而《しか》も山岸が彼の父にむかつてその話を洩らしたときに、父の態度に怪しむべき点を発見したらしい事を考へると、父には何か思ひ当る節があるのかとも察せられます。殊《こと》に父も今年かぎりで弁護士を廃業するから、山岸にも受験を断念しろといふ。それには勿論なにかの仔細が無ければならない。それらを綜合《そうごう》して考へると、これは弁護士といふ職業に関聯《かんれん》した一種の秘密であるらしい。山岸は詳しいことを明かさないが、今度の父の手紙にはその秘密を洩らしてあるのかも知れない。そこで、彼もたうとう我《が》を折つて、俄《にわか》に帰郷することになつたのかも知れない。

わたしの空想はだん〳〵に拡がつて来ました。山岸の父は職業上、ある訴訟事件の弁護をひき受けた。刑事ではあるまい、恐らく民事であらう。それが原告であつたか、被告であつたか知らないが、兎《と》もかくも裁判の結果が、ある婦人に甚《はなは》だしい不利益をあたへることになつた。その婦人は、髪の白い人であつた。彼女はそれがために自殺したか、悶死したか、いづれにしても山岸の父を呪ひつゝ死んだ。その恨みの魂がまぼろしの姿を試験場にあらはして、彼の子たる山岸を苦しめるのではあるまいか。

かう解釈すれば、怪談として先づ一通りの筋道は立つわけですが、そんな小説めいた事件が実際にあり得《う》るものかどうかは、大いなる疑問であると云はなければなりません。

先刻聞き落したのですが、一体その髪の白い女は試験場にかぎつて出現するのか、或は平生《へいぜい》でも山岸の前に姿をみせるのか、それも詮議しなければならない事です。山岸の口ぶりでは、平生は彼女と没交渉であるらしく思はれるのですが、それも機会を見てよく確めて置かなければなりません。そんなことを色々考へてゐるうちに、近所の米屋で、一番雞《いちばんどり》の歌ふ声がきこえました。

あくる朝はゆうべの風のためか、俄に冬らしい気候になりました。一夜を碌々《ろくろく》眠らずに明かした私は、今朝の寒さが一層こたへるやうでしたが、それでも朝飯を匆々に食つて、いつもの通りに学校へ出て行きました。その頃には風も止んで、青空が高く晴れてゐました。

留守のあひだに何事か起つてゐはしないかと、一種の不安をいだきながら、午後に学校から帰つて来ますと、堀川の一家《いつか》には何にも変つた様子もなく、伊佐子さんはいつもの通りに働いてゐます。山岸も自分の部屋で静《しずか》に読書してゐるやうです。私も先《ま》づこれで安心してゐると、午後六時頃に伊佐子さんがわたしの部屋へ夕飯の膳を運んで来ました。このごろの六時ですから、日はすつかり暮れ切つて、狭い部屋には電燈のひかりが満ちてゐました。

「けふは随分お寒うござんしたね。」と、伊佐子さんは云ひました。平生《ふだん》から蒼白い顔のいよ〳〵蒼ざめてゐるのが、わたしの眼につきました。

「えゝ、今からこんなに寒くつちや遣《や》り切れません。」

いつもは膳と飯櫃《めしびつ》を置いて、すぐに立去る伊佐子さんが、今夜は入口に立膝《たてひざ》をしたまゝで又話しかけました。

「須田さん。あなたはゆうべ、山岸さんと一緒にお帰りでしたね。」

「えゝ。」と、わたしは少し曖昧に答へました。この場合、伊佐子さんから山岸のことを何か訊かれては困ると思つたからです。

「山岸さんは何かあなたに話しましたか。」と、果して伊佐子さんは訊きはじめました。

「何かとは……。どんな事です。」

「でも、此頃は山岸さんのお国からたび〳〵電報が来るんですよ。今月になつても、一週間ばかりのうちに三度も電報が来ました。そのあひだに郵便も来ました。」

「さうですか。」と、私は、なんにも知らないやうな顔をしてゐました。

「それには何か、事情があるんだらうと思はれますが……。あなたはなんにも御承知ありませんか。」

「知りません。」

「山岸さんは昨夜《ゆうべ》なんにも話しませんでしたか。わたしの推量では、山岸さんはもうお国の方へ帰つて仕舞ふんぢやないかと思ふんですが……。そんな話はありませんでしたか。」

わたしは少しぎよつとしましたが、山岸から口止めをされてゐるんですから、迂濶《うかつ》におしやべりは出来ません。それを見透してゐるやうに、伊佐子さんは一膝《ひとひざ》摺《す》り寄つて来ました。

「ねえ。あなたは平生《ふだん》から山岸さんと特別に仲好く交際しておいでなさるんですから、あの人のことに就《つい》て何か御存じでせう。隠さずに教へて下さいませんか。」

これは伊佐子さんとして無理ならぬ質問ですが、その返事には困るのです。一つ家《うち》に住んでゐながら、一体この伊佐子さんと山岸との関係が何《ど》のくらゐの程度にまで進んでゐるのか、それを私はよく知らないので、かういふ場合にはいよ〳〵返事に困るのです。併《しか》し山岸との約束がある以上、わたしは心苦しいのを我慢して、飽《あ》くまでも知らない〳〵を繰返してゐるの外《ほか》はありません。そのうちに、伊佐子さんの顔色はます〳〵悪くなつて、飛んでもないことを云ひ出しました。

「あの、山岸さんといふ人は怖ろしい人ですね。」

「なにが怖ろしいんです。」

「ゆうべお土産《みやげ》だと云つて、うなぎの蒲焼《かばやき》をくれたでせう。あれが怪しいんですよ。」

伊佐子さんの説明によると、ゆうべ彼《か》の蒲焼を貰つた時はもう夜が更《ふ》けてゐるので、あした食ふことにして台所の戸棚に仕舞つて置いた。この近所に大きい黒い野良猫がゐる。それが今日の午前中に忍び込んで来て、女中の知らない間《ま》に蒲焼の一串をくはへ出して、裏手の掃溜《はきだ》めのところで食つてゐたかと思ふと、口から何か吐き出して死んでしまつた。猫は何かの毒に中《あた》つたらしいと云ふのです。

かうなると、わたしも少しく関り合ひがあるやうな気がして、そのまゝ聞き捨てにはならない事になります。

「猫はまつたく其《そ》の鰻《うなぎ》の中毒でせうか。」と、わたしは首をかしげました。「さうして、ほかの鰻はどうしました。」

「なんだか気味が悪うござんすから、母とも相談して、残つてゐた鰻もみんな捨てさせて仕舞ひました。熊手も毀《こわ》して、唐《とう》の芋も捨てゝしまひました。」

「併し現在、その鰻を食つた我々は、かうして無事でゐるんですが……。」

「それだからあの人は怖ろしいと云ふんです。」と、伊佐子さんの眼のひかりが物凄くなりました。「おみやげだなんて親切らしいことを云つて、わたし達を毒殺しようと巧《たく》らんだのぢやないかと思ふんです。さもなければ、あなた方の食べた鰻には別条がなくつて、わたし達に食べさせる鰻には毒があると云ふのが不思議ぢやありませんか。」

「そりや不思議に相違ないんですが……。それはあなた方の誤解ですよ。あの鰻は最初からお土産にする積《つも》りで拵《こしら》へたのぢやあない、我々の食ふ分が自然に残つて、おみやげになつたんですから……。わたしは始終一緒にゐましたけれど、山岸さんが毒なぞを入れたやうな形跡は決してありません。それはわたしが確《たしか》に保證します。鰻が一晩のうちに何《ど》うかして腐敗したのか、或は猫が他の物に中毒したのか、いづれにしても山岸さんや私には全然無関係の出来事ですよ。」

わたしは熱心に弁解しましたが、伊佐子さんはまだ疑つてゐるやうな顔をして、成程《なるほど》さうかとも云はないばかりか、いつまでも忌《いや》な眼をして睨《にら》んでゐるので、わたしは甚《はなは》だしい不快を感じました。

「あなたは何《ど》うしてそんなに山岸さんを疑ふんですか。単に猫が死んだと云ふだけのことですか、それともほかに理由があるんですか。」と、わたしは詰問するやうに訊きました。

「ほかに理由がないでもありません。」

「どんな理由ですか。」

「あなたには云はれません。」と、伊佐子さんはきつぱりと答へました。余計なことを詮議するなと云ふやうな態度です。

わたしはいよ〳〵勃然《むつ》としましたが、俄にヒステリーになつたやうな伊佐子さんを相手にして、議論をするのも無駄なことだと思ひ返して、黙つて傍《わき》を向いてしまひました。そのとき恰《あたか》も下の方から奥さんの呼ぶ声がきこえたので、伊佐子さんも黙つて出て行きました。

ひとりで飯を食ひながら、わたしは又かんがへました。余《よ》の事とは違つて、仮にも毒殺などとは容易ならぬことです。伊佐子さんばかりでなく、奥さんまでが本当にさう信じてゐるならば、山岸のために進んでその冤《えん》を雪《すす》ぐのが自分の義務であると思ひました。それにしても、本人の山岸はそんな騒ぎを知つてゐるか何《ど》うか、先づそれを聞き糺《ただ》して置く必要があるとも考へたので、飯を食つて仕舞ふと直ぐに二階を降りて、山岸の部屋へたづねて行くと、山岸はわたしよりも先に夕飯を済ませて、どこへか散歩に出て行つたと云ふことでした。

わたしも頭がむしやくしやして、再び二階の部屋へ戻る気にもなれなかつたので、何が無しに表へふらりと出てゆくと、そのうしろ姿をみて、奥さんがあとから追つて来ました。

「須田さん、須田さん。」

呼びとめられて、わたしは立ちどまりました。家《うち》から十五六間《けん》も距《はな》れたところで、路《みち》の傍《はた》には赤いポストが寒さうに立つてゐます。そこにたゝずんで待つてゐると、奥さんは小走りに走つて来て、あとを見返りながら小声で訊きました。

「あの……。伊佐子が……。あなたに何か云ひはしませんでしたか。」

なんと答へようかと、私はすこしく考へてゐると、奥さんの方から切り出しました。

「伊佐子が何か鰻のことを云ひはしませんか。」

「云ひました。」と、わたしは思ひ切つて答へました。「ゆうべの鰻を食つて、黒猫が死んだとか云ふことを……。」

「猫の死んだのは本当ですけれど……。伊佐子はそれを妙に邪推してゐるので、わたしも困つてゐるのです。」

「まつたく伊佐子さんは邪推してゐるのです。積《つも》つてみても知れたことで、山岸さんがそんな馬鹿なことをするもんですか。」

わたしの声が可《か》なりに暴《あら》かつたので、奥さんもや〻躊躇してゐるやうでしたが、再びうしろを見返りながら囁《ささや》きました。

「あなたも御存じだか何《ど》うだか知りませんけれど、このごろ山岸さんのところへお国の方《ほう》から電報や郵便がたび〳〵来るので、娘はひどくそれを気にしてゐるのです。山岸さんは郷里へ帰るやうになつたのぢやあないかと云つて……。」

「山岸さんが若《も》し帰るやうならば、どうすると云ふんです。伊佐子さんはあの人と何か約束した事でもあるんですか。」と、わたしは無遠慮に訊き返しました。

奥さんは返事に困つたやうな顔をして、しばらく黙つてゐましたが、その様子をみて私にも覚《さと》られました。他《た》の止宿人達が想像してゐた通り、山岸と伊佐子さんとのあひだには、何かの糸が繋がつてゐて、奥さんもそれを黙認してゐるに相違ないのです。そこで、わたしは又云ひました。

「山岸さんはあゝいふ人ですから、万一帰郷するやうになつたからと云つて、無断で突然立去る気づかひはありません。屹《きつ》とあなた方にも事情を説明して、何事も円満に解決するやうな方法を講じるに相違ありませんから、むやみに心配しない方が好いでせう。伊佐子さんが何と云つても、うなぎの事件だけは山岸さんに取つて確に冤罪です。」

伊佐子さんに話した通りのことを、わたしはこゝで再び説明すると、奥さんは素直にうなづきました。

「そりやさうでせう。あなたの仰《おつ》しやるのが本当ですよ。山岸さんが何でそんな怖ろしいことをするものですか。それはよく判つてゐるのですけれど、伊佐子はふだんの気性にも似合はず、この頃は妙に疑ひ深くなつて……。」

「ヒステリーの気味ぢやあ無いんですか。」

「さうでせうか。」と、奥さんは苦労ありさうに、眉をひそめました。

伊佐子さんに対しては一種の義憤を感じてゐた私も、おとなしい奥さんの悩ましげな顔色をみてゐると、又俄に気の毒のやうな心持にもなつて、なんとか慰めて遣りたいと思つてゐるところへ、恰《あたか》も集配人がポストを明けに来たので、ふたりはそこを離れなければならない事になりました。

そのときに気がついて見返ると、伊佐子さんが門口《かどぐち》に立つて遠くこちらを窺《うかが》つてゐるらしいのが、軒燈《けんとう》の薄紅《うすあか》い光に照らし出されてゐるのです。わたし達もちよつと驚いたが、伊佐子さんの方でも自分のすがたを見付けられたのを覚《さと》つたらしく、消えるやうに内へ隠れてしまひました。

五

奥さんに別れて、麹町《こうじまち》通りの方角へ二足《ふたあし》ばかり歩き出した時、恰《あたか》もわたしの行く先から、一台の自動車が走つて来ました。あたりは暗くなつてゐるなかで、そのヘッド・ライトの光が案外に弱くみえるので、私はすこしく変だと思ひながら、摺れ違ふときに不図《ふと》覗《のぞ》いてみると、車内に乗つてゐるのは一人の婦人でした。その婦人の髪が真白に見えたので、わたしは思はずぞつとして立ち停まる間《ま》に、自動車は風のやうに走り過ぎて、どこへ行つてしまつたか、消えてしまつたか、よく判りませんでした。

これは恐らくわたしの幻覚でせう。いや、たしかに幻覚に相違ありません。髪の白い女の怪談を山岸から聞かされてゐたので、今摺れ違つた自動車の乗客の姿が、その女らしく私の眼を欺《あざむ》いたのでせう。又それが本当に髪の白い婦人であつたとしても、白髪の老女は世間に沢山あります。単に髪が白いといふだけのことで、それが山岸に祟《たた》つてゐる怪しい女であるなどと一途に決めるわけには行きません。いづれにしても、そんなことを気にかけるのは万々《ばんばん》間違つてゐると承知してゐながら、私はなんだか薄気味の悪いやうな忌な心持になりました。

「はゝ、おれはよつぽど臆病だな。」

自分で自分を嘲《あざけ》りながら、私はわざと大股《おおまた》にあるいて、灯《あかり》の明るい電車路の方へ出ました。ゆうべのやうな風はないが、今夜もなか〳〵寒い。何をひやかすと云ふことも無しに、四谷見附までぶら〳〵歩いて行きましたが、帰りの足は自然に早くなりました。帽子もかぶらず、外套も着てゐないので、夜の寒さが身にしみて来たのと、留守のあひだに又何か起つてゐはしまいかと云ふ不安の念が高まつて来たからです。家《うち》へ近《ちか》づくにしたがつて、わたしの足はいよ〳〵早くなりました。裏通りへ這入ると、月のひかりは霜《しも》を帯びて、その明るい町のどこやらに犬の吠える声が遠くきこえました。

堀川の家《うち》の門《かど》をくゞると、わたしは果して驚かされました。わたしが四谷見附まで往復するあひだに伊佐子さんは劇薬を嚥《の》んで死んでしまつたのでした。山岸はまだ帰りません。その明き部屋へ這入り込んで、伊佐子さんは自殺したのです。その帯のあひだには母にあてた一通の書置を忍ばせてゐて、「わたしは山岸といふ男に殺されました」と簡単に記してあつたさうです。奥さんもびつくりしたのですが、なにしろ劇薬を飲んで死んだのですから、その儘《まま》にして置くことは出来ません。わたしの帰つたときには、恰《あたか》も警察から係り官が出張して臨検の最中でした。

猫の死んだ一件を女中がうつかり饒舌《しやべ》つたので、帰ると直《す》ぐに私も調べられました。そこへ恰も山岸がふらりと帰つて来たので、これは一応の取調べぐらゐでは済みません、その場から警察へ引致《いんち》されました。伊佐子さんは自殺に相違ないのですが、猫の一件があるのと、その書置に、「山岸といふ男に殺されました」などと書いてあるので、山岸はどうしても念入りの取調べを受けなければならない事になつたのです。

警察の取調べに対して、山岸は伊佐子さんとの関係を飽くまでも否認したさうです。

「唯《ただ》一度、今年の夏の宵《よい》のことでした。わたしが英国大使館前の桜の下を涼みながらに散歩してゐると、伊佐子さんがあとから附いて来て、一緒に話しながら小一時間ほど歩きました。そのときに伊佐子さんが、あなたはなぜ奥さんをお貰ひなさらないのだと訊きましたから、幾年《いくねん》かゝつても弁護士試験をパスしないやうな人間のところへ、恐らく嫁に来る者はありますまいと、わたしは笑ひながら答へますと、伊佐子さんは押返《おしかえ》して、それでも若《も》し奥さんになりたいと云ふ人があつたらどうしますと云ひますから、果してさういふ親切な人があれば喜んで貰ひますと答へたやうに記憶してゐます。唯《ただ》それだけのことで、その後《ご》に伊佐子さんから何《な》んにも云はれたことも無く、わたしからも何《な》んにも云つたことはありません。」

　奥さんも斯《こ》う申立てたさうです。

「娘が山岸さんを恋しがつてゐるらしいのは、わたくしも薄々察して居りまして、もし出来るものならば、娘の望み通りにさせて遣《や》りたいと願つて居りましたが、二人のあひだに何かの関係があつたとは思はれません。」

　ふたりの申口《もうしくち》が符合してゐるのを見ると、伊佐子さんは単に山岸の帰郷を悲観して、いはゆる失恋自殺を遂げたものと認めるの外《ほか》は無いことになりました。猫を殺したのも伊佐子さんの仕業《しわざ》で、劇薬の効目《ききめ》を試すために、わざと鰻に塗りつけて猫に食はせたのであらうと想像されました。猫の死骸を解剖してみると、その毒は伊佐子さんが嚥《の》んだものと同一であつたさうです。

　たゞ判《わか》り兼ねるのは、伊佐子さんがなぜ彼《か》の猫の死を證拠にして、山岸が自分たち親子を毒殺しようと企《くわだ》てたなどと騒ぎ立てたかと云ふことですが、それも失恋から来た一種のヒステリーであると云へばそれまでのことで、深く詮議する必要はなかつたのかも知れません。

　そんなわけで、山岸は無事に警察から還されて、この一件はなんの波瀾《はらん》をも巻き起さずに落着しました。唯《ただ》こゝに一つ、不思議とも云へば云はれるのは、伊佐子さんの死骸の髪の毛が自然に変色して、いよ〳〵納棺といふときには、老女のやうな白い髪に変つて仕舞つたことです。おそらく劇薬を嚥んだ結果であらうといふ者もありましたが、通夜《つや》の席上で奥さんはこんなことを話しました。

「あの晩、須田さんに別れて家《うち》へ帰りますと、伊佐子の姿はみえません。唯《た》つた今、内へ這入つた筈だが、どこへ行つたのかと思ひながら、茶の間の長火鉢のまへに坐る途端《とたん》に、表へ自動車の停まるやうな音がきこえました。誰が来たのかと思つてゐると、それぎりで表はひつそりしてゐます。はてな、どうも自動車が停つたやうだがと、起《た》つて出てみると表には何んにもゐないのです。すこし不思議に思つて其処《そこ》らを見まはしてゐると、女中があわてゝ駈け出して来て、大変だ大変だと云ひますから、驚いて内へ引返《ひつかえ》すと、伊佐子は山岸さんの部屋のなかに倒れてゐました。」

他の人たちは黙つてその話を聴いてゐました。山岸もだまつてゐました。私だけは黙つてゐられないやうな気がしたので、その自動車は……と云はうとして、又躊躇しました。何にも知らない奥さんの前で、余計なことを云はない方が好からうと思つたからです。

伊佐子さんの葬儀を終つた翌日の夜行列車で、山岸は郷里のF町へ帰ることになつたので、わたしは東京駅まで送つて行きました。それは星ひとつ見えない、暗い寒い宵《よい》であつたことを覚えてゐます。待合室にゐるあひだに彼《か》の自動車の一件をそつと話しますと、山岸は唯《ただ》うなづいてゐました。そのときに私は訊きました。

「髪の白い女といふのは、あなたが試験場へ這入つた時だけに見えるんですか、そのほかの時にも見えるんですか。」

「堀川の家《うち》へ行つてからは、平生《ふだん》でも時々に見えることがあります。」と、山岸は平気で答へました。「今だから云ひますが、その女の顔は伊佐子さんそつくりです。伊佐子さんは死んでから、その髪の毛が白くなつたといふが、私の眼には平生《ふだん》から真白《まつしろ》に見えてゐましたよ。」

わたしは思はず身を固くした途端《とたん》に、発車を知らせるベルの音がきこえました。

鷲《わし》

一

今もむかしも川崎の大師《だいし》は廿一日が縁日《えんにち》で、殊《こと》に正五九《しようごく》の三月《みつき》は参詣人が多い。江戸から少しく路程《みちのり》は距《はな》れてゐるが、足弱《あしよわ》は高輪あたりから駕籠に乗つてゆく。達者な者は早朝から江戸を出て草履《ぞうり》か草鞋《わらじ》ばきで日帰りの短い旅をする。それやこれやで、汽車や電車の便利のない時代にも、大師詣《もうで》の七八分は江戸の信心者《しんじんしや》であつた。

これもその信心者の一人《いちにん》であらう、四十を一つ二つも越えたらしい武家の御新造《ごしんぞう》風の女が、ひとりの下男を供につれて、大師の門前にさしかゝつた。文政十一年の秋ももう暮れかゝる九月廿一日の朝の四つ半頃（午前十一時）で、大師河原の蘆《あし》の穂綿《ほわた》は青々と晴れた空の下に白くみだれて靡《なび》いてゐた。

この主従は七つ（午前四時）起きをして江戸の屋敷を出て、往《ゆ》きの片道を徒《かち》で歩いて、戻りを駕籠に乗るといふ世間並《せけんなみ》の道中であるらしく、主人の女はもう可なりに疲れたらしい草履の足をひき摺《ず》つてゐた。下男はいはゆる中間《ちゆうげん》で、年のころは廿四五の見るから逞《たくま》しさうな男振りであつた。彼は型のごとくに一本の木刀《ぼくとう》をさして、何かの小さい風呂敷づつみを持つて、素足に草鞋をはいてゐた。

「お疲れでござりませう。萬年屋で一と休み致してまゐれば宜《よろ》しうござりました。」と、彼は主人をいたはるやうに云つた。

「御参詣《ごさんけい》も済まないうちに休息などしてゐては悪い。御参詣を済ませてから、ゆる〳〵と休みませう。」

女はわざと疲れた風《ふう》を見せないやうにして、先に立つて大師の表門をくゞると、前にもいふ通り、けふは九月の縁日《えんにち》にあたるので、江戸や近在の参詣人が群集して、門内の石だたみの道には参り下向《げこう》の袖と数珠《じゆず》とが摺《す》れ合ふほどであつた。女も手首に小さい数珠をかけてゐた。

その人ごみのあひだを抜けて行くうちに、女は不図《ふと》何物かを見付けたやうに、下男をみかへつて囁《ささや》いた。

「あれ、あすこにゐるのは……。」

云はれて、下男も見かへると、石だたみの道から少しく距《はな》れた桜の大樹《たいじゆ》の下に、ふたりの女がたゝずんで、足もとに餌を拾ふ鳩の群をながめてゐた。下男はそれを見つけて、足早に駈け寄つた。

「もし、もし、お島さんのおつかあぢやあねえか。」

下男の声は随分大きかつたが、あたりが混雑してゐるせゐか、それとも何か屈托《くつたく》でもあるのか、呶鳴《どな》るやうな男の声も女ふたりの耳には響かないらしかつた。下男は焦《じ》れるやうに又呼んだ。

「これだから田舎者は仕様がねえ。おい、お島のおつかあ、何をぼんやりしてゐるんだな。市ケ谷の御新造様がお出《い》でになつてゐるんだよ。」

市ケ谷といふ声におどろかされたやうに、二人の女は急に顔をあげた。彼等は母と娘であるらしく、母は御新造様と呼ばれる女よりも二つ三つも年下かと思はれる年配で、大森か羽田あたりの漁師《りようし》の女房《にようぼ》とでも云ひさうな風俗であつた。娘はまだ十六七で、色こそ浜風に黒《くろ》んでゐるが、眉は濃く、眼は大きく、口もとは屹《きつ》と引締まつて、これに文金島田の鬘《かつら》を被せたらば、然《しか》るべき武家のお嬢さまの身代り首にもなりさうな、卑《いやし》からざる顔《かお》容《かたち》の持主であつた。信心参りの為でもあらう、親子ともに小ざつぱりした木綿の袷《あわせ》を着て、娘は紅い帯を締めてゐた。母はやはり数珠を持つてゐた。

「あれ、まあ。」と、母は初めて気が附いたやうに、あわてゝ会釈《えしやく》した。「久助《きゆうすけ》さんでござりましたか。御新造さまも御一緒で……。」

彼女は狼狽《うろた》へたやうに伸びあがつて、群集のなかを見まはすと、その御新造も人ごみを抜けて、桜の木の下に近寄つた。

「あれ、御新造さま……。」と、母は形をあらためて叮嚀《ていねい》に一礼すると、娘もそのうしろから恭々《うやうや》しく頭を下げた。

「めづらしい所で逢ひました。」と、女もなつかしさうに云つた。「お前がたも御参詣かえ。」

「はい。」

とは云つたが、母の声はなんだか陰《くも》つてゐるやうにも聞かれた。娘もだまつて俯向《うつむ》いてゐた。彼等には何かの屈托があるらしかつた。

「角蔵どんはどうした。達者かえ。」と、下男の久助は訊いた。

「はい。おかげ様で無事に稼《かせ》いで居ります。」と、母は答へた。「あなた方はまだ御参詣はお済みになりませんか。」

「これからだ。おめえ達はもう済んだのか。」

「はい。」

「では、こゝに少し待つてゐてお呉《く》れでないか。わたし達は御参詣を済ませて来ますから。」と、女は云つた。

「はい、はい。どうぞ御ゆつくりと御参詣遊ばして……。」

親子二人をこゝに残して、御新造と下男は再び石だたみの道を歩んで行つた。人に馴れてゐる鳩の群はいつまでも飛び去らずに、この親子のまへに餌《え》を拾つてゐた。

この物語を滑《なめ》らかに進行させる必要上、こゝで登場人物四人の身もとを簡単に説明して置く必要がある。御新造と呼ばれる女は、江戸の御鉄砲方《おてつぽうかた》井上左太夫《さだゆう》の組下の与力《よりき》、和田弥太郎の妻のお松で、和田の屋敷は小石川の白山前町《はくさんまえまち》にあつた。弥太郎は二百俵取《ぴようど》りで、夫婦のあひだにお藤と又次郎といふ子供を持つてゐるが、長女のお藤はことし廿二歳で、四年前から他家に縁付いてゐるので、わが家にあるのは相続人の又次郎だけである。二百俵取りでは、もとより裕福といふ身分でもなかつたが、和田の家は代々こゝろ掛けの良い主人がつゞいたので、その勝手元《かつてもと》はあまり逼迫《ひつぱく》してゐなかつた。家内は夫婦と忰《せがれ》と、ほかに中間の久助、女中のお島、おみよの六人で、先《ま》づは身分相当の生活に不足はなかつた。弥太郎は四十六歳、鉄砲を取つては組内でも老巧の達人として知られてゐた。

かう云ふと、まことに申分のないやうであるが、その和田の家に此頃ひとつの苦労が起つてゐた。それは羽田の鷲撃《わしうち》の年番《ねんばん》に当つたことである。

羽田の鷲撃――毎年の秋から冬にかけて、遠くは奥州、あるひは信州、甲州、近くは武州、相州、または向ふ地の房総の山々から大きい鷲が江戸附近へ舞ひあつまつて来る。鷲は猛鳥であるから、他の鳥類をつかむのは勿論、時には人間にも害をなすことがある。子どもが鷲に攫《さら》はれたなどと云ふと、現代の人々は一種の作り話のやうにも考へてゐるらしいが、昔に限らず、明治の時代になつても、高山に近い土地では子供が大鷲に摑まれたといふ実例が屢々《しばしば》伝へられてゐる。まして江戸時代には大鷲が所々を飛行してゐたらしい。俗に天狗に摑まれたなどといふのは、多くは鷲の仕業《しわざ》で、奥州岩木山の鷲が薩摩の少年を攫つて行つたといふやうな、長距離飛行の記録もある。

そこで、地勢の関係かどうか知らないが、江戸へ飛んで来る鷲の類は、深川洲崎《すさき》の方面、または大森羽田の方面に多く、おそらく安房上総《あわかずさ》の山々から海を渡つて来るのであらうと伝へられてゐた。たとひ人間をつかむと云ふ例は比較的に少い《すくな》にしても、人家の飼鳥《かいどり》や野生の鳥類をつかみ去ることは珍しくない。それらの害を払ふ為と、もう一つには御鷹場荒らしを防ぐ為に、幕府の命令によつて鷲撃が行はれることになつてゐた。

将軍家の例として、毎年の冬から春にかけて鷹狩が催されるのであるが、その鷹場附近に大鷲が徘徊して、種々の野鳥をつかみ去られては、折角の鷹狩の獲物を失ふばかりか、無事の野鳥も四方へ逃げ散る虞《おそ》れがあるので、前以《まえもつ》て彼等を捕獲し、あるひは駆逐《くちく》するのである。この時代のことであるから鷲撃の目的は前者よりも寧《むし》ろ後者にあつて、御鷹場荒らしを防ぐといふことが第一義であつたかも知れない。また一説によれば、それによつて鉄砲の実地練習を試みるのであるともいふ。いづれにしても、秋から冬にかけて、御鉄砲方の面々は年々交代で羽田または洲崎の方面に出張し、鷲の飛んで来るのを待ち受けて、強薬《つよぐすり》で撃ち落すのである。

飛行機などの無かつた時代の武士に取つては、この鷲撃の役目は敵の飛行機を待つと同様で、与力《よりき》一騎に同心四人が附き添ひ、それが一組《ひとくみ》となつて、鉄砲は勿論、遠眼鏡《とおめがね》をも用意し、昼も夜も油断なく警戒してゐるのである。その警戒の方法は時代によつて多少の相違があつたらしいが、兎もかくも普通の獣狩《けものがり》とは違つて、相手が飛行自在の猛鳥であるから、仰々しく立騒いで、彼等をおどろかすのは禁物《きんもつ》である。彼等が油断して近寄るところを待ち受けて、唯《ただ》一発に撃ち落さなければならない。就《つ》いては、その本陣の詰所を土地の庄屋または大百姓の家に置き、当番の組々が窃《ひそか》にめい〳〵の持場を固めることになつてゐた。官命とは云ひながら、何分《なにぶん》にも殺生《せつしよう》の仕事であるから、寺院を詰所に宛てるのを遠慮するのが例であつた。

今年も九月からの鷲撃が始められた。和田弥太郎は年番《ねんばん》に当つたが、古参であるからまだ出ない。最初の九月は未熟の新参者が勤めることになつてゐるのは、めつたに鷲が姿を見せないからである。山々の木の葉がほんたうに落ちはじめて、鷲がいよ〳〵その巣を離れて遠征をこゝろみる十月の頃になると、古参の腕利きが初めて出張するのである。

弥太郎も用意して羽田村へ出張の日を待つてゐるのであつた。

二

「いかに和田でも、羽田の尾白《おじろ》は仕留められまい。――その噂を聞くたびに、わたしは冷々《ひやひや》します。」

お松は溜息まじりで云つた。弥太郎の妻のお松と下男の久助は大師堂参詣をすませて、桜の木《こ》かげに待たせてある親子ふたりを連れて門前へ出ると、そこには大師詣の客を迎へる休み茶屋が軒をならべて往来の人々を呼んでゐた。最初は川崎の宿まで出て萬年屋で昼食《ちゆうじき》といふ予定であつたが、思ひがけない道連れが出来たので、宿まで戻るまでもなく、お松は彼等を案内して、門前の休み茶屋に這入ることにしたのである。

休み茶屋と云つても、店をゆき抜けると奥には座敷の設《もう》けがあつて、一通りの昼食を済ませることも出来るやうになつてゐた。久助は家来であり、且《かつ》は男であるから、遠慮して縁側《えんがわ》に腰をかけてゐたが、親子ふたり連れの女は勧められるまゝに怖々《おずおず》と座敷へあがつてやはり縁側に近いところに坐を占めてゐた。

四人は女中が運んで来た茶をのんで、軽い食事を註文した。その食事の膳が持ち出されるまでに、お松は小声でけふの参詣の事情を話し出したのである。

「尾白の鷲のことは、わたくしも聞いて居ります。」と、娘の母も囁《ささや》くやうに云つた。「なんでもその鷲は去年も一昨年《おととし》も、羽田の沖からお江戸の方角へ飛んで参りましたさうでございます。傍《そば》へ寄つて確《たしか》に見た者もございませんが、羽をひろげると八尺以上はあるだらうと云ふ噂で……。それを二度ながら撃ち損じましたのは、まことに残念に存じます。」

「まつたく残念だ。」と、久助は横合《よこあい》から喙《くち》を容《い》れた。「その尾白の奴めが……。いつでも旦那さまの御当番のときには姿を見せねえので困る。なにしろ年数を経た大物だから、並大抵の者にやあ仕留められる筈がねえ、今年こそは見附け次第に屹《きっ》と仕留めてみせると、旦那さまも手ぐすね引いて待つていらつしやるのだから、まあ大丈夫だらうよ。いや、屹と大丈夫に相違ねえから、おめえ達も安心してゐるがいいよ。」

「いくらお前が受合つても、相手は空飛ぶ鳥……」と、お松は再び不安らしい溜息をついた。「今もいふ通り、組内《くみうち》でも色々の噂をしてゐるので、もし仕損じるやうなことがあつたら、人に顔向けも出来ないので……。」

尾白の鷲は上総の山から海を越えて来るとも云ひ、あるひは甲州の方角から来るともいふ。いづれにしても、これほどの大きい鳥は曽《かつ》て見たことがないと、羽田附近の者も不思議がつてゐる位《くらい》である。一昨年《おととし》は十月の廿日《はつか》の暮れがたに姿をあらはしたのを、鉄砲方の岩下重兵衛が撃ち損じた。去年は十一月の八日の真昼に姿をあらはしたのを、鉄砲方の深《ふか》谷《や》源七が撃ち損じた。それから二時《ふたとき》ほどの後《のち》に、鷲は再び海岸近く舞ひ下《さが》つて来たといふ注進を聞いて、鉄砲方の矢崎伝蔵が直《す》ぐに駈け着けたが、弾《たま》は左の羽を掠《かす》めただけで、これも撃ち洩らしてしまつた。

ことしの八月十五夜、組頭《くみがしら》の屋敷で月見の宴を開いたときに、席上で彼《か》の尾白の鷲の噂が出て、一昨年撃ち損じた岩下も、去年撃ち損じた深谷と矢崎も、いさゝか面目《めんぼく》をうしなつた形で、しきりに残念がつてゐると、その席に列《つら》なつてゐた和田弥太郎は、なんと思つたか声を立て、呵々《からから》と笑つた。彼はたゞ笑つたばかりで、別になんの説明も加へなかつたが、場合が場合であるから、その笑ひ声は一座の興をさました。

岩下等三人の未熟を笑つたのか、或《あるい》はわれならば屹《きつ》と仕留めてみせるといふ自信の笑ひか、いづれ其の一つとは察せられたが、弥太郎は組内の古参といひ、鉄砲にかけても老練の巧者であることを諸人《しよにん》もよく知つてゐるので、さすがに正面から彼を詰問《きつもん》する者もなかつたが、その不快が蔭口となつてあらはれた。それは今もお松が云つたやうに――いかに和田でも、羽田の尾白は仕留められまい。もし仕損じたら笑ひ返して遣《や》れ――。

弥太郎は武士気質《かたぎ》の強い、正直律義《りちぎ》の人物であつたが、酒の上がすこし好《よ》くないので、酔ふと往々に喧嘩口論をする。皆《み》んなもその癖を知つてゐるのではあるが、その夜の弥太郎の笑ひ声はどうも気に喰はなかつたのである。弥太郎も醒めてから後悔したが、今さら仕様もない。この上は問題の尾白を見つけ次第に、自分の筒《つつ》さきで撃ち留めるよりほかは無かつた。自分の腕ならば、おそらく仕損じはあるまいと云ふ自信もあつた。

併《しか》しその家族等の胸の奥には一種の不安が忍んでゐた。彼等は主人の腕前を信じてゐながらも、それが稀有《けう》の猛鳥であると聞くからは、どんな仕損じが無いとは云へない。幸か不幸か、弥太郎は去年も一昨年も年番ではなかつたので、抜かぬ太刀《たち》の功名《こうみよう》を誇つてゐられるが、ことしは年番で出張して、もし仕損じたといふ暁《あかつき》には、待ちかまへてゐる人々が手を叩いて笑ふであらう。実際、諸人の前で大口をあいて笑つた以上、今度は自分が笑はれても致し方がないのである。それを思ふと、妻のお松も、せがれの又次郎も、家の面目《めんぼく》世間の手前、容易ならね大事であるやうにも考へられた。薄々その事情を洩れ聞いてゐる女中のお島もおみよも、同じく落付いてはゐられなくなつた。取分けてお島は気を痛めて、近所の白山権現《ごんげん》へ夜まゐりを始めた。

お松の主従が今日この大師堂で出逢つたのは、お島の母と妹である。お島は羽田村の漁師角蔵のむすめで、主人の弥太郎が羽田に出張する関係から、双方が自然知合ひになつて、お島は江戸の屋敷へ奉公することになつたのである。父は角蔵、母はおとよ、妹はお蝶、揃《そろ》ひも揃つて正直者であつた。その正直者の親子のところへ、江戸屋敷のお島から手紙が来て、ことしの鷲撃は旦那さまの御年番で、しかもお身《み》の一大事であると云ふやうなことを内々《ないない》で知らせてよこしたので、親子三人もおどろいた。

さりとて、彼等の力でどうなる事でもないので、この上は神仏《かみほとけ》の力を頼むよりほかは無い。母のお豊と妹のお蝶が連れ立《だ》つて、日ごろ信仰する川崎大師へ参詣に出て来たのも、それが為であつた。お松と久助が遠い江戸からこゝへ参詣に来たのも、やはりそれが為であつた。同じ縁日に、おなじ願ひごとで参詣に来た親子と主従とがこゝで出逢つたのは、偶然に似て偶然でもなかつた。

かうして落合つて、話し合つてゐると、お松に溜息の出るのも無理はなかつた。お豊はもう涙ぐんでゐた。さうして、あたりを見まはしながら小声でこんなことを云ひ出した。

「今も久助さんの仰しやる通り、旦那さまのお腕前では万に一つもお仕損じは無いこと、は存じますが……。それでも何かのはずみで、もしもの事でもございましたら、旦那さまは……。」

云ひかけて、お豊は声を立てゝ泣き出した。娘のお島の手紙によると、若《も》しその尾白に出逢つて仕損じるやうなことがあれば、旦那様はふだんの御気性として、或は御切腹でもなさるかも知れないと云ふのである。御新造さまの前で、まさかにそれを云ひ出すわけにも行《ゆ》かなかつたが、その不安が胸を衝《つ》いて来て、お豊はたうとう泣き出したのである。お豊に泣かれてはお松の眼も濡《うる》んだ。お蝶もすゝり泣きを始めた。

切腹――その不安は云はず語らずのあひだに、総《すべ》ての人の魂《たましい》を脅《おびや》かしてゐるのである。そのなかで、唯《ただ》ひとり冷《ひや》やかに構《かま》へてゐるのは久助で、彼は気の弱い女たちを歯痒《はがゆ》さうに眺めながら、しづかに煙草《たばこ》をのんでゐたが、もう堪らなくなつたやうに笑ひ出した。

「おい、おい。おつかあや妹は何を泣くんだ。ことしは内の旦那様があの尾白を一発で撃ち落して、組中《くみじゅう》の奴等に鼻を明かして遣るんだ。おつかあ、おめえ達もその時にやあ赤のまんまでも焚《た》いて祝《いわ》ひねえ。鯛は商売物だから、世話はねえ。」

主人の弥太郎は笑ふまじき所で笑つた為に、かうした不安の種を播《ま》いたのである。主《しゅ》を見習ふわけでもあるまいが、その家来《けらい》の彼もまた笑ふまじき場合にげら〳〵笑つてゐるのである。人の好いお豊も少しく腹立たしくなつたらしく、眼をふきながら向き直つた。

「わたし等はなんにも判らない人間ですから、かういふ時には人一倍に心配いたします。さうして、お前さんは旦那さまのお供《とも》をしなさるのかえ。」

「知れたことさ。」と、久助はまた笑つた。「おつかあ、おめえは浅草の観音《かんのん》さまへ行つたことがあるかえ。」

いよ〳〵馬鹿にされてゐるやうな気がするので、お豊もあざ笑つた。

「なんぼ私等のやうな田舎者でも、浅草の観音様ぐらゐは知つてゐますのさ。」

「そんなら観音堂の額《がく》を見たらう。あのなかに源三位《げんざんみ》頼政《よりまさ》の鵺退治《ぬえたいじ》がある。頼政が鵺を射て落すと、家来の猪早太《いのはやた》が刀をぬいて刺し透すのだ。な、判《わか》つたか。旦那さまが頼政で、この久助が猪早太といふ役廻りだ。鷲撃ちの時にやあ、おれもこんな犬おどしの木刀を差しちやあ行かねえ。本身の脇指をぶつ込んで出かけるんだから、さう思つてくれ。あはゝゝゝ。」

彼はそり返つて又笑つた。

三

十月朔日《ついたち》の明《あ》け六《む》つに、和田弥太郎は身仕度して白山前町の屋敷を出た。息子の又次郎と下男の久助もそのあとに附いて行つた。又次郎はことし廿歳《さい》であるが、父の弥太郎が立派にお役を勤めてゐるので、彼は今もまだ無役《むやく》の部屋住みである。而《しか》も又次郎にかぎらず、たとひ部屋住みでも十五歳以上の者は見習ひとして、その父や兄に随行することを黙許《もつきよ》されてゐた。

見習ひといふのであるから、役向きの人々の働きを見物してゐるだけで、自分が鉄砲を撃ち放すことを許されないのである。殊《こと》にその時代の鉄砲は頗《すこぶ》る高価《こうか》で、一挺《ちよう》十五両乃至《ないし》二十両といふのであるから、いかに鉄砲組でも当主は格別、部屋住みの者などは本鉄砲を持つてゐないのが例であつた。又次郎は幸ひにその鉄砲を持つてゐたので、菰《こも》づつみにして携《たずさ》へて行くことにした。

けふは朔日《ついたち》でもあり、殊《こと》に今年は鷲撃の年番にあたつて出張するのである。云はゞ戦場へ出陣の朝も同様であるので、和田の屋敷では赤の飯《めし》を焚いて、主人の膳には頭《かしら》つきの魚が添へてあつた。旧暦の十月であるから、この頃の朝は寒い。ゆうべは木枯《こがら》しが吹きつゞけたので、今朝の庭には霜が白かつた。

又次郎も身仕度をして部屋を出ると、女中のお島が忍ぶやうに近寄つて来た。

「若旦那さま、どうぞお気をお付け遊ばして……。」

「むゝ。留守をたのむぞ。」

お島はまだ何か云ひたいらしかつた。又次郎もすこし躊躇してゐると、それを叱るやうな父の声が玄関からきこえた。

「又次郎。なにをしてゐる。早く来い。」

「唯今《ただいま》……。」と、又次郎は若い女中を押退《おしの》けるやうにして玄関へ出てゆくと、父はもう草鞋を穿《は》いてゐた。

木枯しは暁方《あけがた》から止《や》んでゐたが、針を含んでゐるやうな朝の空気は身にしみて、又次郎は一種の武者顫《ぶる》ひを感じた。どんな覚悟を持つてゐるか知らないが、弥太郎は始終冷静の態度で、口もとには軽い笑みを含んでゐるやうにも見えた。それにも優《ま》して、久助は勇んでゐた。彼は恰《あたか》も主人の功名《こうみよう》を予覚《よかく》してゐるやうに、大事のお鉄砲を肩にして大股《おおまた》に歩いて行つた。お松もお島もおみよも門前まで出て見送つた。

羽田村の百姓富右衛門の家が鉄砲方の詰所になつてゐるので、弥太郎は先づそこに草鞋をぬいで、先月以来こゝに詰めてゐる先番《せんばん》の人々に挨拶した。

「うけたまはれば、鳥は一向《いつこう》に姿を見せぬさうでござるが……。」

「当年は時候があたゝかいせゐか、九月中《じゆう》は一羽《いちわ》も姿を見ませんでした。併《しか》し二三日このかた、急に冬らしくなつて参りましたから、おひ〳〵に寄つて来ること〳〵思はれます。」

と、先番の人々は答へた。

そのなかには弥太郎の仕損じを笑つて遣《や》らうと待ちかまへてゐる者もあることを、又次郎も久助も知つてゐた。こゝで一応の挨拶を終《おわ》つて、弥太郎は自分の座敷へ案内された。新参の若い与力や同心等は広い座敷にごた〳〵と合宿してゐるが、弥太郎は特に離れ座敷へ通されたのである。以前は当主の父の隠居所で、今は明家《あきや》になつてゐるのを、鷲撃の時節には手入れや掃除をして、出張の役人に寝泊りさせるのを例としてゐた。

弥太郎は先年《せんねん》もこの隠居所に通されたことがあるので、家内の勝手をよく心得てゐた。東南《ひがしみなみ》へ廻り縁になつてゐる八畳の座敷のほかに、六畳と三畳の二間《ふたま》が附いてゐるので、座敷には弥太郎、六畳には又次郎、三畳には久助、皆それ〴〵の塒《ねぐら》を定めて、弥太郎の鉄砲は床《とこ》の間《ま》に飾つた。又次郎の鉄砲は戸棚に仕舞ひ込んだ。それらが片附いて、先《ま》づ一息つくと、どこやらで鉄砲の音がきこえた。

「あ。」と、又次郎と久助は同時に叫んだ。

「見て来い。」と、弥太郎は奥から声をかけた。

久助はすぐに駈け出して母屋《おもや》へ行つたが、やがて引返《ひつかえ》して来て、一羽の鷲のすがたが沖の空に遠くみえたので、持場の者が筒を向けた。而《しか》もあまりに急いで、弾《たま》のとゞく所まで近寄らないうちに火蓋を切つたので、鳥はそのまゝ飛び去つてしまつた。但《ただ》しそれは尾白などと云ふものではなく、鷹に少し大きいくらゐの仔鷲《こわし》であつたと報告した。

「未熟者は兎かくに慌てゝならぬ。戦場でもさうだが、敵を手もとまで引寄せて撃つ工夫が肝腎《かんじん》だぞ。」と、弥太郎はわが子に教へた。

その夜は又もや木がらしが吹き出して、海の音が可なりに強かつたので、又次郎はおちおち眠られなかつた。明くる朝は晴れてゐるので、又次郎は先づ起きた。つゞいて久助、弥太郎も起きた。あさ飯《めし》を食つて、身を固めて、三人が草鞋の緒《お》を結んでゐるところへ、母屋から作男《さくおとこ》が何者かを案内して来た。

「旦那さま方にお目にかゝりたいと申して参りましたが……。」

「誰が来た。」と、久助は訊《き》いた。

「浜に居ります漁師の角蔵でござります。」

「むゝ。角蔵か。」

「女房と二人づれで参りました。」

なんと返事をしたものかと、久助は無言で主人の顔色を窺ふと、弥太郎は頭《かしら》を掉《ふ》つた。

「今は御用の出先だ。逢つてはゐられない。又次郎、おまへが逢つてやれ。」

云ひすてゝ、弥太郎は陣笠をかぶつて、すた〱と表へ出かゝると、大きい椿のかげから四十五六の小作りの男が赭黒《あかぐろ》い顔を出して、小腰をかゞめながら叮嚀に一礼した。そのあとに続くのは彼《か》のお豊で、これもうや〱しく頭《かしら》をさげた。それを見返つて、弥太郎はたゞ一言云つた。

「みんな達者で好《い》いな。」

「おめえ達は若旦那と話して行きねえ。」と、久助は云つた。「旦那様はこれからお出かけだ。」

挨拶はそれだけで、主従はそのまゝ足早に出て行つた。弥太郎は遠眼鏡を持つてゐた。

ゐた。

久助は鉄砲をかついでゐた。そのうしろ姿を見送つて、お豊の夫婦は更《さら》に作男にも挨拶して、恐る〳〵に座敷の縁《えん》さきへ廻つてゆくと、それを待つやうに又次郎は縁に腰をかけてゐた。

「やあ、角蔵か。久し振りだな。お豊も来たか。」と、又次郎は笑ひながら声をかけた。

「さあ、遠慮はいらない。これへ掛けろ。」

「はい、はい。恐れ入ります。」

一応の辞儀《じぎ》をした上で、角蔵は少しく距《はな》れた縁の端《はし》に腰をおろした。お豊はそのそばに立つてゐた。

「ゆうべは強い風だつたな。江戸もこの頃《ごろ》は風が多いが、こつちもなか〳〵強い風が吹く。こゝらは海に向つてゐるので、江戸よりは暖かさうに思はれるが、今朝などは随分寒い。」と、又次郎は晴れた空を仰ぎながら云つた。

「昨年よりもお寒いやうでございます。」と、角蔵も云つた。「なにしろ木枯しとか云ふのが毎日吹きますので……。」

「む〻。先年来たときよりも寒いやうだ。このあひだはお母様と久助が川崎でお豊に逢つたさうだな。」

「はい、はい。丁度に御新造さまにお目にか〻りまして、色々御馳走様になりました。」と、お豊はいかにも有難《ありがた》さうに答へた。

ゆうべの木がらしの名残がまだ幾らか吹き続けてゐるが、東向きの縁さきに朝日の光が流れ込んで、庭の冬木立《ふゆこだち》に小鳥の囀《さえず》る声がきこえた。夫婦は顔を見あはせて、何か云ひたいやうな風情で又躊躇してゐたが、やがて思ひ切つたやうに角蔵が云ひ出した。

「若旦那さまの前でこんなことを申上げましては……まことに恐れ入りますが……。実は先日、このお豊が川崎の大師様へ御参詣をいたしまして、御神籤《おみくじ》を頂きましたところが……凶と出まして……。お蝶も同じやうに凶と出ましたので……。」

主人の身の上を案じて、日ごろ信仰する大師さまの御神籤を頂いたところが、母にも娘にも凶といふお告げがあつたので、自分達はひどく心配してゐる。御新造さまも御心配の最中であるから、先日はそれをお耳に入れるのを遠慮したが、なにぶんにも気にかゝつてならないので、あなたにまで内々で申上げるといふのである。年の若い侍は勿論それに耳を仮《か》さなかつたが、元来が物優《ものやさ》しい生まれの又次郎は頭からそれを蹴《け》散《ち》らさうともしなかつた。彼はまじめに首肯《うなず》いて見せた。

「いや、親切に有難う。お父さまは勿論、わたし達も随分気を附けることにしよう。」

「どうぞ呉れ〴〵もお気をお附け遊ばして……。」

主人思ひの角蔵夫婦もこの上には何とも云ひやうがなかつた。又次郎もほかに返事の仕様がなかつた。それから続いて鷲撃の話が出て、ことしは九月以来、鷲が一羽も姿を見せなかつたこと、ゆうべ初めて一羽の仔鷲を見つけたが、鉄砲方が不馴れのために撃ち損じたこと、それらを夫婦が代る〳〵に話したが、いづれも已《すで》に承知のことばかりで、特に又次郎は興味を唆《そそ》るやうな新しい報告もなかつた。

長居をしては悪いといふ遠慮から、夫婦は好いほどに話を打切つて帰り仕度にかゝつた。

「いづれ又うかゞひます。」

「むゝ。逗留中《とうりゆうちゆう》は又来てくれ。旦那様にもよろしく……。」

たがひに挨拶して別れようとする時に、表は俄《にわか》に騒がしくなつた。こゝの家の者共も皆ばら〳〵と表へかけ出した。

「鷲だ、鷲だ。鷲が三羽来た……。」と、口々に叫んだ。

「なに、鷲が三羽……。」

又次郎も俄《にわか》に緊張した心持になつて、空を仰ぎながら表へ駈け出した。角蔵夫婦もそのあとに続いた。

四

表へ出ると、そこにもこゝにも土地の者、往来の者がたゝずんで、青々と晴れ渡つた海の空をながめてゐた。鉄砲方の者も奔走してゐた。

その混雑のなかを駈けぬけて、又次郎は先づ海端《うみばた》の方角へ急いで行くと、途中で久助に逢つた。

「どうした、鷲は……。」

「いけねえ。いけません。三羽ながら皆んな逃げてしまひました。」

「又逃がしたのか。」と、又次郎は思はず歯を噛《か》んだ。「して、お父さまは……。」

「さあ。わたくしも探してゐるので……。確《たしか》にこつちの方だと思つたが……。」

彼もよほど亢奮《こうふん》してゐるらしい。眼の前に立つてゐる若旦那を置き去りにして、そのまゝ何処《どこ》へか駈けて行つてしまつた。取残された又次郎は右へ行かうか、左にしようかと、立ち停まつて少しく思案してゐると路《みち》ばたの大きい欅《けやき》のかげから一人の若い女があらはれた。

こゝらは田や畑で、右にも左にも人家はなかつた。欅の下には古い石地蔵が立つてゐて、その前には新しい線香の煙が寒い朝風にうづ巻いてゐた。若い女はこの地蔵へ参詣にでも来たのであらうと、又次郎は碌々《ろくろく》にその姿も見極《みきわ》めもせずに、兎もかくも最初の考へ通りに海端の方角へ急いで行かうとすると、若い女は声をかけた。

「もし、あなたは若旦那様ぢやあございませんか。あの、お江戸の和田様の……。」

いふ顔を見て、又次郎は思ひ出した。女は角蔵の娘——自分の屋敷に奉公してゐたお島の妹のお蝶であつた。又次郎は父の供をして、先年もこの羽田へ来たことがあるので、お蝶の顔を見おぼえてゐた。

「お蝶か。お前の親父もおふくろも唯《た》つた今わたしの宿へたづねて来た。」

「さうでございましたか。」

こゝまでは一通りの挨拶であつたが、彼女は忽《たちま》ちに血相《けつそう》を変へて、飛び着くやうに近寄つて来て、主人の若旦那の左の腕をつかんだ。その大きい眼は火のやうに爛々と輝いてゐた。

「あなたのお父様はわたしのかたきです。」

「かたき……。」

又次郎は烟《けむ》にまかれたやうに其顔をながめてゐると、お蝶の声はいよ〳〵鋭くなつた。

「わたしの親はあなたのお父さまに殺されるのです。」

「おまへの親……。角蔵夫婦ぢやあないか。」

「いゝえ、違ひます。今の二親《ふたおや》は仮の親です。わたしの親はほかにあります。どうぞその親を殺さないで下さい。殺せば屹《きつ》と祟《たた》ります。執殺《とりころ》します。」

「角蔵夫婦は仮の親か。」と、又次郎は不思議さうに訊き返した。「して、ほんたうの親はだれだ。」

お蝶は無言で又次郎の顔をみあげた。その大きい眼はいよ〳〵燃えかゞやいて、唯の人間の眼とは見えないので、又次郎は云ひ知れない一種の恐怖を感じた。而《しか》も彼は武士である。まさかに此《こ》の若い女におびやかされて、不覚を取るほどの臆病者でもなかつた。

「おまへは乱心してゐるな。」

又次郎でなくとも、この場合、先《ま》づ斯《こ》う判断するのが正当であらう。斯う云ひながら、彼は掴まれた腕を振払はうとすると、お蝶の手は容易に放《はな》れなかつた。その指先は猛鳥の爪のやうに、又次郎の腕の皮肉《ひにく》に鋭く喰ひ入つてゐるので、彼は又ぎよつとした。

「わたしの親を助けてください。」と、お蝶は又云つた。

「その親はどこにゐるのだ。」

お蝶は掴んでゐた手を放して、海とは反対の空《そら》を指さした。それを見てゐるうちに、又次郎はふと考へた。彼女の指さす空は武州か甲州の方角である。前にもいふ通り、その眼は唯の人間の眼ではない、鷲か鷹のごとき猛鳥の眼である。その上に、わたしの親はあなたのお父様に殺されるといふ。それらを綜合《そうごう》して考へると、お蝶の親は鷲であると云ふやうな意味にもなる。――かう考へて、又次郎はまた思ひ直した。世にそんな奇怪《きっかい》なことのあらう筈がない。お蝶は確に角蔵夫婦の子で、お島の妹である。武州や甲州の山奥から飛んで来る鷲の子――それが人間の形となつて自分の前に立つてゐるなどと云ふことは、昔の小説や作り話にも滅多にあるまい。

自分が夢をみてゐるのか、お蝶が乱心してゐるのか、二つに一つのほかは無い。勿論、後者であると又次郎は判断した。乱心ならば不憫《ふびん》な者である。何とか宥《なだ》めて親たちに引渡して遣るのが、自分として取るべき道であらうと思つたので、彼は俄《にわか》に声を和《やわら》げた。

「わかつた、判つた。おまへの親はあの方角から来るのだな。よし、判つた。私からお父さまに頼んで、屹《きつ》と殺さないやうにして遣る。安心してゐろ。」

「屹と頼んでくれますか。」

「むゝ、頼んでやる。して、おまへの親の名は何といふのだ。」

「世間では尾白と云ひます。」

「尾白……。」と、又次郎は再びぎよつとした。それが男親であるか女親であるか問ひ糺《ただ》さうかと思つたが、なんだか薄気味悪いので止めた。その一刹那《いつせつな》である。お蝶は俄に何物にか驚かされたやうに、その燃えるやうな眼をいよ〳〵険《けわ》しくしたかと思ふと、鳥のやうに身をひるがへして元の大樹《たいじゆ》のかげに隠れた。又次郎もそれに驚かされて見かへると、自分のうしろから父の弥太郎が足早に来かゝつた。弥太郎は鉄砲を持つてゐた。

「お父さま。」

「お前もこゝらに来てゐたのか。」と、弥太郎は不興《ふきよう》らしく云つた。

「久助の話では、三羽ともに取逃がしたさうで……。」

「みんな逃げてしまつた。」と、父は罵《ののし》るやうに云つた。「ゆうべに懲《こ》りて、今朝《けさ》はなるたけ近寄せようとしてゐると土地の者どもが鷺が来た、鷺が来たと騒ぎ立てる。それに驚かされて、みんな引返《ひきかえ》して仕舞つたのだ。我々は御用《ごよう》で来てゐるのに、係《かか》り合《あ》ひのない土地の奴等が面白半分に騒ぎ立てられては甚《はなは》だ迷惑だ。村方《むらかた》一同には厳重に触れ渡して、今後は御用の邪魔をしないやうに、屹《きつ》と云ひ聞かして置かなければならない。」

「鳥は大きいのですか。」と、又次郎は探るやうに訊いた。

「いや、みな小さい。ゆうべのも仔鷲であつたさうだが、今朝のも皆んな仔鷲だ。親鳥はまだ出て来ないとみえる。」

親鳥は来ないと聞いて、又次郎は安心したやうにも感じた。

「お前もおぼえて置け。この頃の木がらしは海から吹くのではない、山から吹きおろして来るのだ。かう云ふ風が幾日も吹きつづくと、その風に乗つて武州甲州信州の山奥から大きい鳥が出て来る。安房上総は山が浅いから、向う地《むこうじ》から海を渡つて来るのは、親鳥にしても皆小さい。ほんたうの大きい鳥は海とは反対の方角から来るのだ。」

弥太郎は向き直つて、西北《にしきた》の空を指さした。その指の先が恰《あたか》もお蝶の教へた方角にあたるので、又次郎は又なんだか嫌な心持になつた。父は微笑んだ。

「今朝の三羽を撃ち損じたのは残念だが、あんな、小さな奴はまあ何《ど》うでも好《い》い。たとひ仕留めたところで、大した手柄にもならないのだ。」

おれは大鳥《おおどり》の尾白を撃つといふ意味が、言葉の裏に含まれてゐるらしく思はれるので、又次郎はいよいよ暗《くら》い心持になつた。

「もう五《いつ》つ（午前八時）だらうな。」

「さうでございませう。」

「むゝ。」と、弥太郎は再び空をみあげた。「あいつ等《ら》もなか〳〵用心深いから、日が高くなつては姿をみせないものだ。大抵は朝か夕方に出て来るのだから、けふも先づ昼間は休みだ。おれはこれから庄屋の家《うち》へ寄つて、御用の邪魔をしないやうに云ひ聞かせて来る。年々のことだから判り切つてゐる筈だのに、どうも困つたものだ。」

「では、こゝでお別れ申します。」

「まあ、宿へ帰つて休息してゐろ。今もいふ通り、どうせ昼のうちは休みだ。」

弥太郎は陣笠の緒を締め直して、わが子に別れて立去つた。又次郎はほつとした。平素《へいそ》から厳格な父ではあるが、今朝は取分けて其の前に立つてゐるのが窮屈のやうな、怖ろしいやうな心持で、久しく向ひ合つてゐるに堪へられなかつたのである。

父のうしろ姿の遠くなるのを見送つて、又次郎は欅《けやき》の大樹《たいじゆ》のかげを窺ふと、そこにはもうお蝶の影はみえなかつた。地蔵の前に線香も寒さうな灰になつてゐた。

五

お蝶は乱心してゐるのであると、又次郎は帰る途中でも考へた。和田の屋敷の近所に魚《うお》住良英《ずみりようえい》といふ医者が住んでゐる。本草学《ほんぞうがく》以外に蘭学をも研究してゐるので、医者といふよりも寧《むし》ろ学者として知られてゐて、毎月一度の講義の会には、医者でない者も聴きに行く。又次郎も友だちに誘はれて、その門を五六回も潜《くぐ》つたことがあつた。そのあひだに、良英はある日こんなことを話した。

「世にいふ狐《きつね》憑きのたぐひは、みな一種の乱心者である。狐は人に憑《つ》くものだと不断から信じてゐるから、乱心した場合に自分には狐が憑いてゐるなどと口走るのである。したがつて、乱心者の云ふことも周囲の影響を受ける場合が屢々《しばしば》ある。たとへば、あるところで大蛇《だいじや》が殺されたとする。その大蛇はおそらく祟《たた》るであらうと考へてゐると、そのときに恰《あたか》も乱心した者は、おれは大蛇であるとか、おれには大蛇が乗り移つてゐるとか云ふやうなことを口走る。そこで、周囲の者もそれを信じ、それを恐れて、大蛇を神に祭るなどと云ふことも出来《しゆつたい》するのである。」

又次郎は今その講義を思ひ出した。お蝶もそれと同様で、かれは此頃俄に乱心した。それが恰《あたか》も鷲撃ちの時節にあたつて、周囲の者が頻《しき》りに鷲の噂をしてゐる。一昨年以来撃ち洩らしてゐる尾白の大鷲の噂も出たかも知れない。あれほどの大鷲は和田さんでなければ仕留められまいなどと云つた者もあるかも知れない。殊《こと》にお蝶の姉は和田の屋敷に奉公してゐる関係から、その両親はことしの鷲撃に就《つ》いて非常に心配してゐる。どうぞ旦那さまに手柄をさせたいとか、尾白の鷲を旦那さまに撃たせたいとか、彼等は毎日云ひ暮らしてゐるかも知れない。現に先月もそれがために、お蝶は母と共に川崎大師へ参詣したくらゐである。その時の神鬮《みくじ》に凶が出たとか云ふことも、お蝶に何かの刺戟《しげき》をあたへたかも知れない。

かう考へると、別に不思議はない。お蝶がたとひ何事を口走らうとも、所詮は周囲の影響を受けた結果に過ぎないのである。自分は臆病者でないと信じてゐながら、一時はなんとなく薄気味悪いやうにも感じさせられたのは、我ながら余りにも愚かであつたと、又次郎は声をあげて笑ひたくなつた。

「それにしても、お蝶は可哀さうだ。」

世に乱心者ほど不幸な人間はあるまい。ましてそれが自分の屋敷の奉公人——今では単なる奉公人ではない関係になつてゐる——お島の妹である。それを思ふと、又次郎は再び暗い心持になつた。彼はむやみに笑つてはゐられなくなつた。お蝶が乱心してゐることを、その両親の角蔵やお豊が知つてゐるのであらうか。知つてゐるならば、迂濶に独り歩きをさせる筈もあるまい。或は両親があたし達の宿《やど》へ挨拶に来た留守のあひだに抜け出したのか。

「なにしろ尋ねてみよう。」

お蝶が乱心者と決まつた以上、いづれにしても相当の注意をあたへて置く必要があると思つたので、又次郎は草鞋の爪先《つまさき》をかへて、海ばたの漁師町へ向つた。今朝から一旦《いつたん》衰へかゝつた木枯らしが又はげしく吹きおろして来て、馬の鬣髪《たてがみ》のやうな白い浪が青空の下に大きく跳り狂つてゐた。尾白の大鷲はこの風に乗つて来るのではあるまいかと、又次郎はあるきながら幾たびか空を仰いだ。

「角蔵はゐるか。」

表から声をかけると、粗朶《そだ》の垣のなかで何か張物をしてゐたお豊は振向いた。

「あれ、いらつしやいまし。」

迎ひ入れられて、又次郎は竹縁に腰をおろした。

「風がすこし凪《な》いだので、角蔵は沖へ出ましたが、又吹き出したやうでございます。」と、お豊は云つた。

「いえ、もう、冬の海商売は半休みも同様でございます。」

「お蝶はどうした。」

「先刻お宿へ出ました留守のあひだに、どこかへ出まして帰りません。」

果《はた》して案の通りであると、又次郎は思つた。

「お蝶はこのごろ達者かな。」と、彼はそれとなく探りを入れた。

「はい。おかげさまで達者でございます。」

「別に変つたこともないか。」

「はい。」

母はなんにも知らないらしいので、又次郎は困つた。知らぬが仏とは、まつたくこの事である。その仏のやうな母にむかつて、おまへの娘は乱心してゐると明らさまに云ひ聞かせるのは、余りに残酷なやうな気がして来たので、彼はすこしく云ひ渋つた。お豊に尋ねられるまゝに、彼は江戸の噂などをして、結局肝腎《かんじん》の問題には触れないで立帰ることになつた。

「角蔵に若《も》し用がなかつたら、今夜たづねて来るやうに云つてくれ、少し話して置きたいことがあるから。」と、又次郎は立ち際《ぎわ》に云つた。

「かしこまりました。」

「忙がしいところを、邪魔をしたな。」

出て行かうとする又次郎を追ひかけて、お豊はさゝやいた。

「先刻も申上げました通り、大師さまの御神籤《おみくじ》には凶といふお告げがございましたから……。どなたにもお気をお附け遊ばして……。」

神籤にいつはりが無くば、ひとの事より我身のことである。おまへは自分のむすめが乱心してゐるのを知らないかと、又次郎は口の先まで出かゝつたが、やはり躊躇した。彼は唯《ただ》うなづいて別れた。老巧の弥太郎のいふ通り、さすがの荒鷲も青天の白昼には余りに姿を見せないで、多くは早暁か夕暮に飛んで来る。殊《こと》に雁《がん》や鴉《からす》とは違つて、いかにそれが江戸時代であつても、仮にも鷲と名の付くほどの者が毎日ぞろ〳〵と繋がつて来る筈がない。今朝三羽の仔鷲が相前後して飛んで来たのは、一季に一度ぐらゐの異例と云つてよい。それを撃ち洩らした以上、この後は三日目に一羽来るか、七日目に一羽来るか、あるひは十日も半月もまつたく姿をみせないか、殆ど予測し難いのである。さうなると、ゆうべと今朝の失敗がいよ〳〵悔《くや》まれるのであるが、多年の経験によつて弥太郎は若侍等を励ますやうに云ひ聞かせた。

「ゆうべも一羽来た。今朝は三羽来た。さういふ風に彼等が続けて来る年は、その後も続けて来るものだ。何かの事情で、彼等の棲んでゐる深山《しんざん》に食物が著《いちじ》るしく欠乏した為に、二羽も三羽も繋がつて出て来たのであるから、まだ後からも続いて来るに相違ない。決して油断するな。ことしは案外に獲物が多いかも知れないぞ。」

人々も成程と首肯《うなず》いた。而《しか》もその日は一羽の影を見ることも無くて暮れた。角蔵が来るかと又次郎は待つてゐたが、彼も姿をみせなかつた。娘が乱心のことを女親のまへでは何分にも云ひ出しにくいので、父を呼んで窃《ひそ》かに云ひ聞かせようと待ち受けてゐたのであるが、角蔵は遂に来なかつた。

その後五日のあひだは毎日強い風が吹きつゞけたが、荒鷲は風に乗つて来なかつた。ことしは獲物が多いといふ弥太郎の予言も、なんだか当てにならないやうにも思はれて来た。又次郎は久助を遣はして、角蔵一家の様子を窺はせると、角蔵は彼の日に沖へ出て、寒い風に吹かれたせゐか、夕方から大熱《だいねつ》を発してその後はどつと寝付いてゐる。お蝶は別に変つたこともなく、母と一緒に病人の介抱をしてゐるといふ。角蔵の来ない仔細はそれで判つたが、お蝶に変つたことの無いといふのが、少しく又次郎の腑に落ちなかつた。

それから又三日を過ぎて、けふは十月十一日である。二日以来、鷲はおろか、雁の影さへも碌々《ろくろく》に見えないので、人々の緊張した気分もだん〳〵に弛《ゆる》んで来た。弥太郎の予言はいよ〳〵当てにならなくなつて、蔭では何かの悪口をいふ者さへ現れた。

「畜生。今にみろ。」と、主《しゆ》思ひの久助はひそかに憤慨してゐた。

このあひだから毎日吹きつゞけた木枯らしも、きのふの夕方から忘れたやうに止んで、けふは朝から麗《うらら》かな小春日和になつた。その日の夕方には、宿の主人から酒肴《さけさかな》の饗応《きようおう》があつた。

「どなた様も日々のお勤め御苦労に存じます。お骨休めに一杯召上つて下さいまし。」

一定の食膳以外に、酒肴の饗応にあづかつては相成らぬといふ掟にはなつてゐるが、詰所にあてられてゐる宿許《やどもと》から折々の饗応を受けるのは、殆ど年々の例になつてゐるので、誰も怪む者もなかつた。かやうな心配にあづかつては却つて迷惑であるといふ一応の挨拶をした上で、めい〳〵に膳に向つた。勿論、出役《しゆつやく》の武士ばかりではない。その家来も見習ひの子弟もみな同様の饗応を受けるものであるから、中間共のなかには最初からそれを書き入れにしてゐるのもあつた。

又次郎も父と共に広い座敷へ出て、一同と列《なら》んで席に着いた。元来はあまり飲めぬ口であるが、今夜はめづらしく盃《さかずき》をかさねたので、次第に酔が発して来た。彼は中途から座をはづして、人に覚《さと》られないやうに庭さきへ出ると、十一日の月は物すごいほどに冴えてゐた。風が無いせゐか、今夜は左のみに寒くなかつた。

御馳走酒に酔つたせゐでもあるまいが、又次郎は近頃に覚えないほどの好い心持になつた。かれは暖かいやうな、薄ら眠いやうな、なんとも云へない心持で、庭の冬木立のあひだを潜《くゞ》りぬけて、ふら〳〵と表門の外へ出ると、月はいよ〳〵明るかつた。まだ五《いつ》つ（午後八時）を過ぎたくらゐであらうと思はれるのに、こゝらは深夜のやうに鎮《しず》まつて、田畑のあひだに遠く点在する人家の灯もみな消えてゐた。

又次郎はどこを当てとも無しに、明るい往来をさまよひ歩いてゐたが、ふと気が注《つ》くと、自分のうしろから忍び足に附けて来るやうな足音がきこえた。振返つてみると、それは若い女であつた。月が冴え渡つてゐるので、女の顔はよく判つた。それはお蝶の姉のお島であつた。

江戸の屋敷にゐる筈のお島がどうしてこゝらを歩いてゐるのか。それを考へるひまも無しに又次郎は引返して女のそばへ寄つた。

「お島……。どうして来た。」

彼はなつかしさうに声をかけたが、お島はだまつてゐた。而もその白い顔は正面から月のひかりを受けてゐるので眉目明瞭《びもく》、うたがひも無い江戸屋敷のお島であつた。

「むゝ。わかつた。」と、又次郎はうなづいた。「おやぢの病気見舞に来たのか。」

お島はうなづいた。

「さうか。親孝行だな。江戸を出てから、まだ十日ばかりだが、この頃はおまへが恋しくなつて、ゆうべもお前の夢をみた。いや、嘘ぢやあない。今夜も酒に酔つて、好い心持になつてこゝらをぶら付いてゐると、急に江戸が恋しくなつて……。お前が恋しくなつて……。そこへ丁度にお前が来て……。いや、いや、こりやあ油断ができない。こいつ、狐ぢやあないか。おれが酔つてゐると思つて、馬鹿にするな。」

彼はよろけながら腰の脇差に手をかけたが、流石《さすが》に思ひ切つて抜かうともしなかつた。

「おい。じらさないで正直に云つてくれ。おまへは狐で、おれを化《ば》かすのか。それとも本当のお島か。」

「島でございます。」

「お島か。」

「はい。」

「それで安心した。宿へ帰つては親父が面倒だ。おまへの家《うち》には病人がある。お前は土地の生まれだから、好いところを知つてゐるだらう。どこへでも連れて行つてくれ。」

若い男と女とは肩をならべて、冬の月の下をあるき出した。

六

「あ。」

和田弥太郎は持つてゐる箸《はし》を措いて、天井を睨《にら》むやうに、見あげた。

詰所の饗応の酒宴ももう終つて、酒の杯《さかずき》を飯《めし》の茶碗に替へた時である。弥太郎が不意に声を出したので、一坐の人々も同時に箸を措いた。

「あ、あれ。」と、弥太郎は熱心に耳をかたむけた。「あれは……。風の音でない。大きい鳥の羽搏《はばた》きの音だ。」

とは云つたが、どの人の耳にも鳥の羽音らしいものは聞えなかつた。

「ほんたうに聞えますか。」と、ひとりが訊いた。

「むゝ、きこえる。たしかに鳥の羽音だ。よほど大きい。」

彼は衝《つ》と立つて、母屋から自分の離れ座敷へ戻つた。さうして、大きい声で久助を呼んだ。呼ばれて久助は駈けて来たが、彼はもう酔つてゐた。

「な、なんでございます。」

「鷲の羽音がきこえる。仕度をしろ。」

主従二人は直《す》ぐに身仕度をして表へ駈け出した。かうなると、他の人々も落付いてはゐられなくなつた。いづれも半信半疑ながら、思ひ〳〵に身仕度をした。中には多寡をくゝつて、着のみ着のまゝでひやかし半分に駈け出すのもあつた。

出て見ると、それは弥太郎の空耳ではなかつた。昼のやうに明るい冬の月が皎々《こうこう》と高く懸《かか》つて、碧落《へきらく》千里の果《はて》までも見渡されるかと思はれる大空の西の方から、一つの黒い影がだん〳〵に近づいて来た。それは鳥である、鷲である。あの高い空の上を翔《かけ》りながら、あれほどの大きさに見えるからは、よほどの大鳥でなければならない。

「旦那様。尾白でせうか。」と、久助は勇んだ。

「まだ判らない。騒ぐな。静《しずか》にしろ。」

弥太郎は鉄砲を把《と》り直した。久助は固唾《かたず》を嚥《の》んだ。鳥は次第に舞ひ下《さが》つて来て、静《しずか》な夜の空に一種の魔風を起すやうな、大きい羽音《はおと》は、だれの耳にもはつきりと聞えるやうになつた。いかに明るいと云つても、月のひかりだけでは果して尾白であるか何《ど》うかは判らなかつたが、それが稀有の大鳥であることは疑ひもなかつた。

「旦那様……」と、久助は待ち兼ねるやうに小声で呼んだ。

「また騒ぐ。待て、待て。」

物に慣れてゐる弥太郎は、鳥の影がもう着弾距離に入つたと見ても、まだ容易に火蓋を切らなかつた。鳥は我をうかゞふ二つの人影が地上に映《うつ》つてゐるのを知るや知らずや、大きい翼に颯《さつ》といふ音を立てゝ、弥太郎等のあたまの上を斜めに飛んでゆくのを、二人もつゞいて追つて行つた。弥太郎がまだ火蓋を切らないのは、鳥がどこかへ降り立つと見てゐるからであつた。

果して鳥の影はいよ〳〵低く大きくなつて、欅《けやき》の大樹《たいじゆ》へ舞ひ下《さが》らうとした。その途端に弥太郎の火蓋は切られた。鳥は一旦撃ち落されたやうに地に倒れたが、翼を激しく働かせて再び飛び立たうとするので、弥太郎はつゞけて又撃つた。それにも拘らず、鳥は舞ひあがつた。さうして、風のやうな早さで大空高く飛び去つた。

「あゝ。」と、久助は思はず失望の声を洩らした。

鳥の影はまだ見えてゐながら、もう着弾距離のほかにあることを知つてゐる弥太郎は、いたづらに空を睨《にら》んでゐるばかりであつた。

この時、あなたの欅の大樹――恰《あたか》も彼《か》の大鷲の落ちた木かげで、奇怪な女の笑ひ声がきこえた。

「はゝ、かたきは殺された。はゝゝゝゝ。」

「なに、かたきが殺された……。久助、見て来い。」

久助は駈けて行つたが、やがて顔色をかへて戻つて来た。彼は吃つて、満足に口が利けなかつた。

「旦那さま……。若旦那……。」

「又次郎がどうした。」

「は、はやくお出《い》でください。」

欅の大樹の前には石地蔵が倒れてゐた。大樹のかげには又次郎が倒れてゐた。そのそばに笑つて立つてゐるのは、お島の妹のお蝶であつた。

第一発の弾《たま》で鷺の落ちたのは、弥太郎も久助も確に認めた。第二発の弾のゆくへは……。その問《とい》に答へるべく、又次郎の死骸がそこに横《よこた》はつてゐるのであつた。弥太郎は無言でその死骸をながめてゐた。久助は泣き出した。お蝶はまた笑つた。その笑ひ声の消えると共に、彼女はばつたりと地に倒れた。

おくれ馳せに駈け着けた人々は、この意外の光景におどろかされた。どの人も酔が醒めてしまつた。

又次郎は急病といふことにして、その死骸を駕籠に乗せて、あくる朝のまだ明け切らないうちに江戸へ送つた。駕籠の脇には久助が力なげに附添つて行つた。彼が大師の茶屋で広言を吐《は》いた頼政の鵺退治も、こんな悲しい結果に終つたのである。お蝶の死骸は勿論その両親のもとへ送られたが、身うちには何《なん》の疵《きず》の跡もないので、どうして死んだのか判らなかつた。

そのなかでも殊《こと》に不審を懐《いだ》いてゐるのは、彼《か》の久助であつた。又次郎がどうして欅のかげに忍んでゐたのか、又そのそばにお蝶がどうして笑つてゐたのか。二人のあひだに何《ど》ういふ関係があるのか。彼は江戸から引返して来て、その詮議のために角蔵の家をたづねると、彼はおひ〳〵に快方に向つて、床《とこ》の上でもう起き直つてゐた。彼等夫婦は自分の娘の死を悲しむよりも、若旦那の死を深く悼《いた》んでゐた。

　久助の詮議に対して、角蔵はこんな秘密をあかした。今から十六年前の秋、彼は甲州の親類をたづねて帰る途中、笹子峠《ささごとうげ》の麓《ふもと》の小さい宿屋に泊ると、隣の部屋に三十前後の上品な尼僧がおなじく泊り合せてゐた。尼僧は旅すがたで、当歳《とうさい》かと思はれる赤児《あかご》を抱いてゐた。その話によると、彼女が信州と甲州の境《さかい》の山中を通りかゝると、どこかで赤児の泣く声がきこえる。不思議に思つて見まはすと、年古《としふ》る樟《くす》の大樹《たいじゅ》に鷲の巣があつて、その巣のなかに赤児が泣いてゐるのであつた。恰《あたか》もそこへ来かゝつた木樵《きこり》にたのんで、赤児を木の上から取りおろして貰つて、兎もかくもこゝまで抱いて来たが長い旅をする尼僧の身で、乳飲《ちの》み児をたづさへてゐては甚《はなは》だ難儀《なんぎ》である。なんとかしてお前の手で養育してくれまいかと、彼女は角蔵に頼んだ。

　その赤児は尼僧の私生児であらうと、角蔵は推量した。鷲の巣から救ひ出して来たなどといふのは拵《こしら》へごとで、尼僧が自分の私生児の処分に困つて、その貰ひ手を探してゐるのであらうと推量したので、彼は気の毒にも思ひ、また一方には慾心を起して、もし相当の養育料をくれるならば引取つても好いと答へると、尼僧は小判一両を出して渡した。角蔵はその金と赤児とを受取つて別れた。その尼僧は何者であるか、それから何処へ行つたか、その消息は一切不明であつた。

角蔵夫婦にはお島といふ娘がある。赤児も女であるので、その妹として養育した。甲州の親類から拠《よんど》ころなく引取つて来たと世間には披露して、その名をお蝶と呼ばせてゐた。同情が半分、慾心が半分で貰つて来た子ではあるが、元来が正直者の角蔵は、我子とおなじやうにお蝶を可愛がつて育てた。お蝶は勿論その秘密を知らないので、夫婦を真実の親として慕《した》つてゐた。

「今までは尼さんの作り話だと一図《いちず》に思ひつめてゐましたが、かうなるとお蝶が鷲の巣にゐたといふのも本当で、お蝶と鷲とのあひだに何かの因縁《いんねん》があるのかも知れません。」と、角蔵は不思議さうに云つた。

「お蝶は乱心してゐるらしいと、若旦那は云つてゐたが……。そんな因縁附きの娘だといふことは、誰も知らなかつた。」と、久助は云つた。「なにしろ若旦那がこんなことになつたので、お島さんも気ちがひのやうになつて泣いてゐたよ。」

若旦那とお島との秘密、それは角蔵夫婦も知らないのであつた。

又次郎の変死は宿《やど》の者どもにも堅く口留めをして置いたのであつたが、いつか世間に洩れきこえて、狭い村中《むらじゆう》の噂に上《のぼ》つたので、父の弥太郎もおなじく病気と披露して江戸へ帰ることになつた。

江戸へ帰つて五日目に、弥太郎もまた急病死去といふ届け出《い》でがあつた。相続人の又次郎は父よりも先に死んでゐるのみならず、別に急養子を迎へにくい事情もあるので、和田の家は断絶した。

弥太郎が撃ち洩らした鳥は、果して尾白であつたか何《ど》うだか判らなかつたが、兎も角もその一季中に尾白の姿を認めた者はなかつた。記録によると、その翌年《よくねん》、即ち文政十二年の冬に、尾白の大鷲は鉄砲方の与力池田貞五郎《さだごろう》に撃ち留められたとある。

鰻《うなぎ》に呪はれた男

一

「わたしはこの温泉へ三十七年つゞけて参ります。色々の都合で宿《やど》は二度ほど換へましたが、兎《と》もかくも毎年かならず一度はまゐります。この宿へは震災前《ぜん》から十四年ほど続けて来て居ります。」

痩形《やせがた》で上品な田宮夫人はつゝましやかに話し出した。田宮夫人がこの温泉宿の長い馴染《なじみ》客《きやく》であることは、私《わたし》もかねて知つてゐた。実は夫人の甥にあたる某大学生が日頃わたしの家《うち》へ出入りしてゐる関係上、Uの温泉場では××屋といふ宿が閑静で、客あつかひも親切であると云ふことを聞かされて、私も不図《ふと》こゝへ来る気になつたのである。

来て見ると、私からは別に頼んだわけでもなかつたが、その学生から前以《まえもつ》て私の来ることを通知してあつたとみえて、××屋では初対面の私を案外に叮嚀《ていねい》に取扱つて、奥まつた二階の座敷へ案内してくれた。川の音がすこしお邪魔になるかも知れませんが、騒ぐやうなお客様はこちらへは御案内いたしませんから、お静《しずか》でございますと、番頭は云つた。「はい田宮の奥さんには長いこと御贔屓《ごひいき》になつて居ります。一年に二三回、かならず一回は欠《かか》さずにお出《い》でになります。まことにお静《しずか》な、よいお方で……。」と、番頭は更《さら》に話して聞かせた。

どこの温泉場へ行つても、川の音は大抵《たいてい》附物である。それさへ嫌はなければ、この座敷は番頭のいふ通り、たしかに閑静であるに相違《そうい》ないと私は思つた。時は五月のはじめで、川を隔てた向う岸の山々は青葉に埋《うず》められてゐた。東京では左《さ》ほどにも思はない馬酔木《あせぼ》の若葉の紅く美しいのが、わたしの眼を喜ばせた。山の裾には胡蝶花《しやが》が一面に咲きみだれて、その名のごとく胡蝶《こちよう》の群がつてゐるやうにも見えた。川では蛙《かわず》の声もきこえた。六月になると、河鹿《かじか》も啼《な》くとのことであつた。

私はこゝに三週間ほどを静かに愉快に送つたが、さう何日《いつ》まで遊んでもゐられないので、二三日の後には引揚げようかと思つて、そろ〳〵帰り仕度《じたく》に取りかゝつてゐる処へ、田宮夫人が来た。夫人はいつも下座敷《したざしき》の奥へ通される事になつてゐるさうで、二階のわたしとは縁の遠いところに荷物を持込んだ。

併《しか》し私がこゝに滞在してゐることは、甥からも聴き、宿の番頭からも聴いたとみえて、着いて間もなく私の座敷へも挨拶に来た。男と女とは云ひながら、どちらも老人同志であるから左《さ》のみ遠慮するにも及ばないと思つたので、わたしもその翌朝、夫人の座敷へ答礼《とうれい》に行つて、廿分ほど話して帰つた。

私が明日はいよ〳〵帰るといふ前日の夕方に、田宮夫人は再びわたしの座敷へ挨拶に来た。

「明日《みようにち》はお立ちになりますさうで……。」

それを口切りに、夫人は暫《しば》らく話してゐた。入梅《にゆうばい》にはまだ半月以上も間があるといふのに、こゝらの山の町は湿つぽい空気に閉ぢ籠められて、昼でも山の色が陰《くも》つてみえるので、此頃の夏の日が秋のやうに早く暮れかゝつた。

田宮夫人は今年五十六七歳で、廿歳《はたち》の春に一度結婚したが、なにかの事情のために間もなくその夫に引きわかれて、それ以来三十余年《よねん》を独身で暮らしてゐる。わたしの家《うち》へ出入りする学生は夫人の妹の次男でゆく〳〵は、田宮家の相続人となつて、伯母の夫人を母と呼ぶことになるらしい。その学生が曽《かつ》てこんなことを話した。

「伯母は結婚後一週間目とかに、夫がゆくへ不明になつて仕舞つたのださうで、それから何と感じたのか、二度の夫を持たないことに決めたのだと云ふことです。それに就《つ》いては深い秘密があるのでせうが、伯母は決して口外《こうがい》したことはありません。僕の母は薄々その事情を知つてゐるのでせうが、これも僕達にむかつては何にも話したことはありませんから、一切わかりません。」

わたしは夫人の若いときを知らないが、今から察して、彼女の若盛《わかざか》りには人並以上の美貌の持主であつたことは、容易に想像されるのである。その上に相当の教養もある、家庭も裕福であるらしい。その夫人が人生の春を総て抛《なげう》ち去つて、今日まで寂しい独身生活を送つて来たには、よほどの深い事情が潜《ひそ》んでゐなければならない。今もそれを考へながら、わたしは夫人と向ひ合つてゐた。

絶え間なしに響く水の音《おと》のあひだに、蛙《かわず》の声もみだれて聞《きこ》える。わたしは表《おもて》をみかへりながら云つた。

「蛙《かわず》がよく啼《な》きますね。」

「はあ。それでも以前から見ますと、よほど少《すくな》くなりました。以前は随分さう〴〵しくて、水の音よりも蛙の声の方が邪魔になるくらゐでございました。」

「さうですか。こゝらも年々繁昌《はんじよう》するに連れて、だん〴〵に開《ひら》けて来たでせうからな。」

と、私はうなづいた。「この川の上《かみ》の方へ行きますと、岩の上で釣つてゐる人を時々に見かけますが、山女《やまめ》を釣るんださうですな。これも宿の人の話によると、以前はなか〳〵好く釣れたが、近年はだん〳〵に釣れなくなつたと云ふことでした。」

何《なに》ごころなく斯《こ》う云つたときに、夫人の顔色のすこしく動いたのが、薄暗いなかでも私の眼についた。

「まつたく以前は山女が沢山に棲んでゐたやうでしたが、川の両側へ人家《じんか》が建ちつゞいて来たので、此頃はさつぱり捕れなくなつたさうです。」と、夫人はやがて徐《しずか》に云ひ出した。

「山女のほかに、大きい鰻《うなぎ》も随分捕れましたが、それも此頃は捕れないさうです。」

こんな話はめづらしく無い。どこの温泉場でも滞在客のあひだに屢々《しばしば》繰返される、退屈凌ぎの普通平凡の会話に過ぎないのであるが、その普通平凡の話が端緒《いとぐち》となつて、わたしは田宮夫人の口から決して平凡ならざる一種の昔話を聞かされることになつたのである。

他人は勿論、肉身の甥にすらも曽《かつ》て洩らさなかつた過去の秘密を、夫人はどうして私にのみ洩らしたのか。その事情を詳しくこゝで説明してゐると、この物語の前提《まえお》きが余りに長くなる虞《おそ》れがあるから、それらは一切省略して、すぐに本題に入ることにする。その積《つも》りで読んで貰ひたい。

夫人の話はかうである。

二

わたくしは十九の春に女学校を卒業いたしました。それは明治廿八年――日清《につしん》戦争の終つた頃でございました。その年の五月に、わたくしは親戚の者に連れられて、初めてこのUの温泉場へまゐりました。

御承知でもございませうが、この温泉が今日のやうに、世間に汎《ひろ》く知られるやうになりましたのは、日清戦争以後のことで、戦争の当時陸軍の負傷兵をこゝへ送つて来ましたので、あの湯は切創《きりきず》その他に特効《とつこう》があるといふ噂が俄《にわか》に拡まつたのでございます。それと同時に、その負傷兵を見舞の人たちも続々こゝへ集まつて来ましたので、いよ〳〵温泉の名が高くなりました。わたくしが初めてこゝへ参りましたのも、やはり負傷の軍人を見舞の為でした。

わたくしの家《うち》で平素から御懇意《ごこんい》にしてゐる、松島さんといふ家《うち》の息子さんが一年志願兵の少尉で出征しまして、負傷のために満洲の戦地から後送《こうそう》されて、こゝの温泉で療養中でありましたので、わたくしの家からも誰か一度お見舞に行かなければならないと云ふのでしたが、父は会社の用が忙がしく、あひにくに母は病気、ほかに行く者もありませんので、親戚の者が行くといふのを幸ひに、わたくしも一緒に附いて来ることになつたのでございます。

人間の事といふものは不思議なもので、その時にわたくしがこゝへ参りませんでしたら、わたくしの一生の運命もよほど変つたことになつてゐたであらうと思はれます。勿論その当時はそんなことを夢にも考へやう筈《はず》もなく、殊《こと》に一種の戦争熱に浮かされて、女のわたくし共までが、やれ恤兵《じっぺい》とか慰問《いもん》とか夢中になつて騒ぎ立てゝゐる時節でしたから、負傷の軍人を見舞のためにUの温泉場へ出かけて行くなどと云ふことを、寧《むし》ろ喜んでゐたくらゐでした。

今日と違ひまして、その当時こゝまで参りますのは、かなりに不便でございましたが、途中の事など詳しく申上げる必要もございません。こゝへ着いて、先《ま》づ相当の宿を取りまして、その翌日は松島さんをお見舞に行きました。お菓子や煙草《たばこ》やハンカチーフなどを御《お》土産《みやげ》に持つて行きまして、松島さんばかりでなく、ほかの人達にも分けて上げますと、どなたも大層嬉しがつておいでゝした。わたくし共はもう一晩こゝに泊つて、あくる朝に帰る予定でしたから、その日は自分たちの宿屋へ引揚げて、風呂に這入つて休息しましたが、初夏の日はなか〳〵長いので、夕方から連れの人たちと一緒に散歩に出ました。連れといふのは、親戚の夫婦でございます。

三人は川伝ひに、爪先《つまさき》あがりの狭い路《みち》を辿つて行きました。町の様子はその後よほど変りましたが、山の色、水の音、それは今もむかしも余り変りません。先刻も申す通り、たゞ騒々しいのは蛙の声でございました。わたくし共は何を見るとも無しに、ぶら〳〵と歩いて行くうちに、いつか人家の途切れた川端へ出ました。岸には芒《すすき》や芦《あし》の葉が青く繁つてゐて、岩に堰《せ》かれて咽《むせ》び落ちる流れの音が、こゝらは一《ひ》としほ高くきこえます。ゆふ日はもう山のかげに隠れてゐましたが、川の上はまだ明るいのです。その川のなかの大きい岩の上に、二人の男の影がみえました。それが負傷兵であることは、その白い服装をみて直ぐに判りました。ふたりは釣竿《つりざお》を持つてゐるのです。負傷も大抵《たいてい》全快したので、このごろは外出を許されて、退屈凌《しの》ぎに山女を釣りに出るといふ話を、松島さんから聴かされてゐるので、この人達もやはりそのお仲間であらうと想像しながら、わたくし共も暫《しば》らく立ちどまつて眺めてゐますと、やがてその一人が振返つて岸の方を見あげました。

「やあ。」

それは松島さんでした。

こちらから声をかけると、松島さんは笑ひながら首を掉《ふ》りました。

「釣れますか。」

「釣れません。魚の泳いでゐるのは見えてゐながら、なか〳〵餌《えさ》に食ひつきませんよ。水があんまり澄んでゐるせゐですな。」

それでも全然釣れないのではない。先刻《さつき》から二尾《にひき》ほど釣つたと云つて、松島さんは岸の方へ引返《ひつかえ》して来て、ブリツキの罐《かん》のなかから大小の魚をつかみ出して見せてくれたので、親戚の者もわたくしも覗《のぞ》いてゐました。

その時、わたくしは更《さら》に不思議なことを見ました。それがこのお話の眼目《がんもく》ですから、よくお聴きください。松島さんがわたくし共と話してゐるあひだに、もう一人の男の人、その人の針には頻《しき》りに魚がかかりまして、見てゐるうちに三尾《びき》ほど釣り上げたらしいのです。唯《ただ》それだけならば別に仔細はありませんが、わたくしが松島さんの罐を覗いて、それから不図《ふと》――まつたく何心《なにごころ》なしに、川の方へ眼を遣《や》ると、その男の人は一尾の蛇のやうな長い魚――おそらく鰻《うなぎ》でしたらう。それを釣りあげて、手早く針から外《はず》したかと思ふと、鳥渡《ちよつと》あたりを見かへつて、忽《たちま》ちに生きたまゝでむしや〳〵と喰べてしまつたのです。たとひ鰻にしても、やがて一尺《しやく》もあらうかと思はれる魚を、生きたまゝで喰べるとは……。わたくしは何だかぞつとしました。

　それを見付けたのは私《わたくし》だけで、松島さんも親戚の夫婦の話の方に気を取られてゐて、一向《いつこう》に覚《さと》らなかつたらしいのです。鰻をたべた人は又つゞけて釣針をおろしてゐました。それから松島さんと二言三言《ふたことみこと》お話をして、わたくし共はそのまゝ別れて自分の宿へ帰りましたが、生きた鰻をたべた人のことを私は誰にも話しませんでした。その頃のわたくしは年も若《わか》し、かなりにお転婆のおしやべりの方《ほう》でしたが、そんなことを口へ出すのも何だか気味が悪いやうな気がしましたので、ついそれぎりにして仕舞つたのでございます。

　あくる朝こゝを立つときに、再び松島さんのところへ尋ねてゆきますと、松島さんの部屋には同じ少尉の負傷者が同宿してゐました。きのふは外出でもしてゐたのか、その一人のすがたは見えなかつたのですが、けふは二人とも顔を揃へてゐて、しかもその一人はきのふの夕方、松島さんと一緒に川のなかで釣つてゐた人、即《すなわ》ち生きた鰻をたべた人であつたので、わたくしは又ぎよつとしました。併《しか》しよく視ると、この人も多分一年志願兵でせう。松島さんも人品《じんぴん》の悪くない方ですが、これは更《さら》に上品な風采《ふうさい》を具《そな》へた人で、色の浅黒い、眼つきの優しい、いはゆる貴公子然《ぜん》たる人柄で、はき〳〵した物言ひのうちに一種の柔《やわら》か味を含んでゐて……。いえ、好《い》い年をしてこんな事を申上げるのもお恥かしうございますから、先《ま》づ好《い》い加減にいたして置きますが、兎《と》もかくもこの人が蛇のやうな鰻を生きたまゝで喰べるなどとは、まつたく思ひも付かないことでございました。

先方ではわたくしに見られたことを覚《さと》らないらしく、平気で元気よく話してゐましたが、わたくしの方《ほう》では矢《や》はり何だか気味の悪いやうな心持でしたから、時々にその人の顔をぬすみ視るぐらゐのことで、始終うつむき勝《がち》に黙つてゐました。

わたくし共はそれから無事に東京へ帰りました。両親や妹にむかつて、松島さんのことや、Uの温泉場のことや、それらは随分詳しく話して聞かせましたが、生きた鰻をたべた人のことだけは矢はり誰にも話しませんでした。おしやべりの私がなぜそれを秘密にしてゐたのか、自分にもよく判りませんが、だん〳〵考へてみると、単に気味が悪いと云ふばかりでなく、そんなことを無暗《むやみ》に吹聴《ふいちよう》するのは、その人に対して何だか気の毒なやうに思はれたらしいのです。気の毒なやうに思ふと云ふ事――それをもう一つ煎じ詰めると、どうも自分の口からはお話が致しにくい事になります。先づ大抵はお察しください。

それから一月ほど過ぎまして、六月はじめの朝でございました。ひとりの男がわたくしの家《うち》へたづねて来ました。その名刺に浅井秋夫とあるのを見て、わたくしは又はつとしました。Uの温泉場で松島さんに紹介されて、已《すで》にその姓名を識《し》つてゐたからです。

浅井さんは先づわたくしの父母に逢ひ、更《さら》にわたくしにも逢つて、先日見舞に来てくれた礼を述べました。

「松島君ももう全快したのでしたが、十日ほど遅れて帰京することになります。就《つ》いては、君が一足先へ帰るならば、宮田さんを一度おたづね申して、先日のお礼をよく云つて置いてくれと頼まれました。」

「それは御叮嚀《ごていねい》に恐れ入ります。」

父も喜んで挨拶してゐました。それから戦地の話なども色々あつて、浅井さんは一時間あまりの後《のち》に帰りました。帰つたあとで、浅井さんの評判は悪くありませんでした。父は中々しつかりしてゐる人物だと云つてゐました。母は人品の好い人だなどと褒めてゐました。それにつけても、生きた鰻をたべたなどといふ話をして置かないで好かつたと、わたくしは心のうちで思ひました。

十日ほどの後に、松島さんも果《はた》して帰つて来ました。そんなことは管々《くだくだ》しく申上げるまでもありませんが、それから又二月ほども過ぎた後《のち》に、松島さんがお母さん同道で尋ねて来て、思ひもよらない話を持ち出しました。浅井さんがわたくしと結婚したいと云ふのでございます。

今から思へば、わたくしの行く手に暗い影がだん〳〵拡がつて来るのでした。

三

松島さんは、まだ年が若いので、自分ひとりで縁談の掛合ひなどに来ては信用が薄いといふ懸念から、お母さん同道で来たらしいのです。そこで、お母さんの話によると、浅井さんの兄《あに》さんは帝大卒業の工学士で、ある会社で相当の地位を占めてゐる。浅井さんは次男で、私立学校を卒業の後《のち》、これもある会社に勤めてゐたのですが、一年志願兵の少尉である関係上、今度の戦争に出征することになつたのですから、帰京の後は元の会社へ再勤すること勿論で、現に先月から出勤してゐると云ふのです。

わたくしの家には男の児《こ》が無く、姉娘のわたくしと妹の伊佐子との二人ぎりでございますから、順序として妹が他《た》に縁付き、姉のわたくしが婿《むこ》をとらなければなりません。その事情は松島さんの方でもよく知つてゐるので、浅井さんは幸ひに次男であるから、都合によつては養子に行つても好いと云ふのでした。直ぐに返事の出来る問題ではありませんから、両親もいづれ改めて御返事をすると挨拶して、一旦は松島さんの親子を帰しましたが、先日の初対面で評判の好い浅井さんから縁談を申込まれたのですから、父も母もよほど気乗りがしてゐるやうでした。

かうなると、結局はわたくしの料簡《りようけん》次第で、この問題が決着するわけでございます。

母もわたくしに向つて云ひました。

「お前さへ承知ならば、わたし達には別に異存はありませんから、よく考へて御覧なさい。」

勿論、よく考へなければならない問題ですが、実を申すとその当時のわたくしには好く考へる余裕もなく、直ぐにも承知の返事をしたい位《くらい》でございました。

生き鰻を食つた男——それをお前は忘れたかと、かう仰《おつ》しやる方もありませう。わたくしも決して忘れてはゐません。その證拠には、その晩こんな怪《あや》しい夢をみました。場所はどこだか判りませんが、大きい俎板《まないた》の上にわたくしが身を横《よこた》へてゐました。わたくしは鰻になつたのでございます。鰻屋の職人らしい、印半纏《しるしばんてん》を着た片眼の男が手に針か錐《きり》のやうな物を持つて、わたくしの眼を突き刺さうとしてゐます。所詮《しょせん》逃れぬところと観念してゐますと、不意にその男を押退けて、又ひとりの男があらはれました。それは正《まさ》しく浅井さんと見ましたから、わたくしは思はず叫びました。

「浅井さん。助けてください。」

浅井さんは返事もしないで、いきなり私《わたくし》を引つ摑んで自分の口へ入れようとするのです。わたくしは再び悲鳴をあげました。

「浅井さん。助けて下さい。」

これで夢が醒めると、わたくしは枕も湿《ぬ》れるほどに冷汗をかいてゐました。やはり例のうなぎの一件がわたくしの頭の奥に根強く刻み付けられてゐて、今度の縁談を聞くと同時にこんな悪夢がわたくしを脅かしたものと察せられます。それを思ふと、浅井さんと結婚することが何だか不安のやうにも感じられて来たので、わたくしは夜のあけるまで碌々《ろくろく》眠らずに、色々のことを考へてゐました。

併《しか》し夜が明けて、青々とした朝の空を仰ぎますと、ゆうべの不安は拭《ぬぐ》つたやうに消えてしまひました。鰻のことなどを気にしてゐるから、そんないやな夢をみたので、ほかに仔細も理窟もある筈がないと、私はさつぱり思ひ直して、努めて元気の好《い》い顔をして両親の前に出ました。かう申せば、大抵御推量になるでせう。わたくしの縁談はそれから滑るやうに順調に進行したのでございます。

唯ひとつの故障《こしよう》は、平生《へいぜい》から病身の母がその秋から再び病床に就きましたのと、わたくしが今年は十九の厄年《やくどし》――その頃はまだそんなことを云ふ習慣が去りませんでしたので、かた〴〵来年の春まで延期といふことになりまして、その翌年の四月の末にいよ〳〵結婚式を挙げることになりました。勿論それまでには私の方でもよく先方の身もとを取調べまして、浅井の兄《あに》さんは夏夫と云つて某会社で相当の地位を占めてゐること、夏夫さんには奥さんも子供もある事、また本人の浅井秋夫も品行方正《ひんこうほうせい》で、これまで悪い噂もなかつたこと、それ等は十分に念を入れて調査した上で、わたくしの家《うち》へ養子として迎ひ入れることに決定致したのでございます。

そこで、結婚式もとゞこほりなく済ませまして、わたくし共夫婦は新婚旅行といふことになりました。その行く先はどこが好からうと評議の末《すえ》に、やはり思ひ出の多いUの温泉場へゆくことに決めました。思ひ出の多い温泉場——このUの町はまつたく私に取つて思ひ出の多い土地になつて仕舞ひました。併《しか》しその当時は新婚の楽しさが胸一ぱいで、なんにも考へてゐるやうな余裕もなく、春風を追ふ蝶のやうな心持で、わたくしは夫と共にこゝへ飛んで参つたのでございます。そのときの宿《やど》はこゝではありません。もう少し川下《かわしも》の方の〇〇屋といふ旅館でございました。時候はやはり五月のはじめで、同じことを毎度申すやうですが、川の岸では蛙がさう〴〵しく啼いてゐました。

滞在は一週間の予定で、その三日目の午後、やはり今日のやうに陰《くも》つてゐる日でございました。午前中は近所を散歩しまして、午後は川にむかつた二階座敷に閉ぢ籠《こも》つて、水の音と蛙の声を聴きながら、新夫婦が仲よく話してゐました。そのうちに不図《ふと》みると、どこかの宿屋の印半纏《しるしばんてん》を着た男が小さい叉手網《さであみ》を持つて、川のなかの岩から岩へと渡りあるきながら、何か魚を掬《すく》つてゐるらしいのです。

「なにか魚を捕つてゐます。」と、わたくしは川を指さして云ひました。「やつぱり山女《やまめ》でせうか。」

「さうだらうね。」と、夫は笑ひながら答へました。「こゝらの川には鮎《あゆ》もゐない、鮠《はや》もゐない。山女と鰻ぐらゐのものだ。」

鰻——それがわたくしの頭にピンと響くやうに聞えました。

「うなぎは大きいのがゐますか。」と、わたくしは何げなく訊きました。

「あんまり大きいのも居ないやうだね。」

「あなたも去年お釣りになつて……。」

「む丶。二三度釣つたことがあるよ。」

こ丶で黙つてゐれば好かつたのですが、年の若いおしやべりの私はついうつかりと飛んだことを口走つてしまひました。鰻のことなぞは永久に黙つてゐれば好かつたのでした。

「あなた、その鰻をどうなすつて……。」

「小さな鰻だもの、仕様がない。そのま丶川へ抛《ほう》り込んでしまつたのさ。」

「一尾《ぴき》ぐらゐは喰べたでせう。」

「いや、食《く》はない。」

「い丶え、喰べたでせう。生きたま丶で……。」

「冗談云つちやいけない。」

夫は聞き流すやうに笑つてゐましたが、その眼の異様に光つたのが私の注意をひきました。その一刹那《いっせつな》に、あ丶悪いことを云つたなと、わたくしも急に気が附きました。結婚後まだ幾日《いくにち》も経《た》たない夫にむかつて、迂闊《うかつ》にこんなことを云ひ出したのは、確《たしか》にわたくしが悪かつたのです。併《しか》し私として見れば、去年以来この一件が絶えず疑問の種《たね》になつてゐるので、この機会にそれを云ひ出して、夫の口から相当の説明を聴かして貰ひたかつたのでございます。

口では笑つてゐても、その眼色のよくないのを見て、夫が不機嫌であることを私も直《す》ぐに察しましたので、鰻に就いては再びなんにも云ひませんでした。夫も別に弁解らしいことを云ひませんでした。それからお茶を淹《い》れて、お菓子なぞを喰べて、相変らず仲よく話してゐるうちに、夏の日もやがて暮れかゝつて、川向うの山々のわか葉も薄黒くなつて来ました。それでも夕御飯までには間があるので、わたくしは二階を降りて風呂へ行きました。

そんなに長湯をした積《つも》りでもなかつたのですが、風呂の番頭さんに背中を流して貰つたり、湯あがりのお化粧をしたりして、彼《か》れ是《こ》れ三十分ほどの後に自分の座敷へ戻つて来ますと、夫の姿はそこに見えません。女中に訊くと、おひとりで散歩にお出掛けになつたやうですと云ふ。私もそんなことだらうと思つて、別に気にも留めずにゐましたが、それから一時間も経つて、女中が夕御飯のお膳を運んで来る時分になつても、夫はまだ帰つて来ないのでございます。

「どこへ行くとも断《ことわ》つて出ませんでしたか。」

「いゝえ、別に……。唯《ただ》ステツキを持つて、ふらりとお出かけになりました。」と、女中は答へました。

それでも帳場へは何か断つて行つたかも知れないといふので、女中は念のために聞き合せに行つてくれましたが、帳場でも何にも知らないと云ふのです。それから一時間を過ぎ、二時間を過ぎ、やがて夜も九時に近い時刻になつても、夫はまだ戻つて来ないのです。かうなると、いよ〳〵不安心《ふあんしん》になつて来ましたので、わたくしは帳場へ行つて相談しますと、帳場でも一緒になつて心配してくれました。温泉宿に来てゐる男の客が散歩に出て、二時間や三時間帰らないからと云つて、さのみの大事件でも無いのでせうが、わたくし共が新婚の夫婦連れであるらしいことは宿でも承知してゐますので、特別に同情してくれたのでせう、宿の男ふたりに提灯《ちようちん》を持たせて、川の上下《かみしも》へ分かれて、探しに出ることになりました。わたくしも落付いてはゐられませんので、ひとりの男と連れ立つて川下の方へ出て行きました。

その晩の情景は今でもあり〳〵と覚えてゐます。その頃はこゝらの土地もさびしいので、比較的に開《ひら》けてゐる川下の町家《まちや》の灯も、黒い山々の裾に沈んで、その暗い底に水の音が物すごいやうに響いてゐます。昼から陰《くも》つてゐた大空はいよ〳〵低くなつて、霧のやうな細《こま》かい雨が降つて来ました。

捜索は結局無効に終りました。川上へ探しに出た宿の男もむなしく帰つて来ました。宿からは改めて土地の駐在所へも届けて出ました。夜はおひおひに更《ふ》けて来ましたが、それでもまだ何処《どこ》からか帰つて来るかも知れないと、わたくしは女中の敷いてくれた寝床の上に坐つて、肌寒い一夜《いちや》を眠らずに明かしました。

散歩に出た途中で、偶然に知人《しりびと》に行《ゆ》き逢つて、その宿屋へでも連れ込まれて、夜の更けるまで話してでもゐるのかと、最初はよもやに引かされてゐたのですが、そんな事が空頼《そらだの》みであるのはもう判りました。わたくしは途方に暮れてしまひまして、兎も角も電報で東京へ知らせて遣《や》りますと、父もおどろいて駈け付けました。兄の夏夫さんも松島さんも来てくれました。

それにしても、なにか心当りは無いか。——これは何《ど》の人からも出る質問ですが、わたくしには何とも返事が出来ないのでございます。心当りの無いことはありません。それは例のうなぎの一件で、わたくしがそれを迂濶に口走つた為に、夫は姿を晦《くら》ましたのであらうと想像されるのですが、二度とそれを口へ出すのは何分《なにぶん》怖ろしいやうな気がしますので、わたくしは決してそれを洩らしませんでした。東京から来た人達も色々に手を尽して捜索に努めてくれましたが、夫のゆくへは遂に知れませんでした。もしや夕闇に足を踏みはづして川のなかへ墜落したのではないかと、川の上下《かみしも》を隈《くま》なく捜索しましたが、どこにもその死骸は見当りませんでした。

わたくしは夢のやうな心持で東京へ帰りました。

四

生きた鰻をたべたと云ふ、その秘密を新婚の妻に覚《さと》られたとしたら、若い夫として恥かしいことであるかも知れません。それは無理もないとして、それがために自分のすがたを隠してしまふと云ふのは、どうも判り兼ねます。殊《こと》にどちらかと云へば快濶《かいかつ》な夫の性格として、そんな事はありさうにも思へないのでございます。ましてその事情を夢にも知らない親類や両親達が、たゞ不思議がつてゐるのも無理はありません。

「突然に発狂したのではないか。」と、父は云つてゐました。

兄の夏夫さんも非常に心配してくれまして、その後も出来るかぎりの手段を尽して捜索したのですが、やはり無効でございました。その当座はどの人にも未練があつて、けふは何処《どこ》からか便《たよ》りがあるか、明日《あす》はふらりと帰つて来るかと、そんなことばかり云ひ暮らしてゐたのですが、それも二月《ふたつき》と過ぎ、三月《みつき》と過ぎ、半年と過ぎてしまつては、諦《あきら》められないながらも諦めるの外《ほか》はありません。その年も暮れて、わたくしが廿一の春四月、夫がゆくへ不明になつてから丸一年になりますので、兄の方から改めて離縁の相談がありました。年の若いわたくしをいつまでも其儘《そのまま》にして置くのは気の毒だといふのでございます。併《しか》しわたくしは断りました。まあ、もう少し待つてくれと云つて――。待つてゐて、どうなることか判りませんが、本人の死んだのでない以上、いつかはその便りが知れるだらうと思つたからでございます。

それから又一年あまり経ちまして、果《はた》して夫の便りが知れました。わたくしが廿二の年の十月末でございます。ある日の夕方、松島さんがあわたゞしく駈け込んで来まして、こんなことを話しました。

「秋夫君の居どころが知れましたよ。本人は名乗りませんけれども、確《たしか》にそれに相違ないと思ふんです。」

「して、どこにゐました。」と、わたくしも慌《あわ》てゝ訊《き》きました。

「実は今日の午後に、よんどころない葬式があつて北千住《きたせんじゅ》の寺まで出かけまして、その帰り途《みち》に三四人連れで千住《せんじゅ》の通りを来かゝると、路《みち》ばたの鰻屋の店さきで鰻を割《さ》いてゐる男がある。何ごころなく覗《のぞ》いてみると、印半纏《しるしばんてん》を着てゐる其の職人が秋夫君なんです。尤《もつと》も左の眼は潰《つぶ》れてゐましたが、その顔はたしかに秋夫君で、右の耳の下に小さい疵《きず》のあるのが證拠です。わたしは直《す》ぐに店へ這入つて行つて、不意に秋夫君と声をかけると、その男は吃驚《びつくり》したやうに私の顔を眺《なが》めてゐましたが、やがてぶつきら棒に、そりやあ人違ひだ、わたしはそんな人ぢやあないと云つたまゝで、ずつと奥へ這入つてしまひました。何分《なにぶん》ほかにも連れがあるので、一旦はそのまま帰つて来ましたが、どう考へても秋夫君に相違ないと思はれますから、取りあへずお知らせに来たんです。」

松島さんがさう云ふ以上、おそらく間違ひはあるまい。殊《こと》にうなぎ屋の店で見付けたと云ふことが、わたくしの注意をひきました。もう日が暮れかゝつてゐるのですが、明日《あす》まで待つてはゐられません。わたくしは両親とも相談の上で、松島さんと二台の人車《くるま》をつらねて、直ぐに北千住へ出向きました。途中で日が暮れてしまひまして、大橋《おおはし》を渡る頃には木枯しとでも云ひさうな寒い風が吹き出しました。

松島さんに案内されて、その鰻屋へたづねて行きますと、その職人は新吉といふ男で五六日前からここの店へ雇はれて来たのださうです。もう少し前に近所の湯屋へ出て行つたから、やがて帰つて来るだらうと云ひますので、暫《しば》らくそこに待ち合せてゐましたが、なか〳〵帰つて参りません。なんだか又不安になつて来ましたので、出前持の小僧を頼んで湯屋へ見せに遣《や》りますと、今夜《こんや》はまだ来ないと云ふのでございます。

「逃げたな。」と、松島さんは舌打ちしました。わたくしも泣きたくなりました。

もう疑ふまでもありません。松島さんに見付けられたので、直ぐに姿を隠したに相違ありません。かうと知つたらばさつき無理にも取押へるのであつたものをと、松島さんは足《あし》摺《ず》りをして悔みましたが、今更どうにもならないのです。

それにしても、こゝの店の雇人《やといにん》である以上、主人はその身もとを知つてゐる筈でもあり、また相当の身許《みもと》引受人もある筈です。松島さんは先づそれを詮議しますと、鰻屋の亭主は頭をかいて、実はまだ好《よ》くその身もとを知らないと云ふのです。今まで雇つてゐた職人は酒の上《うえ》の悪い男で、五六日前に何か主人と云ひ合つた末に、無断でどこへか立去つて仕舞つたのださうです。すると、その翌日、片眼の男がふらりと尋ねて来てこちらでは、職人が居なくなつたさうだが、その代りに私を雇つてくれないかと云ふ。こつちでも困つてゐる所なので、兎もかくも承知して使つてみるとなか〳〵よく働く。名は新吉といふ。何分《なにぶん》にも目見得中《めみえちゆう》の奉公人で、給金もまだ本当に取決めてゐない位《くらい》であるから、その身許などを詮議してゐる暇もなかつたと云ふのです。それを聞いて、わたくしはがつかりして仕舞ひました。松島さんもいよ〳〵残念がりましたが、どうにも仕様がありません。二人は寒い風に吹かれながらすご〳〵と帰つて来ました。

併しこれで浅井秋夫といふ人間がまだ此世に生きてゐると云ふことだけは確められましたので、わたくし共も少しく力を得たやうな心持にもなりました。生きてゐる以上は、また逢はれないことも無い。一旦は姿をかくしても、再び元の店へ立戻つて来ないとも限らない。かう思つて、その後も毎月一度づつは北千住の鰻屋へ聞き合せに行きましたが、片眼の職人は遂にその姿を見せませんでした。

かうして、また半年も過ぎた後に、松島さんのところへ突然に一通の手紙がとゞきました。それは秋夫の筆蹟《ひつせき》で、自分は奇怪《きつかい》な因縁《いんねん》で鰻に呪はれてゐる。決して自分のゆくへを探してくれるな。真佐子さん（わたくしの名でございます。）は更に新しい夫を迎へて幸福に暮らしてくれと云ふ意味を簡単に認《したた》めてあるばかりで、現在の住所などは記してありません。あひにくに又そのスタンプが曖昧《あいまい》で、発信の郵便局も判然しないのです。勿論、その発信地へたづねて行つたところで、本人がそこにゐる筈もありませんが——。

北千住を立去つてから半年も過ぎた後《のち》に、なぜ突然にこんな手紙をよこしたのか、それも判りません。奇怪な因縁で鰻に呪はれてゐるといふ、その仔細も勿論わかりません。なにか心当りはないかと、兄の夏夫さんに聞きあはせますと、兄も色々かんがへた挙句に、唯一《ただひと》つこんなことがあると云ひました。

「わたし達の子供のときには、本郷の××町《ちよう》に住んでゐて、直ぐ近所に鰻屋がありました。店さきに大きい樽があつて、そのなかに大小のうなぎが飼つてある。なんでも秋夫が六《む》つか七《なな》つの頃でしたらう、毎日その鰻屋の前へ行つて遊んでゐましたが、子供のいたづらから樽のなかの小さい鰻をつかみ出して逃げようとするのを、店の者に見つけられて追つかけられたので、その鰻を路《みち》ばたの溝《どぶ》のなかへ抛《ほう》り込んで逃げて来たさうです。それが両親に知れて、当人は厳しく叱られ、うなぎ屋へは幾らかの償《つぐな》ひを出して済んだことがありましたが、その以外には別に思ひ当るやうな事もありません。」

単にそれだけのことでは、わたくしの夫と鰻とのあひだに奇怪な因縁が結び付けられてゐるさうにも思はれません。まだほかにも何かの秘密があるのを、兄が隠してゐるのではないかとも疑はれましたが、どうも確なことは判りません。そこでわたくしの身の処置でございますが、たとひ新しい夫を迎へて幸福に暮らせと書いてありましても、初めの夫がどこかに生きてゐる限りは、わたくしとして二度の夫を迎へる気にはなれません。両親をはじめ、皆さんから屢々《しばしば》再縁を勧められましたが、私は堅く強情を張り通して仕舞ひました。そのうちに、妹も年頃になつて他《ほか》へ縁付きました。両親ももう、此世には居りません。三十幾年《いくねん》の月日は夢のやうに過ぎ去つて、わたくしもこんなお婆さんになりました。

鰻に呪はれた男――その後の消息はまつたく絶えてしまひました。なにしろ長い月日のことですから、これも既《も》う此世にはゐないかも知れません。幸ひに父が相当の財産を遺して行つてくれましたので、わたくしは何《ど》うにか斯《こ》うにか生活にも不自由致しませず、毎年かならずこのUの温泉場へ来て、むかしの夢をくり返すのを唯ひとつの慰めと致して居りますやうな訳でございます。

その後は鰻をたべないかと仰《おつ》しやるのですか。――いえ、喜んで頂きます。以前はそれほどに好物でもございませんでしたが、その後は好んで喰べるやうになりました。片眼の夫がどこにか忍《ひそ》んでゐて、この鰻もその人の手で割《さ》かれたのではないか、その人の手で焼かれたのではないか。かう思ふとなんだか懐しいやうな気が致しまして、御飯も旨《うま》く頂けるのでございます。

併《しか》しわたくしも今日《こんにち》の人間でございますから、そんな感傷的なことばかり申してもゐられません。自分の夫が鰻に呪はれたと云ふのは、一体どんなわけであるのか、自分でも色々に研究し、又それとなく専門家に就いても聞き合せてみましたが、人間には好んで壁《かべ》土《つち》や泥などを喰べる者、蛇や蚯蚓《みみず》などを喰べる者があります。それは子供に多くございまして、俗に蟲《むし》のせゐだとか癇《かん》のせゐだとか申して居りますが、医学上では異嗜性《いしせい》とか申すさうで、その原因はまだはつきりとは判つてゐませんが、やはり神経性の病気であらうと云ふことでございます。それを子供の時代に矯正《きょうせい》すれば格別、成人して仕舞ふと中々癒《なお》り難《か》ねるものだとか申します。

それから考へますと、わたくしの夫なども矢はりその異嗜性の一人《いちにん》であるらしく思はれます。子供の時代からその習慣があつて、鰻屋のうなぎを盗んだのもそれが為《ため》で、路ばたの溝《どぶ》へ捨てたと云ひますけれども、実は生きたまゝで喰べてしまつたのではないかとも想像されます。大人になつても、その悪い習慣が去らないのを、誰も気が注《つ》かずにゐたのでせう。当人もよほど注意して、他人に覚《さと》られないやうに努めてゐたに相違ありません。勿論、止《や》めよう止めようと燥《あせ》つてゐたのでせうが、それをどうしても止められないので、当人から見れば鰻に呪はれてゐるとでも思はれたかも知れません。

そこで、この温泉場へ来て、松島さんと一緒に釣つてゐるうちに、あひにくに鰻を釣りあげたのが因果《いんが》で、例の癖《くせ》がむら〳〵と発して、人の見ない隙を窺《うかが》つて一《ひ》と口《くち》に喰べてしまふと、又あひにくに私がそれを見付けたので——。つまりは双方の不幸とでも云ふのでございませう。よもやと思つてゐた自分の秘密を、妻のわたくしが知つてゐることを覚つたときに、当人もひどく驚き、又ひどく恥ぢたのでせう。いつそ正直に打ち明けてくれゝば好かつたと思ふのですが、当人としては恥かしいやうな、怖ろしいやうな、もう片時もわたくしとは一緒にゐられないやうな苦しい心持になつて、前後の考へもなしに宿屋をぬけ出して仕舞つたものと察せられます。

それからどうしたか判りませんが、もう斯《こ》うなつては東京へも帰られず、結局は自暴自棄になつて、自分の好むがまゝに生活することに決心したのであらうと思はれます。千住のうなぎ屋へ姿をあらはすまで丸二年半の間、どこを流れ渡つてゐたか知りませんが、自分の食慾を満足させるのに最も便利の好《い》い職業を択《えら》ぶことにして、諸方の鰻屋に奉公してゐたのでせう。片眼を潰《つぶ》したのは粗相《そそう》でなく、自分の人相《にんそう》を変へる積りであつたらうと察せられます。おそらく鰻の眼を刺すやうに、自分の眼にも錐《きり》を突き立てたのでせう。かうなると、まつたく鰻に呪はれてゐると云つても好いくらゐで、考へても怖ろしいことでございます。

かた眼を潰しても、やはり松島さんに見付けられたので、当人は又おそろしくなつて何処《こ》へか姿をかくしたのでせうが、どう云ふ動機で半年後に手紙をよこしたのか、それは判りません。その後のことも一切わかりませんが、多分それからそれへと流れ渡つて、自分の異嗜性を満足させながら一生を送つたのであらうと察せられます。

かう申上げてしまへば、別に奇談でもなく、怪談でもなく、単にわたくしがさう云ふ変態の夫を持つたといふに過ぎないことになるのでございますが、唯ひとつ、私として未《いま》だに不思議に感じられますのは、前に申上げた通り、わたくしが初めて縁談の申込みを受けました当夜に、忌《いや》な夢をみました事で――。こんなお話をいたしますと、どなたもお笑ひになるかも知れません、わたくし自身も真面目になつて申上げにくいのですが――わたくしが鰻になつて俎板《まないた》の上に横たはつてゐますと、印半纏を着た片眼の男が錐《きり》を持つてわたくしの眼を突き刺さうとしました。その時には何とも思ひませんでしたが、後になつて考へると、それが夫の将来の姿を暗示してゐたやうに思はれます。秋夫は片眼になつて、千住のうなぎ屋の職人になつて、印半纏をきて働いてゐたと云ふではありませんか。

夢の研究も近来は大層進んでゐるさうでございますから、そのうちに専門家におたづね申して、この疑問をも解決いたしたいと存じて居ります。

くろん坊

一

このごろ未刊随筆百種のうちの「享和雑記《きようわざつき》」を読むと、濃州徳山《のうしゆうとくやま》くろん坊《ぼう》の事といふ一項がある。何人《なんぴと》から聞き伝へたのか知らないが、その附近の地理なども相当にくはしく調べて書いてあるのを見ると、全然架空の作り事でもないらしく思はれる。元来こゝらには黒ん坊の伝説があるらしく、わたしの叔父もこの黒ん坊について、曽《かつ》て私に話してくれたことがある。若いときに聞かされた話で、年を経《ふ》るまゝに忘れてゐたのであるが、「享和雑記」を読むにつけて、古い記憶が図《はか》らずも甦《よみが》へつたので、それを機会に私もすこしく「くろん坊」の怪談を語りたい。

江戸末期の文久《ぶんきゆう》二年の秋——わたしの叔父はその当時廿六歳であつたが、江戸幕府の命令をうけて美濃《みの》の大垣《おおがき》へ出張することになつた。大垣は戸田氏十万石《ごく》の城下で、叔父は隠密《おんみつ》の役目をうけたまはつて、幕末における大垣藩の情勢を探るために遣《つか》はされたのである。隠密であるから、勿論武士の姿で入り込むことは出来ない。叔父は小間物《こまもの》を売る旅《たび》商人《あきんど》に化けて城下へ這入つた。

八月から九月にかけて一月《ひとつき》あまりは、無事に城下や近在を徘徊して、商売の傍《かたわ》らに職務上の探索に努めてゐたのであるが、叔父の不注意か、但《ただ》しは藩中の警戒が厳重であつたのか、いづれにしても彼《かれ》が普通の商人《あきんど》でないといふことを睨《にら》まれたらしいので、叔父の方でも大いに警戒しなければならなくなつた。その時代の習《ならい》として、どこの藩でも隠密が入り込んだと覚《さと》れば、彼を召捕《めしと》るか、殺すか、二つに一つの手段を執《と》るに決まつてゐるのであるから、叔父は早々に身を隠して、その危難を逃れるの外《ほか》はなかつた。

併《しか》し本街道をゆく時は、敵に追跡される虞《おそ》れがあるので、叔父は反対の方角にむかつて、山越しに越前《えちぜん》の国へ出ようと企《くわだ》てた。その途中の嶮《けわ》しいのは勿論覚悟の上である。およそ十里ほども北へ辿ると、外山《とやま》村に着く。そこまでは牛馬《ぎゅうば》も通ふのであるが、それからは山路《やまみち》がいよ〱嶮しくなつて、糸貫川《いとぬきがわ》――土地ではイツヌキと云ふ。古歌にもいつぬき川と詠まれてゐる。享和雑記には泉除川《いずのきがわ》として一種の伝説を添へてある。――その山川の流れに遡上《さかのぼ》つて根尾《ねお》村に着く。こゝらは鮎《あゆ》が名物で、外山から西根尾まで三里のあひだに七ケ所の簗《やな》をかけて、大きい鮎を捕るのである。根尾から大字《おおあざ》小鹿《こじか》、松田、下大須《しもおおす》、上大須を過ぎ、明神山《みようじんやま》から屏風山《びようぶやま》を越えて、初めて越前へ出るのであるが、そのあひだに、上り下りの難所の多いことは云ふまでもない。

叔父は足の達者な方《ほう》であつたが、何と云つても江戸育ちであるから、毎日の山道に疲れ切つて、道中は一向《いつこう》に捗取《はかど》らない。もう一里ばかりで下大須へ辿り着くといふ頃に、九月の十七日は暮れかゝつて、奥山のゆふ風が身にしみて来た。糸貫川とは遠く離れてしまつたのであるが、路《みち》の一方《いつぽう》には底知れぬほどの深い大きい谷がつゞいてゐて、夕靄《ゆうもや》の奥に水の音が遠く微《かすか》にきこえる。あたりはだん〳〵に暗くなる、路《みち》はいよ〳〵迫つて来る。誤《あやま》つて一足蹈《ふ》み損《そん》じたら、この絶壁から真逆《まつさか》さまに投げ込まれなければならない事を思ふと、かねて覚悟はしてゐながらも、叔父はこんな難儀な道を択《えら》んだことを今更に後悔して、いつそ運を天にまかせて本街道を辿つた方が優《ま》しであつたかなどとも考へるやうになつた。さりとて元へ引返《ひつかえ》すわけにも行かないので、疲れた足をひき摺《ず》りながら、心細くも進んでゆくと、こちらは霜《しも》が早いとみえて、路《みち》ばたの薄《すすき》も半分は枯れてゐた。その枯薄《かれすすき》のなかに何だか細い路《みち》らしいものがあるので、何ごころなく透《すか》して視ると、そこの一面におひしげつてゐる薄の奥に五六本の橡《とち》や栗の大木に取囲まれた小屋のやうなものが低くみえた。

「兎《と》も角《かく》も行つてみよう。」

薄をかき分けて蹈《ふ》み込んでみると、果してそれは一軒の人家《じんか》で表《おもて》の板戸はもう閉めてある。その板戸の隙間から覗くと、まだ三十を越えまいかと思はれる一人の若い僧が仏前で経を読んでゐるらしく、炉《ろ》には消えかゝつた柴《しば》の火が弱く燃えてゐた。

戸を叩いて案内を乞《こ》ふと、僧は出て来た。叔父は行き暮らした旅商人であることを告げて、些《ち》つとの間こゝに休ませてくれまいかと頼むと、僧はこゝちよく承知して内へ招じ入れた。かれは炉の火を焚き添へて、湯を沸かして飲ませてくれた。

「この通りの山奥で、朝夕は随分冷えます。それでもまだ此頃はよろしいが、十一月十二月には雪がなか〳〵深くなつて、土地馴れぬ人には迚《とて》も歩かれぬやうになります。」

「雪はどのくらゐ積《つも》ります。」

「年《とし》によると、一丈《じよう》も積ることがあります。」

「一丈……。」と、叔父もすこし驚かされた。まつたく今頃だから好《い》いが、冬に向つて迂《う》濶《かつ》にこんな山奥へ蹈み込んだらば、飛んだ目に逢ふ所であつたと、いよ〳〵自分の無謀を悔むやうな気になつた。

「お前、ひもじうはござらぬか。」と、僧は云つた。「なにしろ五穀の乏《とぼ》しい土地で、こゝらでは麦を少しばかり食ひ、そのほかには蕎《そ》麦《ば》や木《こ》の実《み》を食つて居りますが、わたしの家《うち》には麦のたくはへはありませぬ。村の人に貰《もろ》うた蕎麦粉もあひにくに尽きてしまひました。木の実でよろしくば進ぜませう。」

彼は木の実を盆に盛つて出した。それは橡《とち》の実で、そのまゝで食つては頗《すこぶ》る苦いが、灰《あ》汁《く》にしばらく漬けて置いて、更にそれを清水に晒《さら》して食ふのであると説明した。空腹の叔父はこゝろみに一つ二つを取つて口に入れると、その味は甘く軽く、案外に風味の好いものであつたので、これは結構《けつこう》と褒めた上で、遠慮無しに貪《むさぼ》り食《くら》つてゐるのを、僧は優しい眼をして興《きよう》あるやうに眺めてゐた。

「お前はお江戸でござりますか。」と、僧は訊いた。

「左様でございます。」

「わたしもお江戸へは三度出たことがありましたが、実に繁昌《はんじよう》の地でござりますな。」

「三度も江戸へお下《くだ》りになつたのでございますか。」

「はい。しばらく鎌倉に居りましたので……。」と、僧はむかしを忍び顔に答へた。

「道理で、あなたのお言葉の様子がこゝらの人たちとは違つてゐると思ひました。」と、叔父はうなづいた。

「さうかも知れませぬ。併《しか》しわたしはこの土地の生まれでござります。しかもこゝの家《うち》で生まれたのでござります。」

彼はうつむいて、その優しい眼を薄く瞑《と》ぢた。その顔には一種の暗い影が宿してゐるやうにも見られた。叔父は又訊いた。

「では、鎌倉へは御修業にお出《い》でなされたのでございますか。」

「わたしが十一のときに、やはり大垣から越前へ越えてゆくといふ旅の出家《しゆつけ》が一夜の宿を借りました。その出家がわたしの顔をつくぐ〜見て、おまへも出家になるべき相《そう》がある。

いや、どうしても出家にならなければならぬ運命があらはれてゐる。わたしと一緒に鎌倉へ行つて、仏門の修業をやる気はないかと云はれたのでござります。わたしはまだ子供で、世間《せけん》の恋しい時でもあり、かねて名を聞いてゐる鎌倉といふところへ行つてみたさに、その出家に連れて行つて貰ふことにしました。親達も亦《また》こんな山奥に一生を送らせるよりも、京鎌倉へ出して遣《や》った方《ほう》が当人の行末《ゆくすえ》の為でもあらう。たとひ氏素性《うじすじよう》のない者でも、修業次第であつぱれの名僧智識《めいそうちしき》にならぬとも限らぬと、そんな心から承知して、わたしを手離すことになつたのでした。あとで知つたのですが、その出家は鎌倉でも五山《ごさん》の一《ひと》つといふ名高い寺のお住持《じゆうじ》で、京登りをした帰り路《みち》に、山越えをして北陸道を下《くだ》るる途中であつたのです。お師匠様——わたしはその明《あく》る日からお弟子になつたのです。——は私をつれて、越前から加賀、能登《のと》、越中《えつちゆう》、越後《えちご》を経て、上州路からお江戸へ出まして……。いや、こんなことは管々《くだくだ》しく申上げるまでもありませぬ。わたしはその時に初めてお江戸を見物しまして、七日あまり逗留の後《のち》に鎌倉へ帰り着きました。それからその寺で足掛け十六年、わたしが廿六の年まで修業を積みまして、生来鈍根《せいらいどんこん》の人間も先《ま》づ一人並《いちにんなみ》の出家になり済ましたのでござります。」

生来鈍根と卑下《ひげ》してゐるが、彼の人柄といひ物の云ひ振りといひ、決して愚《おろか》な人物とはみえない、しかも鎌倉の名刹《めいさつ》で十六年の修業を積みながら、たとひ故郷とはいへ、若い身《み》空《そら》でこんな山奥に引き籠つてゐるのは、何かの仔細《しさい》が無くてはならないと叔父は想像した。

「それで、唯今ではこゝにお住居《すまい》でございますか。再び鎌倉へお戻りにならないのでございますか。」

「当分は戻られますまい。」と、僧は答へた。「こゝへ帰つて来て丸三年になります。これから三年、五年、十年……。あるひは一生……。鎌倉はおろか、他国の土を蹈むことは出来ぬかも知れませせぬ。」

「御両親は……。」と、叔父は訊いた。

「父も母もこの世には居りませぬ。ほかに一人の妹がありましたが、これも世を去りました。」と、僧は黯然《あんぜん》として仏壇をみかへつた。

「どなたもお留守のあひだに、お歿《なくな》りになつたのでございますか。」

「さうでございます。」と、僧は低い溜息をついた。「妹はわたしの廿四の年に歿《ぼつ》しました。その翌年に母がなくなりました。又その翌年に父が死にました。」

「三年つゞいて……。」と、叔父も思はず眉をよせた。

「はい、三年のうちに両親と妹がつゞいて世を去つたのでござります。なにしろこんな辺《へん》鄙《ぴ》なところですから、鎌倉への交通などは容易に出来るものでもなく、父からは何の便りもありませんので、妹のことも母の事もわたしは些《ち》つとも知らずに居りました。それでも父の死んだ時には村の人人《ひとびと》から知らせてくれましたので、驚いて早々に帰つてみますと、母も妹ももう疾《と》うに死んでゐると云ふことが初めて判りました。わたしはいよいよ驚きました。」

「御もつともで……。お察し申します。」と、叔父も同情するやうに首肯《うなず》いた。「それから引きつゞいてここにおいでになるのでございますか。」

「両親は無し、妹は無し、こんな破《あば》ら家《や》一軒、捨てゝ行つても惜《おし》いことは無いのですが……。或物《あるもの》にひき留められて、どうしてもこゝを立去ることが出来なくなりました。唯今も申す通り、三年、五年、十年……。あるひは一生でも……。その役目を果《はた》さぬうちは、こゝを動くことが出来なくなつたのでございます。」

或物に抑《ひ》き留められて――その謎のやうな言葉の意味が叔父には判らなかつた。あるひは両親や妹の墓を守るといふ事かとも思つたが、それならば当分といひ、又は三年五年などといふ筈《はず》もあるまい。叔父はたゞ黙つて聴いてゐると、僧もそれ以上の説明を附加《つけくわ》へなかつた。

二

叔父はその晩、そこに泊めて貰ふことになつた。初めにそれを云ひ出したときに、僧は迷惑さうな顔をして断《ことわ》つた。

「これから下大須《しもおおす》までは一里《いちり》余りで、そこまで行《ゆ》けば十五六軒の人家《じんか》もあります。旅の人のひとりや二人を泊めてくれるに不自由のない家《うち》もあります。お疲れでもあらうが、辛抱してそこまでお出《い》でなされたが宜《よろ》しうござります。」

併《しか》し叔父は疲れ切つてゐた。殊《こと》に平地でもあることか、この嶮《けわ》しい山坂をこれから一里あまりも登り降りするのは全く難儀であるので、叔父はその事情を訴へて、どんな隅《すみ》でも好《い》いから今夜だけはこゝの家根《やね》の下に置いてくれと頼んだ。

「何分《なにぶん》にも土地不案内の夜道でございますから、一足蹈み外《はず》したら深い谷底へ真逆《まつさか》さまに転《ころ》げ落ちるかも知れません。わたくしをお助け下さると思召《おぼしめ》して、どうぞ今夜だけは……。」と、叔父は繰返して云つた。

深い谷底――その一句を聴いたときに、僧の顔色は又陰《くも》つた。彼は俯向いて少しく思案してゐるやうであつたが、やがて徐《しずか》に云ひ出した。

「それほどに云はれるものを無慈悲《むじひ》にお断《ことわ》り申すわけには参りますまい。勿論、夜の物も満足に整《ととの》うては居りませぬが、それさへ御承知ならばお泊め申しませう。」

「ありがたうございます。」と、叔父はほつとして頭《かしら》を下げた。

「それからもう一つ御承知をねがつて置きたいのは、たとひ夜なかに何事があつても、かならずお気にかけられぬやうに……。併《しか》し熊や狼のたぐひは滅多《めつた》に人家《じんか》へ襲つて来るやうなことはありませぬから、それは決して御心配なく……。」

叔父は承知して泊ることになつた。寝るときに僧は雨戸《あまど》をあけて表を窺《うかが》つた。今夜は真《まつ》暗《くら》で星ひとつ見えないと云つた。かうした山奥には有勝《ありが》ちの風の音さへも聞《きこ》えない夜で、唯《ただ》をり〳〵に聞えるのは谷底に遠く咽《むせ》ぶ水の音と、名も知れない夜の鳥の怪しく啼《な》き叫ぶ声が木谺《こだま》して響くのみであつた。更《ふ》けるに連れて、霜を帯びたやうな夜の寒さが身にしみて来た。

「おまへはお疲れであらう、早くお休みなさい。」

叔父には寝道具を出してくれて、僧は再び仏壇の前に向き直つた。彼は低い声で経を読んでゐるらしかつた。叔父は不断でも好く眠る方である。殊《こと》に今夜はひどく疲れてゐるのであるが、なんだか眼が冴《さ》えて寝付かれなかつた。あるじの僧に悪気《わるぎ》のないのは判つてゐる上に、熊や狼の獣《けもの》もめつたに襲つて来ないといふ。それでも叔父の胸の奥には云ひ知れない不安が忍んでゐるのであつた。

僧は或物にひき留められて、こゝに一生を送るかも知れないと云つた。その「或物」の意味を彼は考へさせられた。僧は又《また》たとひ何事があつても気にかけるなと云つた。その「何事」の意味も彼は又かんがへた。所詮はこの二つが彼に一種の不安をあたへ、また一種の好奇心を唆《そそ》つて、今夜を安々《やすやす》と眠らせないのである。前者は僧の一身上に関することで、自分に係《かか》り合《あい》はないのであるが、後者は自分にも何かの係り合があるらしい。それなればこそ僧も一応は念を押して、自分に注意をあたへて呉《く》れたのであらう。山奥や野中の一軒家などに宿《やど》りを求めて、種々の怪異に出逢つたと云ふやうな話は、昔から屢々《しばしば》伝へられてゐるが、こゝにも何かそんな秘密が潜《ひそ》んでゐるのではあるまいか。

さう思へば、あるじの僧は見るところ柔和で賢《さか》しげであるが、その青ざめた顔になんとなく一種の暗い影を帯びてゐるやうにも見られる。自分が一宿《いつしゆく》を頼んだときにも、彼は初めの親切にひきかへて頗《すこぶ》る迷惑さうな顔をみせた。それにも何かの仔細《しさい》がありさうである。叔父は眠つた振りをしながら、時々に薄く眼をあいて窺《うかが》ふと、僧は殆《ほとん》ど身動きもしないやうに正しく坐つて、一心に読経を続けてゐるらしかつた。炉《ろ》の火はだん〳〵に消えて、暗い家《うち》のなかに微《かす》かに揺れてゐるのは仏前の燈火《ともしび》ばかりである。

時の鐘などは聞えないので、今が何時《なんどき》であるか判らないが、もう真夜中であらうかと思はれる頃に、僧は俄《にわか》に立上つて、叔父の寝息をうかゞふやうに鳥渡《ちよつと》覗いて、やがて音のせぬやうに雨戸をそつと明けたらしい。叔父は表をうしろにして寝てゐたので、その挙動を確《たしか》に見とゞけることは出来なかつたが、彼は藁草履《わらぞうり》の音を忍ばせて、表へぬけ出して行くやうに思はれた。風のない夜ではあるが、彼が雨戸を明けて又閉めるあひだに、山気《さんき》といふか、夜気《やき》といふか、霜気《そうき》といふか、一種の寒い空気が忽ち水のやうに流れ込んで、叔父の掛蒲団の上をひやりと撫《な》でて行つたかと思ふ間もなく、仏前の燈火は吹き消されたやうに暗くなつてしまつた。

掛蒲団を押退《おしの》けて、叔父も窃《そつ》と這ひ起きた。手探りながらに雨戸をほそ目にあけて窺《うかが》ふと、表は山霧に包まれたやうな一面の深い闇である。僧は薄《すすき》をかき分けて行くらしく、その身体《からだ》に触れるやうな葉摺《はず》れの音が時々にかさ〳〵と聞《きこ》えた。と思ふ時、更に一種異様の声が叔父の耳にひゞいた。何物かが笑ふやうな声である。

何とは無しに竦然《ぞつ》として、叔父は猶も耳をすましてゐると、それは何《ど》うしても笑ふやうな声である。而《しか》も生きた人間の声ではない、さりとて猿などの声でもないらしい。何か乾いた物と堅い物とが打ち合つてゐるやうに、或はかち〳〵と響き、或はから〳〵とも響くらしいが、又あるときには何物かが笑つてゐるやうにも聞えるのである。その笑ひ声——若《も》しそれが笑ひ声であるとすれば、決して愉快や満足の笑ひ声ではない、冷笑とか嘲笑とか云ふたぐひの忌な笑ひ声である。いかにも冷《つめた》いやうな、薄気味の悪い笑ひ声である。その声はさのみ高くもないのであるが、深夜の山中、あたりが物凄いほどに寂寞《せきばく》としてゐるので、その声が耳に近づいてから〳〵と聞えるのである。それをぢつと聴いてゐるうちに、肉も血もおのづと凍るやうに感じられて、骨の髄までが寒くなつて来たので、叔父は引返して蒲団の上に坐つた。

僧が注意したのはこれであらう。僧はこの声を他人に聞かせたくなかつたのであらうと、叔父は推量した。この声は一体何であるか。僧はこの声に誘はれて、表へ出て行つたらしく思はれるが、この声と彼《か》の僧とのあひだに何《ど》ういふ関係が繋《つな》がつてゐるのか、叔父には容易に想像が付かなかつた。自分ばかりでなく、誰にも恐らく想像は付くまいと思はれた。そんなことを考へてゐる間にも、怪しい声は或《あるい》は止《や》み、あるひは聞えた。

「おれも武士《さむらい》だ。なにが怖い。」

いつそ思ひ切つてその正体を突き留めようと、叔父は蒲団の下に入れてある護身用の匕首《あいくち》をさぐり出して、身繕《みづくろ》ひして立ちかけたが、又すこしく躊躇した。前にもいふ通り、この声と彼《か》の僧との関係が判然しない以上、みだりに邪魔に出て好《い》いか悪いか。自分が突然飛び出して行つたが為に、僧が何かの迷惑を感じるやうでも気の毒である。僧もそれを懸念《けねん》して、あらかじめ自分に注意したらしいのであるから、自分も騒がず、人をも驚かさず、何事も知らぬ顔をして過《すご》すのが、一夜《いちや》の恩に報《むく》いる所以《ゆえん》ではあるまいか。かう思ひ直して、叔父はまた坐つた。

僧はどこへ行つて何をしてゐるのか、いつまでも戻らなかつた。怪しい声も時々にきこえた。どう考へても、何かの怪物が歯をむき出して嘲《あざけ》り笑つてゐるやうな、気味の悪い声である。もしや空耳《そらみみ》ではないかと、叔父は自分の臆病を叱りながら幾たびか耳を引つ立てたが、聞けば聞くほど一種の鬼気が人を襲ふやうに感じられて、しまひには聞くに堪へられないやうに怖ろしくなつて来た。

「え丶、どうとも勝手にしろ。」

叔父は自棄半分に度胸を据ゑて、再び横になつた。以前のやうに表《おもて》をうしろにして、左の耳を木枕に当て、右の耳の上まで蒲団を引つ被つて、なるべく其声を聞かないやうに寝転んでゐると、さすがに一日の疲れが出て、いつかうと〳〵と眠つたかと思ふと、この頃の長い夜ももう明けかゝつて、戸の隙間から暁《あかつき》のひかりが薄白く洩れていた。

僧は起きてゐた。あるひは朝まで眠らなかつたのかも知れない。いつの間にか水を汲《く》んで来て、湯を沸かす支度《したく》などをしてゐた。炉《ろ》にも紅い火が燃えてゐた。

「お早うございます。つい寝過しまして……。」と、叔父は挨拶した。

「いや、まだ早うござります。ゆる〳〵とおやすみなさい。」と、僧は笑ひながら会釈した。気のせゐか、その顔色はゆうべよりも更に青ざめて、優しい眼の底に鋭いやうな光がみえた。

家のうしろに筧《かけひ》があると教へられて、叔父は顔を洗ひに出た。ゆうべの声は表《おもて》の方角に聞えたらしいので、薄のあひだから伸びあがると、狭い山路《やまみち》の向うは深い谷で、その谷を隔てた山々はまだ消えやらない靄《もや》のうちに隠されてゐた。教へられた通りに裏手へまはつて、顔を洗つて戻つて来ると、僧は寝道具のたぐひを片附けて、炉のそばに客の座を設《もう》けて置いてくれた。叔父は今朝も橡《とち》の実《み》を食つて湯を飲んだ。

「色々御厄介になりました。」

「この通りの始末で、なんにもお構《かま》ひ申しませぬ。ゆうべは好く眠られましたか。」と、僧は炉の火を焚《た》き添へながら訊いた。

「疲れ切つて居りましたので、枕に頭をつけたが最後、朝まで何《な》んにも知らずに寝入つてしまひました。」と、叔父は何げなく笑ひながら答へた。

「それは宜《よろ》しうございました。」と、僧も何げなく笑つてゐた。

そのあひだにも叔父は絶えず注意してゐたが、怪しい笑ひ声などは何処《どこ》からも聞えなかつた。

三

一宿の礼をあつく述べて叔父は草鞋《わらじ》の緒をむすぶと、僧は薄《すすき》をかきわけて、路《みち》のあるところまで送つて来た。その頃には夜もすつかり明け放《はな》れてゐたので、叔父は再び注意してあたりを見まはすと、路の一方につゞいてゐる谷は、きのふの夕方に見たよりも更に大きく深かつた。岸は文字通りの断崖絶壁《だんがいぜっぺき》で、とても降《くだ》るべき足がかりもないが、その絶壁の中途からは種々《いろいろ》の大木が斜めに突き出して、底の見えないやうに枝や葉を繁らせてゐた。別れて十間《けん》ばかり行き過ぎて振返ると、僧は朝霜の乾かない土の上にひざまついて、谷にむかつて合掌してゐるらしかつた。怪しい笑ひ声は谷の方から聞えたのであらうと叔父は想像した。

下大須まで一里あまりと云ふことであつたが、実際は一里半を超えてゐるやうに思はれた。登り降りの難所《なんじょ》を幾たびか過ぎて、やう〳〵にそこまで行き着くと、果して十五六軒の人家《じんか》が一部落をなしてゐて、中には相当の大家内《おおかない》らしい住居《すまい》もみえた。時刻がまだ早いとは思つたが、上大須まで一気に辿るわけには行かないので、叔父はそのうちの大きさうな家《うち》に立寄つて休ませて貰ふと、こゝらの純朴な人達は見識らない旅人を劬《いたわ》つて、隔意《かくい》無しに款待《もてな》してくれた。近所の人々もめづらしさうに寄り集まつて来た。

「ゆうべはどこにお泊《とま》りなされた。松田からでは少し早いやうだが……。」と、そのうちの老人が訊いた。

「こゝから一里半ほども手前に一軒家がありまして、そこに泊めて貰ひました。」

「坊様ひとりで住んでゐる家《うち》か。」

人々は顔をみあはせた。

「あの御出家はどういふ人ですね。以前は鎌倉のお寺で修業したといふお話でしたが……。」と、叔父も人々の顔を見まはしながら訊いた。

「鎌倉の大きいお寺で十六年も修業して、相当の一ケ寺《じ》の住職にもなられるほどの人が、こんな山奥に引込んでしまつて……。考へれば、お気の毒なことだ。」と、老人は心から同情あるやうに溜息をついた。

「これも何かの因縁《いんねん》と云ふのだらうな。」

ゆうべの疑ひが叔父の胸に蟠《わだか》まつてゐたので、彼は探るやうに云ひ出した。

「御出家はまことに好《い》い人で、色々御親切に世話をして下さいましたが、唯《ただ》困つたことには、気味の悪い声が夜通し聞えるので……。」

「あゝ、おまへもそれを聞きなすつたか。」と、老人はまた嘆息した。

「あの声は……。あの忌《いや》な声は一体何ですね。」

「まつたく忌な声だ。あの声のために親子三人が命を取られたのだからな。」

「では、両親も妹もあの声のために死んだのですか。」と、叔父は思はず眼をかゞやかした。

「妹のことも知つてゐなさるのか。では、坊さまは何《なに》も彼《か》も話したかな。」

「いゝえ、ほかには何《な》んにも話しませんでしたが……。してみると、あの声には何か深い訳《わけ》があるのですね。」

「まあ、まあ、さうだ。」

「そこで、その訳といふのは……。」と、叔父は畳みかけて訊いた。

「さあ。そんなことを無闇に云つて好いか悪いか。どうしたものだらうな。」

　老人は相談するやうに周囲の人々をみかへつた。人々も眼をみあはせて返答に躊躇してゐるらしかつたが、叔父が繰返して強請《せが》むので、結局この人は已《すで》にあの声を聞いたのであるから、その疑ひを解くために話して聞かせても好《よ》からうと云ふことになつて、老人は南向きの縁に腰をかけると、女たちは聞くを厭《いと》ふやうに立去つてしまつて、男ばかりが後《あと》に残つた。

「お前はこゝらに黒ん坊といふ物の棲んでゐることを知つてゐるかな。」と、老人は云つた。

「知りません。」

「その黒ん坊が話の種《たね》だ。」

老人はしづかに話し始めた。こゝらの山奥には昔から黒ん坊といふものが棲んでゐる。それは人でもなく、猿でも無く、からだに薄黒い毛が一面に生えてゐるので、俗に黒ん坊と呼び慣《なら》はしてゐるのであつて、先《ま》づは人間と猿との合の子ともいふべき怪物である。而《しか》もこの怪物は人間に対して危害を加へたといふ噂を聞かない。唯《ただ》ときぐ〵に山中《さんちゅう》の杣小屋《そまごや》などへ姿をあらはして、弁当の食ひ残りなどを貰つて行くのである。時には人家のあるところへも出て来て、何かの食ひものを貰つて行くこともある。別に悪い事をするといふ訳でもないので、こゝらの山家《やまが》の人々は馴れて怪《あや》しまず、彼がのそりと這入つて来る姿をみれば、「それ、黒ん坊が来たぞ。」と云つて、なにかの食ひ物を与へることにしてゐる。但《ただ》し食ひ物をあたへる代りに、彼にも相当の仕事をさせるのであつた。

黒ん坊は深山《しんざん》に生長してゐるので、嶮岨《けんそ》の路を越えるのは平気である。身も軽く、力も強く、重い物などを運ばせるには最も適当であるので、土地の人々は彼に食ひものを与へて、何かの運搬の手伝ひをさせるのであるが、彼は素直によく働く。勿論、人間の言葉を話すことは出来ないのであるが、こちらが手真似《てまね》をして云ひ聞かせれば、大抵のことは呑み込んで指図《さしず》通りに働くのである。或《ある》地方では山男《やまおとこ》といひ、或地方では山猿《やまわろ》といふ、いづれも同じたぐひであらう。

その黒ん坊と特別に親《した》しくしてゐたのは、杣《そま》の源兵衛《げんべえ》といふ男であつた。源兵衛は女房お兼《かね》とのあひだに、源蔵とお杉といふ子供を持つてゐて、松田から下大須へ通ふ途中のやゝ平《たいら》なところに一つ家《や》を構へてゐた。それは叔父がゆうべの宿である。源兵衛は仕事の都合で、山奥にも杣小屋を作つてゐると、その小屋へ彼《か》の黒ん坊が姿をあらはして、食ひものを貰ひ、仕事の手伝ひをする時には源兵衛の家《うち》へもたづねて来ることもあつて、家内《かない》の人々とも親くなつた。総領の源蔵は鎌倉へ修業に出てしまつたので、男手の少《すくな》い源兵衛の家《うち》ではこの黒ん坊を重宝《ちようほう》がつて、殆ど普通の人間のやうに取扱つてゐた。黒ん坊も馴れて善く働いた。

かうして幾年かを無事に送つてゐるうちに、源兵衛はあるとき彼にむかつて冗談半分に云つた。

「源蔵は鎌倉へ行つてしまつて、もうこゝへは戻つて来ないだらう。娘が年頃になつたらば、おまへを婿《むこ》にして遣《や》るから、そのつもりで働いてくれ。」

女房も娘も一緒になつて笑つた。お杉はそのとき十四の小娘であつた。それ以来、黒ん坊は毎日かゝさずに杣小屋へも来る、源兵衛の家《うち》へも来る。小屋へ来れば材木の運搬を手伝ひ、家《うち》へ来れば水汲みや柴刈りや掃除の手伝ひをするといふ風《ふう》で、彼は実によく働くのであつた。こゝらは雪が深いので、今まで冬期には滅多に姿を見せないのであつたが、その後《ご》はどんな烈《はげ》しい吹雪《ふぶき》の日でも、彼はかならず尋ねて来て何かの仕事を手伝つてゐた。

こゝらは山国で水の清らかな故《せい》であらう。総《すべ》ての人が色白で肌目《きめ》が美しい。そのなかでもお杉は目立つやうな雪の肌を持つてゐるのが、年頃になるに連れて諸人《しよにん》の注意をひいた。親達もそれを自慢してゐると、お杉が十七の春に縁談を持ち込む者があつて、松田の村から婿を貰ふことになつた。婿はこゝらでも旧家と呼ばれる家《うち》の次男で、家柄も身代《しんだい》も格外に相違するのであるが、お杉の容貌《きりよう》を望んで婿に来たいといふのである。勿論相当の金や畑地《はたち》も持参するといふ条件附であるから、源兵衛夫婦はよろこんで承知した。お杉にも異存はなかつた。

かうして、結納《ゆいのう》の取交《とりかわ》せも済んだ三月なかばの或日の夕暮である。春といつても、こゝらにはまだ雪が残つてゐる。その寒い夕風に吹かれながら、お杉は裏手の筧《かけひ》の水を汲んでゐると、突然に彼《か》の黒ん坊があらはれた。彼《かれ》は無言でお杉の手をひいて行かうとするのであつた。

「あれ、なにをするんだよ。」と、お杉はその手を振払つた。

多年馴《な》れてゐるので、彼女は別にこの怪物を恐れてもゐなかつたが、けふはその様子が不断と変つてゐるのに気が注《つ》いた。かれは一種兇暴の相《そう》をあらはして、その眼は野獣の本性《ほんしよう》を露出したやうに凄《すさ》まじく輝いてゐた。それでもお杉はまだ深く彼を恐れようともしないで、そのまゝに自分の仕事をつゞけようとすると、黒ん坊は猛然として飛びかゝつた。

いて叫んだ。

彼はお杉の腰を引つかゝへて、どこへか攫《さら》つて行かうとするらしいので、彼女も初めて驚

「あれ、お父《とつ》さん、阿母《おつか》さん……。早く来てください。」

その声を聞きつけて、源兵衛夫婦は内《うち》から飛んで出た。見ると此《こ》の始末で、黒ん坊は仄《ほの》暗《くら》い夕闇のうちに火のやうな眼をひからせながら、無理無体に娘を引つかゝへて行《ゆ》かうとする。お杉は栗の大木に獅噛《しが》み付いて離れまいとする。たがひに必死となつて争つてゐるのであつた。

「この畜生……。」

源兵衛はすぐに内《うち》へ引返《ひつかえ》して、土間《どま》にある大きい斧を持ち出して来たかと思ふと、これも野獣のやうに跳り狂つて、黒ん坊の前に立ち塞《ふさ》がつた。真向《まつこう》を狙つて撃ちおろした斧は外《はず》れて、相手の左の頸筋《くびすじ》から胸へかけて斜めにざくりと打ち割つたので、彼は奇怪《きつかい》な悲鳴をあげながら娘をかゝへたまゝで倒れた。それでもまだ娘を放さうとはしないので、源兵衛は蹈み込んで又打つと、怪物の左の手は二の腕から斬り落された。お杉はやう〳〵振放して逃げかゝると、彼は這ひまはりながら又追はうとするので、源兵衛も焦《じ》れて燥《あせ》つて滅多打ちに打ちつゞけると、彼は更《さら》に腕を斬られ、足を打ち落されて、たゞ凄愴《ものすご》い末期《まつご》の唸《うな》り声を上げるばかりであつた。

「これだから畜生は油断がならねえ。」と、源兵衛は息を喘《はず》ませながら罵《ののし》つた。

「お杉を攫《さら》つて行つて、どうする積《つも》りなんだらうねえ。」と、お兼は不思議さうに云つた。その一刹那《いつせつな》に謎は解けた。黒ん坊が娘を奪つて行かうとするのは、あながちに不思議とは云へないのである。夫婦はだまつて顔をみあはせた。

「阿母さん。怖いねえ。」と、お杉は母に取縋《とりすが》つて顫《ふる》へ出した。

恰《あたか》もそこへ杣仲間が二人来あはせたので、源兵衛は彼等に手伝つて貰つて、黒ん坊の始末をすることになつた。彼はまだ死に切れずに唸つてゐるので、源兵衛は研《と》ぎすました山刀《やまがたな》を持つて来て、その喉笛《のどぶえ》を刺し、胸を突き透した。かうして息の絶えたのを見とゞけて、三人は怪物の死骸を表へ引摺り出した。

「谷へ投《ほう》り込んでしまへ。」

前には何十丈の深い谷があるので、死骸はそこへ投げ込まれてしまつた。二人が帰つたあとで、女房は小声で云つた。

「おまへさんが詰まらない冗談を云つたから悪いんだよ。」

源兵衛は何《な》んにも答へなかつた。

四

あくる朝、源兵衛は谷のほとりへ行つてみると、黒ん坊の死骸は眼の下に懸《かか》つてゐた。

二丈余りの下には松の大木が枝を突き出してゐた。死骸は恰《あたか》もその上に投げ落されたのである。勿論、谷底へ投げ込む積《つも》りであつたが、ゆう闇のために見当が違つて、死骸は中途にかゝつてゐることを今朝《けさ》になつて発見したのである。二丈あまりではあるが、そこは足がかりもない断崖で、下は眼も眩《くら》むほどの深い谷であるから、その死骸には手を着けることが出来なかつた。

「畜生……。」と、源兵衛は舌打ちした。お兼もお杉も覗きに来て、たがひに忌な顔をしてゐた。

それは先《ま》づそれとして、更《さら》にこの一家の心を暗くしたのは、彼《か》の縁談の一条であつた。黒ん坊のことが杣《そま》仲間の口から世間《せけん》にひろまると、婿《むこ》の方では二の足を踏むやうになつた。源兵衛が黒ん坊にむかつて冗談の約束をしたことなどは誰も知らないのであるが、なにしろ黒ん坊のやうな怪物に魅《みこ》まれた女と同棲するのは不安であつた。その執念《しゆうねん》がどんな祟《たた》りを作《な》さないとも限らない。又その同類に附け狙はれて、どんな仕返しをされないとも限らない。婿自身ばかりでなく、その両親や親類達も同じやうな不安に囚はれて、結納までも済ませた婚礼を何《なん》の彼《か》のと云ひ延ばしてゐるうちに、黒ん坊の噂はそれからそれへと伝はつたので、婿の家《うち》でもいよ〱忌気《いやき》がさして、その年の盂蘭盆《うらぼん》前に断然破談といふことになつて仕舞つた。

扨《さて》その黒ん坊の死骸はどうなつたかと云ふと、無論に日を経《ふ》るにしたがつて、その肉は腐れ爛《ただ》れて行つた。毛の生えてゐる皮膚も他の獣物《けもの》の皮とは違つてゐるとみえて、に、鴉《からす》や他の鳥類に啄《ついば》まれた跡が次第に破れて腐れて、今は殆《ほとん》ど骨ばかりとなつた。その骸骨も風に煽《あお》られ、雨に打たれて、ばら〳〵に頽《くず》れ落ちてしまつたが、唯ひとつ残つてゐるのはその首の骨である。不思議と云はうか、偶然と云はうか、曩《さき》に木の上に投げ落されたときに、その片眼を大きい枝の折れて尖《とが》つてゐるところに貫《つらぬ》かれたので、そればかりは骨となつても元のところに懸つてゐるのであつた。

自分の家《うち》の前であるから、その死骸の成行《なりゆき》は源兵衛も朝晩にながめてゐた。女房や娘は毎日のぞきに行つた。さうして、死骸のだん〳〵に消えてゆくのを安心したやうに眺めてゐたが、最後の髑髏《どくろ》のみはどうしても消え失《う》せさうもないのを見て、又なんだか忌な心持になつた。何とかしてそれを打ち落さうとして、源兵衛は幾たびか石を投げたり枝を投げたりしたが、不思議に一度も中《あた》らないので、たうとう根負けがして止《や》めてしまつた。婿の家《うち》からいよ〳〵正式に破談の通知があつた夜《よ》に、その髑髏はさながら嘲《あざけ》り笑ふやうにから〳〵と鳴つた。

今までは不安ながらも一縷《いちる》の望みを繋《つな》いでゐたのであるが、その縁談がいよ〳〵破裂と定《き》まつて、源兵衛夫婦の失望は云ふまでもなかつた。お杉は一日泣いてゐた。その夜、髑髏が笑ひ出すと共に、お杉も家《うち》をぬけ出した。そのうしろ姿を見つけて母が追つて出る間もなく、若い娘は深い谷底へ飛び込んでしまつて、その亡骸《なきがら》を引揚げる術《すべ》さへも無いのであつた。

それ以来、木の枝にかゝつてゐる髑髏は夜毎にから〳〵と笑ふのである。笑ふのではない、乾いた髑髏が山風に煽られて木の枝を打つのであると源兵衛は説明したが、女房は承知しなかつた。髑髏が我々の不幸を嘲《あざけ》り笑ふのであると、彼女は一途に信じてゐた。黒ん坊の髑髏が何かの祟《たた》りでもするかのやうに、土地の人たちも云ひ囃《はや》した。

実際、髑髏はその秋から冬にかけて、更《さら》に来年の春から夏にかけて、夜ごとに怪しい笑ひ声をつゞけてゐた。それに悩まされて、お兼はおち〳〵眠られなかつた。不眠と不安とが長く続いて、彼女は半気違ひのやうになつて仕舞つたので、源兵衛も内々《ないない》注意してゐると、七月の盂蘭盆前、恰《あたか》もお杉が一周忌の当日に、彼女は激しく狂ひ出した。

「黒ん坊め。娘のかたきを取つてやるから、覚えてゐろ。」

お兼は大きい斧を持つて表へ飛び出した。それは曩《さき》に源兵衛が黒ん坊を虐殺した斧であつた。

「まあ、待て。どこへ行く。」

源兵衛はおどろいて抑《ひ》き留めようとすると、お兼は鬼女のやうに哮《たけ》つて、自分の夫に打つてかゝつた。

「この黒ん坊め。」

大きい斧を真向に振りかざして来たので、源兵衛もうろたへて逃げ廻つた。

その隙《すき》をみて、彼女は斧をかゝへたまゝで、身を逆さまに谷底へ跳り込んだ、半狂乱の母は哀れなる娘のあとを追つたのである。

かうして、この一つ家《や》には父ひとりが取残された。

しかし源兵衛は生まれ付き剛気の男であつた。打ちつゞく不幸は彼に対する大打撃であつたには相違ないが、それでも表面は変ることも無しに、今まで通りの仕事をつゞけてゐた。この山奥に棲む黒ん坊はたゞ一匹に限られたわけでも無いのであるが、その一匹が源兵衛の斧に屠《ほふ》られて以来、総てその影を見せなくなつて、彼等の形見は木の枝にかゝる髑髏一つとなつた。その髑髏は源兵衛一家のほろび行く運命を嘲るやうに、夜毎《よごと》にから〳〵といふ音を立てゝゐた。

「えゝ。泣くとも笑ふとも勝手にしろ。」と、源兵衛はもう相手にもならなかつた。

その翌年の盂蘭盆前である。けふは娘の三回忌、女房の一周忌に相当するので、源兵衛は下大須にある唯一軒の寺へ墓参にゆくと、その帰り路で彼は三人の杣《そま》仲間と一人の村人に出逢つた。

「おゝ、好《い》いところで逢つた。おれの家《うち》まで皆んな来てくれ。」

源兵衛は四人を連れて帰つて、かねて用意してあつたらしい太い藤蔓《ふじづる》を取出した。

「おれはこの蔓《つる》を腰に巻き付けるから、お前達は上から吊りおろして呉《く》れ。」

「どこへ降りるのだ。」

「谷へ降りて、あの骸骨めを叩き落してしまふのだ。」

「あぶないから止《よ》せよ。木の枝が折れたら大変だぞ。」

「なに、大丈夫だ。女房の仇《かたき》、娘のかたきだ。あの骸骨をあのまゝにしては置くことはならねえ。」

何分《なにぶん》にも屏風《びようぶ》のやうに切つ立ての崖《がけ》であるから、眼の下にみえながら降りることが出来ない。源兵衛は自分のからだを藤蔓にくゝり付けて、二丈ほどの下にある大木の幹《みき》に吊りおろされ、それから枝を伝つて行つて、彼《か》の髑髏を叩き落さうといふのである。かうした危険な離れ業《わざ》には、みな相当に馴れてゐるのではあるが、底の知れない谷の上であるだけに、どの人もみな危《あやぶ》まずにはゐられなかつた。

源兵衛も今までは流石《さすが》に躊躇してゐたのであるが、今日《きよう》はなんと思つたか、遮二無二《しやにむに》その冒険を実行しようと主張して、たうとう自分のからだを藤蔓に巻いた。四人は太い蔓の端から端まで吟味して、間違ひのないことを確めた上で、岸から彼を吊り降すことになつた。

薄く陰《くも》つた日の午過《ひるす》ぎで、そこらの草の葉を吹き分ける風はもう初秋の涼しさを送つてゐた。髑髏も昼は黙つてゐるのである。

その髑髏のかゝつてゐる大木の上へ吊りおろされた源兵衛のからだは、もう四五尺で幹に達《とど》くかと思ふ時、太い蔓はたちまちにぷつりと切れて、木の上にどさりと落ちかゝつた。

上の人人《ひとびと》はあつと叫んで見おろすと、彼は落ちると同時に一つの枝に取付いたのである。而もそれが比較的に細い枝であつたので、彼が取付く途端に強く撓《たわ》んで、その身体は宙にぶら下つてしまつた。

「源兵衛、しつかりしろ。その手を放すな。」と、四人は口々に叫んだ。

しかし何《ど》うして彼を救ひあげようと云ふ手だても無かつた。この場合、畚《ふご》をおろすより外《ほか》に方法は無さゝうであつたが、その畚も近所には見当らないので、四人はいたづらに上から声をかけて、彼に力を添へるに過ぎなかつた。

源兵衛は両手を枝にかけたまゝで、奴凧《やつこだこ》のやうに宙に揺《ゆら》めいてゐるのである。その隣の枝には彼《か》の髑髏が懸《かか》つてゐるので、源兵衛の枝がゆれるに誘はれて、その枝もおのづと揺れると、黄《きいろ》い髑髏はからからと笑つた。

細い枝は源兵衛の体量を支へかねて、次第に折れさうに撓んでゆくので、上で見てゐる人々は手に汗を握つた。源兵衛の額にも膏汗《あぶらあせ》が流れた。彼は眼を瞑《と》ぢ歯を食ひしばつて、一生懸命にぶら下《さが》つてゐるばかりで、何とも声を出すことも出来なかつた。かうなつては、枝が折れるか、彼の力が尽きるか、自然の運命に任せるの外《ほか》はない。上からは無益に藤蔓を投げてみたが、彼はそれに取縋《とりすが》ることも出来ないのであつた。

そのうちに枝は中途から折れた。残つた枝の強く刎《は》ねかへる勢ひで、隣の枝も強く揺れて、髑髏はから〳〵から〳〵と続けて高く笑つた。源兵衛のすがたは谷底の靄《もや》にかくれて見えなくなつた。上の四人は息を呑んで突つ立つてゐた。

源兵衛の一家はかうして全く亡《ほろ》び尽《つく》した。娘の死んだ時、女房の死んだ時、源兵衛はそれを鎌倉へ通知して遣《や》らなかつたらしいが、かうして一家が全滅してしまつた以上、無沙汰にして置くのは宜《よろ》しくあるまいと云ふので、村の人々から初めて鎌倉へ知らせて遣ると、忰《せがれ》の源蔵は早々に戻つて来た。源蔵も今は源光《げんこう》と云つて、立派な僧侶となつてゐるのであつた。棄恩入無為《きおんじゆむい》とはいひながら、源光は己《おの》が身《み》の修業にのみ魂《たましい》を打込んで、一度も故郷へ帰らなかつたことを深く悔んだ。

「あの髑髏はおのづと朽《く》ちて落ちるまでは、決してこゝを離れませぬ。」と、彼は誓つた。

両親や妹の菩提《ぼだい》を弔《とむら》ふだけならば、必ずしもこゝに留まるにも及ばないが、悲しむべく怖るべきは彼《か》の髑髏である。如是《にょぜ》畜生《ちくしょう》発《ほつ》菩提心《ぼだいしん》の善果《ぜんか》をみるまでは、自分はこゝを去るまいと決心して、彼はかの空家《あきや》に踏《ふ》み留《とど》まることにした。さうして、丸三年の今日《こんにち》まで読《ど》経《きよう》に余念もないのであるが、髑髏はまだ朽ちない、髑髏はまだ落ちない、髑髏はまだ笑つてゐるのである。彼が三年、五年、十年、あるひは一生こゝに留まるかも知れないと覚悟してゐるのもそれが為であらう。

この長物語《ながものがたり》を終《おわ》つて、老人はまた嘆息《たんそく》した。

「あまりお気の毒だから、いつそ畚《ふご》をおろして何とか骸骨を取除《とりの》けてしまはうと云ひ出した者もあるのだが、息子の坊様は承知しないで、まあ自分にまかせて置いてくれといふので、その儘《まま》にしてあるのだ。」

叔父も溜息をついて別れた。

その晩は上大須の村に泊ると、夜半《よなか》から山も震《ふる》ふやうな大風雨《おおあらし》になつた。この風雨《あらし》が彼《か》の枝を吹き折るか、彼の髑髏を吹き落《おと》すか。彼の僧は風雨にむかつて読経をつゞけてゐるか。――叔父は寝もやらずに考へ明かしたさうである。

妖《よう》婆《ば》

一

「番町《ばんちょう》の番町知らず」といふ諺《ことわざ》さへある位《くらい》であるから、番町の地理を説明するのはむづかしい。江戸時代と東京時代とは町の名称がよほど変つてゐる。それが又、震災後の区劃《くかく》整理によつて更《さら》に変更される筈《はず》であるから、現代の読者に対して江戸時代の番町の説明をするなどは、いたづらに人をまご付かせるに過ぎないことになるかも知れない。

その理由で、わたしはこゝで番町といふ土地の変遷等に就《つい》て管々《くだくだ》しく説明することを避《さ》ける積《つも》りであるが、唯《ただ》この物語の必要上、今日《こんにち》の一番町は江戸時代の新道《しんみち》五番町（略して新五番町ともいふ）と二番町、濠端《ほりばた》一番町を含み、上《かみ》二番町と下《しも》二番町は裏《うら》二番町通り、麹町谷町《こうじまちたにまち》北側、表《おもて》二番町通り南側を含み、五番町は濠端一番町の一部と五番町を併《あわ》せてゐるのである事だけを断《ことわ》つて置きたい。さうして、この辺《へん》は殆《ほとん》どみな大名《だいみよう》屋敷か旗本《はたもと》屋敷、殊《こと》に旗本屋敷の多かつたことをも断《ことわ》つて置かなければならない。なぜならば、この物語は江戸時代の嘉永《かえい》四年正月に始まるからである。

この年の正月は十四日から十七日まで四日間の雪を見た。勿論そのあひだに多少の休みはあつたが、兎《と》もかくも四日も降《ふ》りつゞいたのは珍しいと云はれて、故老《ころう》の話草《はなしぐさ》にも残つてゐる。その二日目の十五日の夜《よ》に、麹町谷町の北側、即《すなわ》ち今日の下二番町の高原織衛《たかはらおりえ》といふ旗本の屋敷で、歌留多《かるた》の会が催《もよお》された。あつまつて来た若侍は二十人余りであつたが、そのなかで八番目に来た堀口弥三郎は、自分よりも一足先に来てゐる神南佐太郎《かんなみさたろう》に訊《き》いた。

「おい、神南。貴公は鬼ばゝで何か見なかつたか。」

「鬼ばゝで……。」と、神南は少しかんがへてゐたが、やがて首肯《うなず》いた。「む、路《みち》ばたに婆《ばゞあ》が坐つてゐたやうだつたが……。」

「それからどうした。」

「どうするものか、黙つて通つて来た。」と、神南は事もなげに答へた。

十三番目に森積嘉兵衛《もりづみかへえ》が来た。その顔をみると、堀口はまた訊いた。

「貴公は鬼ばゝで何か見なかつたか。」

「あの横町に婆が坐つてゐた。」

「それから何《ど》うした。」

「乞食だか何だか知らないが、この雪の降る中《なか》に坐つてゐるのは可哀想だつたから、小銭を投げて遣《や》つて来た。」と、森積は答へた。

「それは貴公にはめづらしい御奇特のことだな。」と、神南は笑つた。「しかし考へてみると不思議だな。この雪のふる晩に、あんな人通りの少いところに、何だつて坐つてゐるのだらう。頭から雪だらけになつてゐたやうだ。」

「む丶、不思議だ、それだから貴公達に訊いてゐるのだ。」と、堀口は仔細《しさい》らしく考へてゐた。

「堀口はしきりに気にしてゐるやうだが、一体その婆がどうしたと云ふのだ。」と、主人《あるじ》の織衛も口を入れた。

「いや、御主人。実はかう云ふわけです。」と、堀口は向き直つて説明した。「唯今御当家《ただいまごとうけ》へまゐる途中で、あの鬼婆横町を通りぬけると、丁度まん中頃の大溝《おおどぶ》の縁《ふち》に一人の婆が坐つてゐるのです。なにしろ頭から一面の雪になつてゐるので、着物などは何を着てゐるのか判らない。唯《ただ》からだ中《じゆう》が真白に見えるばかりですから、わたしも最初は雪達磨《ゆきだるま》が出来てゐるのかと思つたくらゐでしたが、近寄つてよく見ると、確《たしか》に生きてゐる人間で、雪のなかに坐つたまゝで微《かすか》に息をついてゐるのです。」

「病気で動かれなくなつたのでは無いかな。」と、織衛は云つた。

「わたしもさう思つたので、立ちどまつて声をかけて、おい何《ど》うかしたのかと云ふと、その婆のすがたは消えるやうに見えなくなつてしまつたのです。なにしろ薄暗いなかで、雪明《ゆきあかり》を頼りにぼんやり見たのですから自分にも確《たしか》なことは判りません。もしや自分の空目《そらめ》かとも思つたのですが、どうも然《そ》うばかりではないらしく、一人の婆が真白な姿で路《みち》ばたに坐つてゐたのは本当のやうに思はれてならないのです。それで、あとから来たものを一々詮議《せんぎ》してゐるのですが、神南も見たといひ、森積も見たといふのですから、もう疑ふことはありません。やはり其の婆が坐つてゐたのです。」

堀口が不思議さうに説明するのを聞いて、織衛も眉をよせた。

「その婆が坐つてゐたのは好《い》いとして、貴公が近寄ると消えてしまつたと云ふのはすこし可怪《おかし》いな。森積、貴公が銭《ぜに》をなげて遣つたらその婆はどうした。」

その問《とい》に対して、森積嘉兵衛ははつきりと答へることが出来なかつた。彼は雪中《せつちゅう》に坐つてゐる老婆に幾らかの小銭を投げ与へたまゝで、碌々《ろくろく》に見かへりもせずに通り過ぎてしまつたのであるから、老婆か喜んだか怒《いか》つたか、あるひは銭を投げられると共に消え失《う》せてしまつたか、それらの事は見とゞけなかつたと彼は云つた。

堀口が声をかけて立寄ると、老婆のすがたは消え失《う》せた。最初の神南はかゝり合はずに通り過ぎた。三番目の森積は銭をなげて通つた。いづれにしても、この雪のふる宵《よい》に、ひとりの老婆が路《みち》ばたに坐つてゐたのは事実である。それが第一に可怪《おかし》いではないかと、一座の人々も云ひ出した。織衛のせがれ余一郎は念のために見とゞけに行つて来ようかと起《た》ちかゝるのを、父は制した。

「まあ、待て。わざ〳〵見とゞけに行《ゆ》くほどのこともあるまい。まだ後《あと》から誰か来るだらう。」

高原の屋敷へ来る者はかならず其道《そのみち》を通るとは限らない。前に云つた新五番町や濠端一番町方面に住んでゐる者が、近道を取るために通りぬけるのであるから、神南、堀口、森積の三人以外に、誰がその道を通るかと数へると、おなじ方面から来る者のうちに石川房《ふさ》之丞《のじよう》があつた。

「石川もやがて来るだらうから、その話を聞いた上のことだ。」と織衛は云つた。

そのうちに他《た》の人々もおひ〳〵に集まつて来たが、石川はまだ見えなかつた。これが常の場合ならば、遅参《ちさん》の一人や二人は除《の》け者《もの》にして、すぐに歌留多に取りかゝるのであるが、今夜にかぎつて何《ど》の人も石川の来るのが待たれるやうな心持で、彼の顔を見ないうちは誰も歌留多を始めようと云出した者もなかつた。歌留多の会が百物語《ひやくものがたり》の会にでも変つたやうに、一種の暗い空気がこの一座を押包んで、誰も彼もみな黙つてゐた。十畳と八畳の二《ふた》間《ま》をぶち抜いた座敷の真中《まんなか》に、三つの大きい燭台の灯が気のせゐかぼんやりと陰《くも》つて、庭さきの八つ手の葉にさら〳〵と舞ひ落ちる雪の音が静にきこえた。

日の暮れた後《のち》、ひとりの老婆が雪の降《ふ》る路《みち》ばたに坐つてゐたと云ふのは、なるほど不思議といへば不思議であるが、更《さら》に人々を不思議がらせたのは、その場所が鬼婆《おにばば》横町であると云ふことであつた。横町は新五番町の一部で、普通の江戸絵図には現れてゐないほどの狭い路で、俗にいふ三町目谷の坂下《さかした》から東へ入るのである。こゝらの坂下は谷と呼ばれるほどの低地で、遠い昔には柳川《やながわ》といふ川が流れてゐたとか伝へられ、その川の名残《なごり》かとも思はれる大溝《おおどぶ》が、狭く長い横町の北側を流れて、千鳥《ちどり》ケ淵《ふち》の方面へ注《そそ》ぎ入ることになつてゐる。その横町を江戸時代には俗に鬼婆横町と呼び慣はしてゐた。

鬼婆といふ怖ろしい名がどうして起《おこ》つたかと聞くと、いつの頃のことか知らないが、麹町通りの某《ぼう》酒屋へ毎夕ひとりの老婆が一合《いちごう》の酒を買ひに来る。時刻は暮六《くれむ》つの鐘のきこえるのを合図で、雨の夕《ゆうべ》も風の日もかならず欠《か》かさずに買ひに来るので、店の者も自然に懇意《こんい》になつて、老婆を相手に何かの世間話《せけんばなし》などをするやうにもなつたが、彼女はこの近所の者であると云ふばかりで、決して自分の住所を明かさなかつた。幾たび訊いても老婆はいつも曖昧《あいまい》な返事をくり返してゐるので、店の者共《ものども》もすこしく不審に思つて、事を好む一人が或時見え隠れにその後をつけて行くと、彼女は三町目谷の坂下から東へ切れて、彼《か》の横町へ這入つたかと思ふと忽ちに姿を消してしまつたので、あとを附けて行つた者は驚いて帰つた。

その報告を聞いた酒屋ではいよ〳〵不審をいだいて、老婆が重ねて来たらば更に尾行して其正体を突きとめる手筈をきめてゐると、彼女はその翌日から酒屋の店先にその姿をみせなくなつた。その後、三日経《た》つても、五日経つても、老婆は酒をかひに来なかつた。彼女は自分のあとを附けられたことを覚《さと》つたらしく、永久にその酒屋に近《ちかづ》かなくなつたのである。さう云ふわけで、彼女の身許《みもと》は勿論わからないが、彼《か》の横町へ這入つてその姿が消えたといふので、彼女は唯《ただ》の人間でないといふ噂が伝へられて、その横町にも鬼婆の名が冠《かん》せられたのである。江戸が東京と変つた後《のち》、その大溝《おおどぶ》はよほど狭《せば》められ、更に震災後の区劃整理によつて、溝《どぶ》は暗渠《あんきよ》に作りかへられ、路幅《みちはば》も在来の三倍以上の広い明るい道路に生まれ変つて、まつたく昔の姿を失つてしまつたが、明治の末《すえ》頃までは鬼婆横町の俗称が古老《ころう》の口に残つてゐて、我々が子供の時代にはその物凄い名に小さい魂《たましい》を脅《おびや》かされたものであつた。

太田《おおた》蜀山人《しよくさんじん》の「一話一言《いちわいちげん》」にもおなじやうな怪談が伝へられてゐる。天明《てんめい》五年の頃、麹町に十兵衛といふ飴屋《あめや》があつて、平素から正直者として知られてゐたが、ある日の夕方に見馴れない男の子が来て店さきに遊んでゐるので、十兵衛は商売物の飴をやると彼はよろこんで帰つた。その以来、夕方になると彼は飴を貰《もら》ひに来た。それが幾日も続くばかりか、曽《かつ》てこゝらには見かけない子供であるので、十兵衛もすこしく不審をいだいて、ある日ひそかに其後《そのあと》を付けてゆくと、彼は半蔵門《はんぞうもん》の堤《どて》づたひに歩み去つて、濠《ほり》のなかへ這入つてしまつたので、扨《さて》はお濠に棲む河童《かつぱ》であらうと思つた。男の子は其後しばらく姿を見せなかつたが、ある日又《また》たづねて来て、先頃の飴の礼だと云つて、一枚の銭《ぜに》をくれて行つた。銭は表に馬の形があらはれてゐて、裏には十二支《し》と東西南北の文字が彫られてあつたと云ふことである。かうした類《たぐい》の怪談は江戸時代の山の手には多く伝へられてゐたらしい。

そこで、今夜彼《か》の三人の若侍が見たといふ怪しい老婆も、その場所が鬼婆横町であるだけに、もしや彼の伝説の鬼婆《おにばばあ》ではないかといふ疑ひが諸人《しよにん》の胸に蟠《わだか》まつて、歌留多はそつち退《の》けに、専《もつぱ》らその妖婆の問題を研究するやうになつたのである。

「石川は遅いな。」と、云ひ合せたやうに二三人の口から出た。

その時である、用人の鳥羽田《とばた》重助《じゆうすけ》があわたゞしくこの座敷へ這入つて来た。

「石川さんが御門前《ごもんぜん》に坐《すわ》つてゐるさうでございます。」

「石川が坐つてゐる……。どうした、どうした。」

待兼ねてゐた人々はばら〳〵と座《ざ》を起《た》つた。

二

石川房之丞《ふさのじよう》が高原の屋敷の門前に坐つてゐたといふのは、門番の報告である。門前が何か物騒がしいやうに思つたので、彼は窓から表《おもて》を覗《のぞ》くと、一人の侍が傘をなげ捨てゝ刀をぬいて、そこらを無暗《むやみ》に斬払つてゐるやうであつたが、やがて刀を持つたまゝで雪のなかに坐り込んでしまつた。

酔つてゐるのかどうかしたのかと、門番は潜《くぐ》り門をあけて出ると、それは彼《か》の石川房之丞であることが判つた。石川はよほど疲れたやうに、肩で大きい息をしながら空《くう》を睨《にら》んでゐるので、兎《と》もかくも介抱して玄関へ連れ込んで、その次第を用人《ようにん》の鳥羽田《とばた》に訴へると、鳥羽田もすぐに出て行つて、女中達に指図して先《ま》づ石川のからだの雪を払はせ、水などを飲ませて置いて奥へ知らせに来たのであつた。

「さあ、しつかりしろ、しつかりしろ。」

大勢《おおぜい》に前後を取巻かれながら、石川は座敷へ這入つて来た。石川は今年二十歳《はたち》で、去年から番入りをしてゐる。彼の父は小笠原《おがさわら》流の弓術《きゆうじゆつ》を学んで、曽《かつ》て太郎射手《いて》を勤めたこともあると云ふほどの達人《たつじん》であるから、その子の石川も弓を善《よ》く引いた。やゝ小兵《こひよう》ではあるが、色のあさ黒い、引緊《ひきしま》つた顔の持主で、同じ年ごろの友達仲間にも元気のよい若者として知られてゐた。その石川の顔が今夜はひどく青ざめてゐるのが人々の注意をひいて、主人の織衛は笑ひながら訊いた。

「石川、どうした。気でも違つたか。」

「いや、気が違つたとも思ひませんが……。」と、石川は俯向《うつむ》きながら答へた。「併《しか》しまあ気が違つたやうなものかも知れません。考へると、どうも不思議です。」

不思議といふ詞《ことば》に、人々は耳を引つ立てた。一座の瞳は一度に彼《かれ》の上にあつまると、石川もだん〳〵に気が落着いて来たらしく、主人《しゆじん》の方に正しく向つて、いつものやうにはき〳〵と語りつゞけた。

「出先によんどころない用が出来て、時刻がすこし遅くなつたので、急いで家《うち》を出て、鬼ばゝ横町にさしかゝると、横町の中《なか》ほどの大溝《おおどぶ》の際《きわ》に、ひとりの真白な婆《ばばあ》が坐つてゐるのです。」

「やつぱり坐つてゐたか。」と、堀口は思はず口を入れた。

「む、、坐つてゐた。」と石川はうなづいた。「可怪《おかし》いと思つて近寄ると、その婆《ばばあ》のすがたは見えなくなつた。いや、見えなくなつたのでは無い。いつの間にか二三間《げん》先へ引越してゐるのだ。いよ〳〵可怪《おかし》いと思つて又近寄ると、婆のすがたは又二三間先に見える。なんだか焦《じ》らされてゐるやうで、おれも癪《しやく》に障《さわ》つたから、穿《は》いてゐる足駄《あしだ》をぬいで叩きつけると、婆の姿は消えてしまつて、足駄は大溝《おおどぶ》のなかへ飛び込んだ。」

「やれ、やれ。」と堀口は舌打ちした。

「仕方がないから、おれも思ひ切つて跣足《はだし》になつて、横町を早足に通りぬけると、それぎりで婆の姿はみえなくなつた。これは自分の眼のせゐかしらと思ひながら、こゝの屋敷の門前まで来ると、婆はもう先廻りをして雪の降る往来中《おうらいなか》に坐つてゐるのだ。貴様はなんだと声をかけても返事をしない。おれももう我慢が出来なくなつたから、傘をはふり出して刀をぬいて、真向《まつこう》から斬付けたが手応《てごた》へがない。と思ふと、婆はいつの間にかおれのうしろに坐つてゐる。こん畜生と思つて又斬ると、やつぱり何の手応へは無くつて、今度はおれの右の方に坐つてゐる。不思議なことには決して立たない、いつでも雪の上に坐つてゐるのだ。かうなると、おれも少し逆上《のぼせ》て来て、すぐに右の方へ斬付けると、婆め今度は左に廻つてゐる。左を斬ると、前に廻つてゐる、前を斬ると、うしろに廻つてゐる。なにしろ雪の激しく降るなかで、白い影のやうな奴がふわり〳〵と動いてゐるのだから、始末に負へない。おれも仕舞《しまい》には夢中になつて、滅多なぐりに斬り散らしてゐるうちに、息が疲れ、からだが疲れて、そこにどつかりと坐り込んでしまつたのだ。」

「婆《ばばあ》はどうした。」と、神南が訊いた。

「どうしたか判らない。」と、石川は嘆息《ためいき》をついた。「門番の眼にはなんにも見えなかつたさうだ。」

「なんだらう、それが雪女郎《ゆきじよろう》といふものかな。」と、他の一人が云つた。

「それともやつぱり例の鬼婆かな。」と、又ひとりが云つた。

「むゝ。」と、主人の織衛はかんがへてゐた。「越後《えちご》には雪女郎といふものがあるとか聞いてゐるが、それも嘘だか本当だかわからない。北国《ほつこく》でいふ雪志巻《ゆきしまき》のたぐひで、激しい雪が強い風に吹き巻かれて女のやうな形を見せるのだと云ふ者もある。鬼ばゝ横町の鬼婆だつていつの昔のことか判らない。もし果《はた》してそんな婆が棲んでゐるならば、今までにも誰か出逢つた者がありさうなものだが、ついぞそんな噂を聴いたこともないからな。」

　石川ひとりの出来事ならば、心の迷ひとか眼のせゐとか云ふことにもなるのであるが、神南といひ、堀口といひ、森積といひ、ほかにも三人の證人があるのであるから、織衛も一方に否認説を唱へながらも、流石《さすが》にそれを力強く主張するほどの自信もなかつた。さつきから待兼ねてゐた伜《せがれ》の余一郎は思ひ切つて起《た》ち上《あが》つた。

「お父さん、やつぱり私が行つて見て来ませう。」

「では、おれが案内する。」と、神南と堀口も起つた。

まだほかにも五六人起《た》ちかゝつたが、夜中《やちゆう》に大勢がどや〳〵と押出すのは、世間騒せであるといふ主人の意見から、余一郎と神南と堀口の三人だけが出てゆくことになつた。むかしの俳句に「綱《つな》が立つて綱《つな》が噂《うわさ》の雨夜《あまよ》哉《かな》」といふのがある。渡辺綱《わたなべのつな》が羅生門《らしようもん》へ行《ゆ》き向《むか》つたあとで、綱《つな》は今頃どうしてゐるだらうといふ噂の出るのは当然である。この席でも矢はり、三人の噂をしてゐるうちに、雪の夜《よ》はおひ〳〵に更《ふ》けた。余一郎等は張合ひ抜けのしたやうな顔をして引揚げて来て、屋敷から横町までの間には何物もみえなかつた。横町は念のために二度も往復したが、そこにも犬ころ一匹の影さへ見出《みいだ》されなかつたと報告した。

「さうだらうな。」と、織衛はうなづいた。

そんなことに邪魔をされて、今夜の歌留多会はたうとうお流れになつてしまつた。夕方から用意してあつた五目鮨《ごもくずし》がそこに持ち出されて、人々は鮨を食つて茶を飲んで、四つ頃（午後十時）まで雑談に耽《ふけ》つてゐたが、その間《あいだ》にも石川はいつもほどの元気が無かつた。それは武士たるものが彼《か》の妖婆に悩まされたと云ふことが、何分面目《なにぶんめんぼく》ないのであらうと一座の者にも察せられた。

　果して彼は一足先へ帰ると云ひ出した。

「御主人、今晩は色々御厄介《やつかい》になりました。」

　挨拶して起《た》たうとする彼を、堀口はひき止めた。

「まあ、待てよ。どうせ同じ道ぢやないか。一緒に帰るからもう少し話して行《ゆ》けよ。」

「いや、帰る。なんだか、風邪でも引いたやうでぞく〳〵するから。」

「ひとりで帰ると、又鬼婆にいぢめられるぞ。」と、堀口は笑つた。

　石川は無言で袂《たもと》を払つて起つた。


　一座の話は四《よ》つ半《はん》頃（午後十一時）まで続いた。歌留多会は近日更に催《もよお》すといふことにして、二十人余りの若侍は主人に暇《いとま》を告げて、どや〳〵と表《おもて》へ出ると、更《ふ》けるに連れて、雪はいよ〳〵激しくなつた。思ひのほかに風は無くて、細《こま》かい雪が静《しずか》に降りしきつてゐるのであつた。

「こりや、積《つも》るぞ。明日は止《や》んで呉《く》れゝばいゝが……。」

　こんなことを云ひながら、人々は門前で思ひ〳〵に別れた神南佐太郎、堀口弥三郎、森積嘉兵衛、この三人はおなじ方角へ帰るのであるから、連れ立つて鬼婆横町を通り抜けることになると、西から東へ抜ける狭い横町は北風を遮《さえぎ》つて、こゝらの雪は音も無しに降つてゐた。南側の小屋敷の板塀や生垣《いけがき》はすべて白いなかに沈んで、北側の大溝《おおどぶ》も流れを堰《せ》かれたやうに白く埋《うず》められてゐた。三人がつゞいて横町へ這入ると、路《みち》ばたの大きい椎《しい》の木の梢《こずえ》から、鴉《からす》らしい一羽の鳥がおどろかされたやうに飛び起つた。

神南と堀口は先刻探険に来て、妖婆の姿がもう見えないことを承知してゐたが、それでもこの横町へ蹈み込むと、幾分か緊張した気分にならないわけには行《ゆ》かなかつた。森積も同様であつた。隙間もなく降る雪のあひだから、行く手に眼を配《くば》りながら辿つて行くと、二番目に歩いてゐる堀口が、何物にか蹉《つまず》いた。それは足駄の片足であるらしかつた。

「これは石川がさつき脱《ぬ》いだのかも知れないぞ。」

云ふときに真先に進んでゐる神南は、小声であつと叫んだ。

「あ。又あそこに婆《ばばあ》らしいものがゐるぞ。」

横町の中ほどの溝《どぶ》の縁《ふち》には、さつきと同じやうに真白な物が坐つてゐるらしかつた。それはもう二間《にけん》ほどの前であるので、三人は思はず立ちどまつて透《すか》し視《み》ようとする間もなく、彼《か》の白い影は忽《たちま》ちすつくと起ちあがつた。

こちらの三人は、路《みち》が狭いのと、傘をさしてゐるのとで、自由に身をかはすことが出来なかつた。白い物は先に立つてゐる神南の傘の下を掻《か》いくゞつて、二番目に立つてゐる堀口に飛びかゝつた。

「さつきの一言《いちごん》おぼえてゐるか。」

それが石川の声であると覚《さと》つた時には、堀口は傘越しに肩先を斬られて雪のなかに倒れてゐた。神南も森積もおどろいて前後から支《ささ》へようとすると、石川は身をひるがへして大溝《どぶ》へ飛び込んで、川獺《かわうそ》のやうに素捷《すばや》く西のかたへ逃げ去つた。呆気《あつけ》に取られたのは神南等二人である。かれらは石川を追ふよりも先《ま》づ堀口をかゝへ起して介抱すると、疵《きず》は左の肩さきを深く斬下げられてゐた。幸ひに堀口の屋敷は近所であるので、神南は残つて彼を介抱し、森積はその次第を注進に駈けて行つた。

堀口の屋敷から迎ひの者が来て、手負《ておい》を連れて戻つたが、なにぶんにも疵が重いので治療が届かなかつた。あくる朝、その知らせに驚《おどろ》かされて、高原の屋敷から余一郎が見舞にかけ付けた時には、堀口はもう此世の人でなかつた。家内《かない》の人々の話によると、彼は苦しい息のあひだに、白い婆が枕もとに来てゐると幾たびか、繰返して云つたさうである。それを聞いて余一郎はいよ〳〵顔色を暗くした。

下手人《げしゆにん》の石川の詮議は厳重になつた。彼が堀口に斬りかゝるときに「さつきの一言《いちごん》」と云つたのから想像すると、高原の屋敷で、「一人で帰ると、また鬼婆にいぢめられるぞ」と堀口にからかはれるのを根に持つたものらしい。それだけの意趣《いしゆ》で竹馬《ちくば》の友ともいふべき堀口を殺害するとは、何分にも解《げ》し難《がた》いことであると云ふ説もあつたが、それを除いては他に仔細《しさい》がありさうにも思へなかつた。殊《こと》に本人の口から「さつきの一言《いちごん》」と叫んだのであるから、それを證拠とするの外《ほか》はなかつた。それらの事情も本人を取押へれば明白になるのであるが、石川はその場から姿を消してしまつて、自分の屋敷へも戻らなかつた。

翌《あく》る十六日も雪は降りつゞいた。堀口の屋敷では、今夜が通夜《つや》であるといふので、高原の余一郎や、神南や森積は勿論、かるた会の仲間達も昼間からみな寄り集まつてゐた。高原織衛も平生《へいぜい》からの知合ひと云ひ、殊《こと》に自分の屋敷の歌留多会から起つたことであるので、伜《せがれ》ばかりを名代《みようだい》に差出しても置かれまいと思つて、日が暮れてから中間《ちゆうげん》ひとりに提灯《ちようちん》を持たせて、自分も堀口の屋敷へ悔みにゆくことにした。灯《ひ》ともし頃から小降りにはなつたが、それでも細かい雪がしづかに降つてゐた。今夜も風のない夜であつた。

三町目谷《だに》の坂下へ来かゝると、麴町《こうじまち》通りの方から雪を蹴るやうにして足早に降りて来る人々があつた。かれらは無提灯《むぢようちん》であつたが、近寄るにしたがつて織衛の提灯《ちようちん》の火に照らし出されたのは、石川房之丞の父の房八郎と、その弟子の矢上《やがみ》鉄之助であつた。二人共に合羽《かつぱ》をきて、袴の股立《ももだち》を取つて、草鞋《わらじ》をはいてゐた。

房八郎は去年から伜に番入りをさせて、自分は隠居の身となつたが、不断から丈夫な質《たち》であるので、今でも大勢の若い者をあつめて弓術《きゆうじゆつ》の指南《しなん》をしてゐる。ゆうべの一条について、彼は自分の責任としても伜のゆくへを早く探し出さなければならないと云ふので、弟子の矢上を連れて早朝から心当りを隈《くま》なく尋ねて歩いたが、どこにも房之丞の立廻つたらしい形跡を見出すことが出来ないで、只今空《ただいまむな》しく帰つて来たところであつた。

「卑怯《ひきよう》な伜め。未練に逃げ隠れて親の顔にも泥を塗る、憎い奴でござる。」と、房八郎は嘆息《たんそく》した。

かれは見あたり次第に倅を引捕へて、詰腹《つめばら》を切らせる覚悟であつたらしい。彼が平生の気性を知つてゐる織衛は、それを察して気の毒にも思つたが、今更なんと云つて慰める詞《ことば》もなかつた。房八郎の師弟と織衛の主従とは相前後《あい》して鬼婆横町に這入ると、その中程まで来かゝつた時に、織衛の中間《ちゆうげん》は立ちどまつて提灯を向うへ差向けて、「あれあすこに……。」と、やゝ怯えたやうな声で囁《ささや》いた。

大溝《おおどぶ》の縁には白い物が坐つてゐた。それが問題の妖婆かと、織衛が屹《きつ》と見定めるひまも無く、房八郎は弟子に声をかけた。

「矢上、それ。」

師匠と弟子は走りかゝつて、左右から彼《か》の怪物を取押へると、怪物はのめるやうにぐたぐたと前に倒れた。倒れると共に、それを埋《うず》めてゐる雪の衣《ころも》は崩れ落ちて、提灯の火の前にその正体をあらはした。彼は石川房之丞で、見ごとに腹をかき切つてゐた。ゆうべから何処《どこ》に忍んでゐて、いつ此《こ》のところへ立戻《たちもど》つて来たのか知らないが、彼は恰《あたか》も彼《か》の妖婆が坐つてゐたらしい所を択《えら》んで、おなじやうに坐つて、同じやうに雪に埋《うず》められて、真白になつて死んでゐたのであつた。

四人は黙つて顔をみあはせてゐた。

この事件があつて以来、鬼婆横町の名が更に世間に広まつたが、雪中《せつちゆう》の妖婆は何の怪物であるか判らなかつた。それが伝説の鬼婆であるとしても、なぜ或時《あるとき》にかぎつて其姿をあらはしたのか、そんな仔細はもとより判《わか》らう筈はなかつた。彼《か》の妖婆をみたといふ四人の若侍のうちで、堀口は石川に殺され、石川は自殺した。なんにも係《かか》り合ひ無しに通り過ぎた神南は、無事であつた。彼女に銭をあたへて通つたといふ森積は、その翌年の正月に抜擢《ばつてき》されて破格の立身をした。

その後、この横町で、再び妖婆のすがたを認めたといふ者はなかつた。

深川《ふかがわ》の老漁夫

T君は語る。

この頃は年を取つて、すつかり不精《ぶしよう》になつてしまつたが、若いときには釣道楽の一人で、春は寒いのに寒鮒《かんぶなつ》釣りにゆく。夏は梅雨《つゆ》に湿《ぬ》れながら鯉《こいつ》釣りや、蝦《えびつ》釣りにゆく。秋はうなぎや鱸《すずき》の夜釣《よづ》りにゆく。冬も寒いのに沙魚《はぜ》の沖釣《おきづ》りにゆく。今から思へば、ばか〳〵しいほどにうき身をやつしたものであつたが、これも矢はり降《ふ》りつゞく梅雨にぬれながら木場《きば》へ手長蝦《てながえび》を釣りに行つたときに、土地の人から聞かされた話の一つで、江戸の末期から明治の初年にかけての世界であると思つて貰ひたい。

深川の猿江《さるえ》に近いところに重兵衛《じゆうべえ》といふ男が住んでゐて、かれは河童《かつぱ》といひ、狐といふ、二つの綽名《あだな》を所有してゐた。その本業は漁師《りようし》であるが、少しく風変りの男で、若いときに一度は女房を持つたが、なにか気に入らないといふので離縁してしまつて、それから後《あと》は五十を越すまで独身で押通して来た。いや、それだけならば別に問題にもならないのであるが、重兵衛はこの二三年来、自分自身はめつたと網打《あみう》ちに出たこともなければ、魚釣りに出かけたこともなく、殆ど懐《ふところ》ろ手で暮してゐるのである。ときどきに小博奕《こばくち》ぐらゐ打つやうであるが、それで遊んで暮して行けると云ふほどでもない。更《さら》に不思議なのは、前にもいふ通りかれは碌々《ろくろく》に商売に出ないにも拘《かかわ》らず、いつも相当の魚を魚籠《びく》や桶《おけ》にたくはへ寝てゐることとである。漁師が魚を持つてゐれば、食ふには困らない。そこで、彼は格別の働きもしないで、酒一合《ごう》ぐらゐには不自由無しに生きてゐられるのであつた。

併《しか》し口のうるさい世間《せけん》の人がそれを其儘《そのまま》に見逃す筈《はず》がなかつた。釣りにも網打ちにも出ない漁師が、いつも魚を絶やさないと云ふには何かの仔細《しさい》がなければならない。ある者は彼が稲荷《いなり》の信者であるのから附会して、重兵衛は狐を使ふのであると云ひ出した。いや、狐ではない、河童を使ふのだといふ者もあつた。いづれにしても、重兵衛は狐か河童のたぐひを使役《しえき》して、彼等に魚を捕らせるのではあるまいかと、近所の人たちに疑はれてゐた。

それに就《つい》ては、かういふ話が伝へられた。ある夏の夜ふけに、近所の源吉といふ十八歳の若者が小名木《おなぎ》川の岸へ夜釣りにゆくと、七八間《けん》ばかり距《はな》れたところで突然に凄まじい水音がきこえた。魚の跳ねるのではない。もしや身投げではないかと危《あや》ぶんで、水音のひゞいた方角へ駈けてゆくと、芦のあひだには一人の男があぐらをかいて煙草《たばこ》をのんでゐた。それは彼《か》の重兵衛で、今こゝへ駈けつけて来る足音を聞くと、かれは俄《にわか》に起《た》ち上つて睨《にら》むやうに源吉を見た。

「をぢさん。今の音はなんだらうね。」と、源吉は訊いた。

「なんでもない。岸の石が転げ落ちたのだ。」と、重兵衛はしづかに云つた。「おれの釣場へ来て荒しちやいけねえ。もつとあつちへ行《ゆ》け。」

それが不断とは様子が変つて、なんだか怖ろしいやうにも思はれたので、年のわかい源吉はそのまゝ素直に立去つた。重兵衛はおれの釣場と云つたが、別に釣竿《つりざお》らしいものを持つてゐるとも見えなかつた。而《しか》もその魚籠《びく》のなかには四五匹の大きい魚が月明りに光つてゐた。

源吉はあくる日それを近所の人たちに囁《ささや》いたので、重兵衛に掩《おお》ひかゝる疑ひはいよ〳〵深くなつた。そればかりでなく、更にかういふ事実が発見された。重兵衛の魚には怪《あや》しい爪のあとが附いてゐるといふのである。注意してみると、どの魚にも頭か背か腹かに必《きっ》と爪のあとが残つてゐるので、それは網や釣針にかゝつたものでなく、何かの動物に捕へられたものであることが確《たしか》められた。問屋で詮議しても重兵衛はいつも曖昧な返事をしてゐた。深くそれを問ひつめると、彼は仕舞には腹を立てた。

「そんな面倒な詮議をするなら、こゝへは持つて来ねえ。おれは自分で売つて来る。」

彼は問屋の詮議をうるさがつて、自分で魚を売りあるくやうになつた。その頃の深川辺《へん》には貧乏長屋《ながや》が多かつたので、そこらの長屋のおかみさん達は値《ね》の廉《やす》いのに惚れて重兵衛の魚を買つた。勿論、その魚を食つて中毒したなどと云ふ者もなかつた。そのうちに又こんな事件が出来《しゆつたい》した。

彼《か》の源吉といふ若者が、秋の雨のそぼ降る夜に重兵衛の家《うち》の前を通りかゝると、灯《ひ》のひかりの薄く洩れる雨戸《あまど》の内から軽い咳払《せきばら》ひをするやうな声がきこえた。と思ふ間もなく、源吉の傘が俄《にわか》に重くなつた。不思議に思つて、その傘を持ちかへようとする途端《とたん》に、傘の紙も骨も一度にばら〳〵と破れて、何物かが彼の顔を滅茶苦茶に掻きむしつた。源吉は年こそ若けれ、浜育ちの頑丈な男であつたが、不意の襲撃に面食《めんくら》つて、おめ〳〵と相手を取逃したばかりか、流れる血汐《ちしお》が眼にしみて、雨のなかにつまづいて倒れた。その騒ぎに近所の人たちも駈け付けたが、そこらに怪しい物の姿はもう見えなかつた。源吉の話によると、かれを襲つたものは確に獣《けもの》である。傘の上に飛びかかつて、その顔を引つ掻いたのをみると、或は狐ではないかと云ふのであつた。

場所が重兵衛の家《うち》の前で、その怪物が狐であるとすれば、彼が狐を使ふといふ噂もいよ〳〵嘘ではないらしく思はれた。彼が狐を使つて窃《ひそ》かに魚を捕らせてゐるところを源吉が偶然に見つけて、それを世間へ吹聴《ふいちよう》したので、その復讐の為にこんな目に逢はされたのではないかと云ふのも、まんざら根拠のない想像説でもなかつた。併《しか》し本人の源吉が重兵衛に向つて正面から苦情を申込むには、理由が何分《なにぶん》にも薄弱であつた。暗いなかの不意撃《ふいうち》であるから、彼は勿論その正体を見とゞけたわけでもなく、又その獣《けもの》らしい物が重兵衛の家から出入するところを見付けたと云ふわけでもないのであるから、相手が知らないと云ひ切ればそれ迄のことで、所詮《しよせん》は水かけ論に終るのほかは無いので、源吉も残念ながら泣き寝入りにしてしまつた。他《ほか》の者からは勿論なんとも云ひやうはなかつた。

かうして、表面は無事に済んでしまつたが、諸人《しよにん》の疑惑はいよ〳〵深くなつた。源吉の顔の疵《きず》は癒えても、重兵衛の噂は消えなかつた。併《しか》し源吉の先例があるので、諸人はその復讐を恐れて、直接に彼に対して何《ど》ういふ制裁を加へることも出来なかつたが、自然の結果として彼を忌《い》み嫌ふやうになつた。蔭《かげ》では狐とか河童とかいふ綽名を呼ばれ、一種の薄気味の悪い人間として世間から睨まれながらも、彼は直接になんの迫害を蒙《こうむ》ることもなく、相変らず出所の怪しい魚を廉《やす》く売りあるいて、裏長屋のおかみさん達に歓迎され、自分も独り者は気楽だといふやうな顔をして、一合《ごう》か二合の寝酒を楽《たのし》んでゐるらしかつた。

そのうちに世の中はひつくり返つて、古い江戸の名は東京と変つたが、それは幸《さいわい》に重兵衛やその周囲の人たちに大いなる影響をあたへなかつた。明治二年の夏の終る頃である。重兵衛は蛤町《はまぐりちよう》の裏長屋からおせんといふ少女を連れて来た。おせんは十五六歳で、色こそ浅黒いが、眼鼻立《めはなだち》の整《ととの》つた可愛《かわい》らしい娘であつたが、不幸にして生まれつきの唖であつた。父には去年死別《しにわか》れて、母は二人の子供をかゝへて細々《ほそぼそ》に暮してゐるのであるが、姉娘のおせんは啞といふ片輪者であるから、奉公に出すことも出来ないで困つてゐるのを、重兵衛がどう掛合つたのか、養女に貰ふことにして自分の家《うち》へ連れて来たのである。片輪ではあるが容貌《きりよう》も悪くない、その上におとなしく素直に働くので、重兵衛はよい娘を貰ひあてたと喜んで可愛がつてゐた。近所の人達もおせんの素性をよく知つてゐる上に、片輪の少女に対する一種の同情もまじつて、その父を嫌ふやうにその娘を嫌ひはしなかつた。食ふや食はずの実家にゐるよりも、こゝへ貰はれて来た方がおせんの為にも仕合《しあわ》せであるらしく思はれた。

それから二月《ふたつき》ばかりは無事に過ぎて、養父と養女とはいよ〳〵睦《むつ》まじいやうに見えたが、ある朝おせんが家《うち》の前を掃《は》いてゐると、その頰《ほほ》や頸筋《くびすじ》に生々しい搔《か》き疵《きず》のあるのを近所の人たちが発見した。疵のあとには血が滲《にじ》んで、見るから酷《むご》たらしいのに驚かされて、手真似でその仔細を聞き糺《ただ》したが、何分《なにぶん》にも要領を得なかつた。併しその疵のあとが彼《か》の源吉の疵によく似てゐるので、近所の人たちも大抵は想像した。

「可愛《かわい》さうに、あの子も屹《きつ》と重兵衛の狐に遣《や》られたのだ。」

併《しか》し源吉の場合とは違つて、おせんは養父にも可愛がられ、自分もおとなしく働いてゐるのに、何でこんな酷たらしい復讐を受けたのか、その仔細は判らなかつた。もう一つ不思議なことは、その夜更《よふ》けに、重兵衛の家《うち》の奥で彼が小声で何者かを叱り罵《ののし》るやうな声がきこえた。床《ゆか》の下かと思はれるあたりで獣《けだもの》の唸《うな》るやうな奇怪《きつかい》な悲しげな声も洩《も》れた。さうして、そのあくる日は重兵衛が久振りで網打ちに出てゆく姿を見た。めづらしいことだと近所でも噂してゐると、彼はその後毎日網打ちに出て、他の漁師達とおなじやうに稼《かせ》ぎはじめた。それでも決して夜網には出ないで、日の暮れる頃には必ず帰つて来た。おせんの顔の疵も塗り薬などをしてだん〳〵に癒《なお》つて来た。近所の人がその顔の疵を指さして、そんなになつても実家へ帰りたくはないかと手真似で訊いたことがあるが、おせんは忌《いや》な顔もせず、さりとて笑ひもせず、少しく顔を紅《あか》くして頭《かしら》を掉《ふ》つてゐた。

九月の末である。その頃はまだ旧暦の秋もおひ〳〵に暮れかゝつて、深川には時雨《しぐれ》めいた空が幾日《いくにち》もつゞいた。その日も朝から陰《くも》つて、貝がらを置いた家根の上に折々は弱い日かげを落《おと》してゐたが、午後から東南《たつみ》の風が俄《にわか》に凪《な》いで、陽気も薄ら寒くなつたかと思ふと、三時過《すぎ》る頃から冷たい霧が一面に降《お》りて来て、それが次第に深くなつた。重兵衛の軒先《のきさき》に立つてゐる一本の柳もその痩《や》せた姿を暗く包まれてしまつた。

「これぢやあ沖はどうだらう。」

こゝらの人たちは沖を案じてゐたが、沖の霧は果して陸よりも深かつた。こゝらの漁船はみな洲崎《すさき》の沖に出てゐたが、海の上は夜よりも暗い濃霧に鎖《とざ》されて、水に馴れてゐる漁師達も櫓《ろ》や櫂《かい》を働かせる術《すべ》を知らなかつた。度胸を据ゑて落付いてゐるのもあれば、どうかして漕ぎ抜けようと迷ひに迷つてゐるのもあつた。重兵衛もその一人で、かれは自分ひとりで小舟《こぶね》をこぎ出してゐたが、あせりに燥《あせ》つてこの霧の海から逃れ出ようと、一生懸命に漕《こ》いでゆくと、方角《ほうがく》をあやまつて芝浦《しばうら》の方へ進んでしまつた。それに気が注《つ》いた頃には、霧も少しく剝《は》げかゝつて来たのであつた。

陸の霧は海ほどではなかつたが、それでも黒白《あやめ》もわかぬと云ふやうな不安の状態が一時間あまりも続いた。それが漸《ようや》く薄れて来て、あたりが自然の夕暮《ゆうぐれ》のけしきに戻つた時、重兵衛の家《うち》の入口に倒れてゐるおせんの姿が見出された。おせんは再び顔や手に無数の搔き疵を負《お》つて、髪をふり乱して横さまに倒れてゐたが、更《さら》によく見ると、その喉笛《のどぶえ》は何物にか無残に喰《く》ひ破《やぶ》られてゐた。誰が見ても、もう助ける方法はないと諦《あきら》められたが、素足で門口《かどぐち》まで這ひ出して倒れてゐるのから想像すると、おせんは暗い霧のなかで何物にか襲はれて、恐怖のあまりに、探りながら門口まで逃げ出したが、遂《つい》にそこで悼《いた》ましい生贄《いけにえ》となつたらしい。勿論声を立てたかも知れないが、何分《なにぶん》にも本人が啞であるのと、近所の人たちも霧を恐れて、厳重に雨戸をしめて閉ぢ籠つてゐたのとで、そこにそんな惨劇が演出されてゐようとは気が附かなかつたのであつた。

沖の漁師達もだん〳〵に引揚げて来た。重兵衛は飛んだ方角へ迷つて行つた為に、一番おくれて帰つて来たので、その惨劇を知るのが最も遅かつたが、それを知ると彼はしばらく喪神《そうしん》したやうに突つ立つてゐたがやがて、足摺《あしず》りして、「畜生、畜生」と繰返して罵《ののし》つた。

おせんの葬式が済んでも、重兵衛は仕事に出なかつた。十日あまりは唯《ただ》ぼんやりと暮してゐるらしかつたが、その後ひる間は酒を飲んで寝て暮して、夜になると小名木《おなぎ》川のあたりへ釣りに出て行つた。それが五六日もつゞいた後《のち》、かれは出たまゝで帰らなかつた。あくる朝になつて、その死体が芦《あし》の茂みから発見された。彼は両手で大きい河獺《かわうそ》の喉《のど》を絞《し》め付けながら死んでゐたのである。重兵衛のからだには別に疵らしい痕《あと》も残つてゐなかつたと云ふのであるが、何分《なにぶん》にも其時代のことで検視も十分に行き届かず、その死因も本当には判らずに終《しま》つたらしい。

大きい河獺は、年を経《へ》たもので、確《たしか》に「雌《めす》」であつたさうであると、T君は最後に註を入れた。

怪談コント

一　黒蜥蜴《くろとかげ》

これは△△丸《まる》の事務長の話である。

欧州航路の△△丸が英国から帰航の途中、印度《インド》の古倫母《コロンボ》に一日あまり寄港して、更《さら》に新嘉坡《シンガポール》へ向つて出発すると、その翌日の朝である。一等船客の英国婦人が船医の室《しつ》の扉《ドア》をたゝいて診察を求めに来た。

「ゆうべは怖ろしい夢に魘《おそ》はれつゞけで、殆《ほとん》ど安眠が出来ませんでした。長い航海で神経衰弱に罹《かか》つたのだらうと思はれます。」

かう云つて、彼女は神経の鎮静剤を求めた。実際、長い航海で神経衰弱にかゝる人はめづらしくない。船医もそれには馴れてゐるので、先《ま》づ型通りの診察をした上で相当の薬をあたへると、彼女はあつく礼を云つて立去つた。前にもいふ通り、航海中には珍しくもない病人であるので、船医は格別に気にも止めずにゐると、その明《あく》る朝も彼《か》の婦人が再び船医の室《しつ》の扉《ドア》を叩いた。彼女の顔はきのふよりも更に蒼《あお》ざめてゐた。

「ゆうべは如何《いかが》でした。」と、船医は愛想よく訊《き》いた。

「ゆうべもいけません。」と、彼女は頭《かしら》を掉《ふ》つた。

「やはり夢を見ましたか。眠られませんでしたか。」

「とても安々《やすやす》とは眠られません。わたくしは事務長に相談して、部屋を換《か》へて貰はうかと思つてゐます。」

彼女は三十七八歳の人柄のいゝ、いかにも英国式のマダムと云つた風《ふう》の婦人で、十二三歳の女の児《こ》をつれて、上海《シャンハイ》にゐる夫のところへ尋ねてゆくのである。その船室はこの母子《おやこ》二人ぎりであつたが、古倫母から十六七の少女が乗り込んで来て、一室三人となつた。さうして、その夜から彼女は怖ろしい夢に魘はれることになつたのである。かう云ふと、その少女が何か怪《あや》しい者であるかのやうにも思はれるが、少女もやはり英国人の子で印度に生まれ、香港《ホンコン》にゐる叔母に逢ひにゆくのであると云つた。顔の色はやや蒼白いが、眼鼻立ちの清らかな娘で、その人柄や服装から察しても頗《すこぶ》る富裕な家庭に生長《せいちょう》したらしく思はれた。その美少女が初対面の婦人を脅《おびや》かさうなどとは、誰にも想像されないことであつて、彼女は最初はその娘にうたがひを掛けてはゐなかつたのであるが、注意して見てゐると、少《すこ》しく怪しい点が無いでもない。

ゆうべの夜半《やはん》である。熱いのと眠られないのとで、彼女はいつまでも甲板《デッキ》の上を散歩してゐると、少女も白い着物をきて忍ぶやうに出て来た。こゝらには四方に陸がみえない。見わたすかぎり暗い空と暗い海ばかりである。その大空の東のかたに一つの大きい赤い星がみえた。それは彼女が曽《かつ》て見たことのない星であるので、珍しく思つて仰《あお》いでゐると、彼《か》の少女もその星を仰いで、なにか口のうちで呪文のやうなことを唱《とな》へてゐた。その態度がなんとなく、薄気味悪く思はれたので、彼女は早々に船室へ引返《ひつかえ》して来ると、暫《しばら》くして少女も帰つて来た。さうして、小声で、「おやすみなさい。」と云つて、自分の寝台に上つたかと思ふと、すぐにすや〳〵と眠つてしまつたらしかつた。

　婦人も眠らうとした。それが夢か現《うつつ》か、自分にもはつきりと判らないのであるが、一匹の黒い蜥蜴《とかげ》が寝台の上に這ひ登つて来てすこしく鎌首《かまくび》を立てゝ彼女の寝顔をうかゞつてゐるらしく見えた。はつと驚いて起き上らうとしても身動きが出来ない。声を出さうとしても喉《のど》が詰まつてゐる。唯《ただ》いたづらに身を藻掻《もが》いてゐると、その蜥蜴はいつか彼《か》の少女のすがたに変つた。而《しか》も少女は爬行虫《はこうちゆう》とおなじやうに、いつまでも寝台のまはりを這ひ歩いてゐるので、婦人は殆《ほとん》ど気を失つてしまつた。やがて少しく正気が付くと、今度は普通の黒い蜥蜴が枕元にかま首を立てゝゐるのである。さういふ苦しみを繰返してゐるうちに、短い夜は明けた。但《ただ》しこの奇怪《きつかい》の出来事は母の婦人をおびやかすだけで、その子はなんにも知らないのである。

「やはり神経衰弱のせゐですよ。」と、船医は慰めるやうに云ひ聞かせた。さうして、けふも同じやうな薬をあたへた。

併《しか》し婦人はどうも安心が出来ないとみえて、更《さら》に事務長の室へ行つて、部屋を取換へてくれと頻《しき》りに訴へた。事務長も一応は宥《なだ》めたが、彼女はなか〳〵承知しない。多年の経験上、かういふ一種の航海病患者をそのまゝに打捨《うちす》てゝ置くと、神経衰弱がます〳〵募《つの》つて何事を仕出来《しでか》すかも判らないとも思はれたので、事務長は他の船客と交渉して、特に船室をかへて貰ふことにした。

入れ替《かわ》つて来たのは、やはり英国の婦人で、ひとりは四十七八、ひとりは廿四五の叔母《おば》と姪《めい》とで、これは日本の神戸まで来るといふのであつたが、やはり一夜《いちや》の後《のち》に事務長のところへ訴へて来て、自分達はとても彼《あ》の部屋に寝られないと云ふのである。事情を訊いてみると、曩《さき》の婦人と同じやうな奇怪の出来事に遭遇したのであつて、今度は叔母といふ婦人も姪といふ婦人も、一夜のうちに同じ黒蜥蜴に責められたとの事であつた。これには事務長も処置に困つたが、新嘉坡《シンガポール》まで行きつけば上陸する人もあるので、その船室の明くまではどうか我慢してくれと色々に宥《なだ》めて置いた。

「なに、どの人もみんな神経衰弱だよ。」と、船医はやはり笑つてゐた。

新嘉坡に着いたのは午前八時で、こゝには一昼夜碇泊《ていはく》する筈《はず》であるので、船客はみな上陸して思ひ思ひに見物してあるいた。中にはホテルに一泊して翌朝帰つて来るのもあつた。が、扨《さて》いよ〱出帆《しゅっぽん》するといふ間際《まぎわ》になつても、古倫母《コロンボ》の少女だけはその姿をみせなかつた。勿論一人のために出船《でふね》を延引《えんいん》させるわけには行かないので、△△丸は彼《か》の少女を見すてゝ、驟雨《シャワー》の降りしきる中に新嘉坡を立去つた。

話はこれぎりで、彼《か》の少女はどうしたか判らない。上海行《シャンハイいき》の婦人も、神戸行の婦人等も、その後再び悪夢に悩まされるやうなことはなかつた。彼等の云ふところに拠《よ》ると、彼《か》の少女はおそらく純粋の英国種ではあるまい。母は英国人であるとしても、父は印度の人であらうとのことであつた。いづれにしても、彼《か》の婦人等が遭遇したといふ奇怪の出来事は、船医のいはゆる神経衰弱の結果か、あるひは何か他《た》に秘密があるのか、それは解きがたい謎として△△丸の船員のあひだに残された。

二　朝鮮の父

わたしの家《うち》へ出入りする青年にMといふ男がある。その実家は神戸で貿易業を営んでゐるのである。Mは去年の春ごろ実家に戻つてゐて、五月から再び上京したが、そのときに彼はかう云ふことを話した。

「世のなかに幽霊といふものはあります。」

Mの家《うち》に十二三年も奉公してゐるお清《せい》(仮名)といふ女中がある。実直でよく働く上に、十年以上も勤め通してゐるのであるから、Mの家《うち》でも特に目をかけて使つてゐた。お清は但馬《たじま》の農家の生まれで若いときに結婚したことがあるが、その夫には死別《しにわか》れ、ひとりの娘を実家の兄夫婦に托して、神戸へ奉公に出たのであつた。

ことしの二月、郷里の兄からお清のところへ電報が来て、その娘が大病であるから帰れといふので主人にもその訳《わけ》を話して、お清は早々に帰郷した。娘は十六歳で、お清が帰つてから三四日《さんよつか》の後《のち》に死んだ。病症は感冒《かんぼう》から肺炎に変じたのであつた。

単にそれだけの事であれば、お清一家《いつか》の不幸にとゞまるのであるが、こゝに一条の不思議(?)がある。娘の葬式をすませて、お清は再びMの家《うち》へ戻つて来て、主人にむかつて訊いた。

「世の中に幽霊といふものがあるのでせうか。」

主人にも返事が出来なかつた。そこで、だん〳〵聞き糺《ただ》すと、お清には一種の秘密があつた。彼女が若い時、ある官吏《かんり》の家《いえ》に奉公してゐて、その主人に従つて朝鮮に四五年を送つて、そこで結婚して娘を儲《もう》けたことは、Mの家《いえ》でも知つてゐた。その夫は大工職《だいくしょく》で、土佐《とさ》の生まれであつたと彼女は語つてゐたが、今度の幽霊問題について正直のことを打明けなければならないことになつた。

お清が朝鮮にゐたときに、その主人の家《いえ》へ出入りする大工の親方があつた。その親方が使つてゐる職人のうちにSといふ若い大工があつて、親方の話によると、Sは土佐の生まれで、幼いときに孤児となつたのを自分が拾ひあげて弟子にしたのであると云つてゐた。Sも実直でよく働くので、結局その親方の媒妁《ばいしやく》でお清はSのところへ縁付《えんづ》くことになつた。夫婦の仲もむつまじく、一年あまりを無事に暮らしてゐるうちに、Sが孤児で親方に育てられたのは事実であるが、土佐の生まれといふのは詐《いつわ》りで、実は朝鮮人の子であることが判つた。併《しか》しSは幼少から日本人に育てられたので、言語風采は内地《ないち》の人間と些《ち》つとも変らず、且《かつ》は実直《じつちよく》の稼《かせ》ぎ人《にん》であるので、その秘密を覚《さと》つた時にもお清の愛情は変らなかつた。それでも郷里《きようり》の兄夫婦にそんなことを知らせるのは良くないと思つて、お清は郷里にも秘してゐた。勿論他人には洩《も》らさなかつた。

お清が懐妊《かいにん》して八ケ月目に、Sは感冒《かんぼう》から肺炎を併発《へいはつ》して死んだ。死ぬ前に、彼は妻に向つて云つた。

「縁があつて夫婦になつたのだから、若《も》し男の児《こ》が生まれたら育てゝくれ。」

「男でも女でも屹《きつ》と無事に育てます。」と、お清は答へた。

「しかし女の児は足手纏《あしでまと》ひだ。好《よ》い時分に、わたしが迎ひに行く。」

こんなことを云ひ残して、同棲《どうせい》以後あしかけ三年目の春に、お清の夫は世を去つたのである。親方の世話で葬式も済ませ、それから無事に女の児をうみ落して、お清は郷里へ帰ることになつた。その時にも親方はよく面倒を見てくれて、娘の将来に何かの邪魔になることがあると良くないから、朝鮮人の種《たね》であることは秘密にして置けと注意した。お清も勿論その心であつたので、故郷の但馬へ帰つた後も矢張《やは》りその秘密を守つて、飽《あく》までもSは土佐の生まれであると云ふことにして置いた。彼女はもう再縁する気もなかつたので、幼い娘の養育を兄夫婦に頼んで、自分は神戸へ奉公に出て、毎月幾らかづつの養育料を送つてゐたのであつた。

ところが、今度帰郷して、お清が先《ま》づ驚かされたのは、兄夫婦の口から斯《こ》ういふことを聞かされたのであつた。ことし十六の娘は熱に浮かされたやうに「朝鮮人が来た。朝鮮の人が来た。」ととき〴〵に口走るといふのである。お清はぎよつとした。

なんにも知らない兄夫婦はそれに対して斯ういふ解釈を下してゐた。

去年の秋から冬へかけて、こゝらの川の改修工事で、朝鮮人の土工《どこう》が大勢入り込んでゐたから、それでこんな事をいふのだらう。」

単にそれだけの理由ではないらしく思はれるので、お清はその後注意してゐると、娘は矢張りときどきに「朝鮮人が来た。朝鮮の人が来た。」と叫ぶのである。その朝鮮人が何と云つたかと訊いても、娘は答へない。その朝鮮人はどんな人であるかと訊いても娘は答へない。唯とき〴〵に「朝鮮人が来た。」といふばかりであつた。それがだん〳〵に激しくなつて、いよ〳〵死ぬといふ前夜からは、「朝鮮人が来て、わたしを引張《ひつぱ》つて行く。」などと叫ぶのであつた。

兄たちは左《さ》のみに怪しいとも思つてゐなかつた。医師も熱のせゐであると云つてゐた。併《しか》しお清はなんだか気味が悪くてならなかつた。彼女は時々に自分のうしろや、娘の枕もとを窺《うかが》つたが、そこらに亡夫の影らしいものも見えなかつた。無意味か、有意味か、娘は「朝鮮人」といふ言葉をくり返しつゝ、遂《つい》に死んでしまつたのである。

お清が夫の秘密を知つてゐるものは、彼女と親方のほかには無い。親方はお清に口留めをするほどであるから、自分がむやみに口外しようとも思はれない。且《かつ》はもう十六年以前のことで、その親方も生きてゐるか何《ど》うだか、又どこにゐるかも判らない。勿論お清の実家などへ尋ねて来たことも無い。兄夫婦は確かにその秘密を知らない筈である。してみると、十六の娘の胸へ誰がその秘密を吹き込んだか、兄が解釈したやうに、朝鮮の土工が大勢入り込んだ為であるか。あるひは医師が診察したやうに肺炎の高熱の為であるか、あるひは両者が一致したのか、娘が朝鮮人を口にしたのは、何の理由もない暗合であるか、それは殆《ほとん》ど想像に苦《くるし》むのであるが、今更のやうにお清の胸に甦つたのは、夫が最後の言葉であつた。

「女の児は足手纏ひだ。好《よ》い時分にはわたしが迎ひに行く。」

それならば、もつと早く迎ひに来さうなものだが、十六歳まで無事に生長させて、なぜ今頃になつて迎ひに来たのかと、彼女は怪《あやし》むのであつた。今が「好《い》い時分」であるのであらうか。この上に生きてゐては、何か良くない事があるのであらうか。

併しお清はその疑問を自分ひとりの胸に秘めて、誰にも洩らさなかつた。兄たちがさのみ怪（あや）まないのを幸ひに、そのまゝ葬式を済ませてしまつたが、何分（なにぶん）にもその疑ひが解けないので、帰つてそれを主人に訴へたのである。さうして、前にいふ通り、「幽霊といふものがあるのでせうか。」といふ質問を提出したのであつた。

父と娘とが同じ病気で死んだのは、勿論暗合であるとしても、母のほかに知つてゐない筈の秘密を娘がどうして知つてゐたか。それもみな単なる暗合であらうか。Mの一家もその判断に悩んだ。而《しか》もMはそれを不思議の暗合と認めなかつた。彼はそれが暗合でないことを父母の前で力説したが、結局は半信半疑に終つた。

Mはわたしに向つて云つた。

「父などは商人ですから、霊界のことなぞは判りません。あなたならば、それが偶然の暗合でないと云ふことが判るでせう。」

わたしにも確かな返事は出来なかつた。

三　涼《すず》み台の少女

わたしは今、大久保に住んでゐるにつけて、叔父から曽《かつ》て聞かされた昔話を思ひ出さずにはゐられない。

　叔父が若いときに、大久保の百人組同心で間瀬《ませ》なにがしと云ふ人の屋敷をたづねたことがある。そこで夕飯の馳走《ちそう》になつて、いざ帰らうとすると、そこの息子も新宿辺《へん》まで用達《ようた》しにゆくから一緒に出ようといふ。旧暦の七月はじめで、日が暮れてもなか〳〵暑い。ふたりは涼みながらぶら〳〵歩いて来ると、往来の酒屋の店さきには縁台《えんだい》を持ち出して、番頭や小僧が涼んでゐる。間瀬の屋敷へも出入りの店とみえて、番頭は起《た》ちあがつて間瀬の息子に挨拶して、まあお掛けくださいと云つた。如才《じよさい》のない番頭で、何かしきりに話しかけるもので、息子も叔父もすぐには行き過ぎ兼《か》ねて、思はず縁台に腰をおろしてゐると、番頭は俄《にわか》に何を見出したのか、持つてゐる渋団扇《しぶうちわ》をあげて逐《お》ふやうに云つた。

「また来たか。いたづら者め。早く行け、行け。」

　こゝの店さきには大きい縁台が据《す》ゑてあつて、それから少し距《はな》れたところに長床几《ながしようぎ》が一脚ある。その長床几の端《はし》の方に、七つか八つくらゐと思はれる、女の児《こ》が腰をかけてゐた。その頃のことであるから夜の店先はうす暗かつた。がそれでもその女の児は白地の浴衣《ゆかた》を着て、色白のおとなしさうな児であることは、叔父の眼にもよく判つた。番頭に叱られて、女の児は起ちあがつた。さうして、黙つて徐《しず》かに立去つた。

「畜生め。また何か悪戯《いたずら》をしようと思つて……仕様のない奴だ。」と、番頭は罵《ののし》るやうに云つた。

「どこの児だね。」と、間瀬の息子は訊いた。

「なに、あなた。あいつは貉《むじな》ですよ。」

叔父はびつくりした。併《しか》し間瀬の息子は左《さ》のみ驚いた様子も見せなかつた。

「はゝあ。油断してゐると、顔でも引つ掻《か》かれるところだつた。」

「まつたく困りますよ。時々に子供達の顔なんぞを引つ掻きましてね。」と、番頭は笑ひながら顔をしかめた。叔父はいよ〳〵驚いた。

「ぢやあ、化けてゐるのかね。」

「さうですよ。夏から秋にかけて出て来るんです。二三日前の晩にも、近所の子供がやられました。」と番頭は説明した。

「こゝらは貉の巣だからな。」と、間瀬の息子は笑つてゐた。

それから五六十年のあひだに、こゝらも著《いちじ》るしく変つたものである。その貉の眷属《けんぞく》はどこへ立去つてしまつたのであらう。軒並《のきなみ》に電燈のかゞやく夜の町を散歩しながら、一度さういふ女の児に逢つてみたいやうな気がすることもある。

五色蟹《ごしきがに》

一

わたしは曩《さき》に「山椒《さんしよ》の魚《うお》」といふ短い探偵物語を紹介した。すると、読者の一人だといふT君から手紙をよこして、自分も曽《かつ》て旅行中にそれに稍《や》や似た事件に遭遇した経験を有《も》つてゐるから、何かの御参考までにその事実をありのまゝに御報告すると云つて、原稿紙約六十枚に亘《わた》る長い記事を送つてくれた。

T君の手紙には又こんなことが書き添《そ》へてあつた。――わたしはまだ一度もあなたにお目にかゝつたことがありません。随《したが》つて何か好加減《よいかげん》の出鱈目《でたらめ》を書いて来たのではないかといふ御疑念があるかも知れません。この記事に何《な》んのいつはりもないことはわたしが、誓つて保證します。わたしは唯《ただ》あなたに対して、現在の世の中にもこんな奇怪《きつかい》な事実があるといふことを御報告すれば宜《よろ》しいのです。万一それを発表なさるやうでしたら、どうか其場所の名や、関係者の名だけは、然《しか》るべき変名をお用ゐくださるやうにお願ひ申して置きます。

あながちに材料に窮《きゆう》してゐる為でもないが、この不思議な物語をわたし一人の懐中《ふところ》にあたゝめて置くのに堪へられなくなつて、わたしはその原稿に多少の添削《てんさく》を加へて、すぐに世の読者の前に発表することにした。但《ただ》しT君の註文にしたがつて、関係者の姓名だけは特に書き改めたことを最初《はじめ》に断つておく。場所は単に伊豆《いず》地方として置いた。伊豆の国には伊東《いとう》、修善寺《しゆぜんじ》、熱海《あたみ》、伊豆山《いずさん》をはじめとして、名高い温泉場《おんせんば》が沢山あるから、そのうちの何処《どこ》かであらうと宜《よろ》しく御想像を願ひたい。T君の名も仮に遠泉《とおいずみ》君として置く。

遠泉君は八月中旬のある夜、伊豆の温泉場の××館《かん》に泊《とま》つた。彼には二人の連《つ》れがあつた。いづれも学校を出てまだ間もない青年の会社員で、一人は本多、もう一人は田宮、三人のうちでは田宮が最も若い廿四歳であつた。

遠泉君の一行《いつこう》がこゝに着いたのはまだ明るいうちで、三人は風呂に這入つて宿屋の浴衣《ゆかた》に着かへると、すぐに近所の海岸へ散歩に出た。大きい浪《なみ》の頽《くず》れて打寄せる崖《がけ》の縁《ふち》をたどつてゐるうちに、本多が石のあひだで美しい蟹《かに》を見つけた。蟹の甲には紅《あか》やむらさきや青や浅黄《あさぎ》の線が流れてゐて、それが潮水に濕《ぬ》れて光つて、一種の錦《にしき》のやうに美しく見えたので、彼等は立止まつてめづらしさうに眺めた。五色蟹だの、錦蟹だのと勝手な名をつけて、しばらく眺めてゐた末《すゑ》に、本多はその一匹をつかまへて自分のマッチの箱に入れた。蟹は非常に小さいので大きいマッチの箱におとなしく這入つてしまつた。

「つかまへてどうするんだ。」と、ほかの二人は訊いた。

「なに、宿へ持つて帰つて、これはなんといふ蟹だか訊いて見るんだ。」

マッチの箱をハンカチーフにつゝんで、本多は自分のふところに押込んで、それから五六町ばかり散歩して帰つた。宿へ帰つて、本多はそのマッチの箱をチヤブ台の下に置いたまゝで、やがて女中が運び出して来た夕飯《ゆうはん》の膳《ぜん》にむかつた。そのうちに海の空ももう暮れ切つて、涼しい風がそよ〳〵と流れ込んで来た。三人は少しばかり飲んだビールの酔《えい》が出て、みな仰向《あおむ》けに行儀わるくごろ〳〵と寝転んでしまつた。汽車の疲れと、ビールの酔とで、半分は夢のやうにうと〳〵してゐると、隣の座敷で俄《にわか》にきやつ〳〵と叫ぶ声がするので、三人はうたゝ寝の夢から驚いて起きた。

隣座敷には四人連れの若い女が泊《とま》りあはせてゐた。みな十九か廿歳《はたち》ぐらゐで東京の女学生らしいと、此方《こちら》の三人も昼間からその噂をしてゐたのであつた。遠泉君の註によると、この宿は土地でも第一流の旅館でない。どこもこと〳〵く満員であるといふので、よんどころなしに第二流の宿に這入つて、しかも薄暗い下座敷《したざしき》へ押込まれたのであるが、その代《かわ》りに隣座敷には若い女の群《むれ》が泊りあはせてゐる。これで幾らか差引が付いたと、本多は用もないのに時々縁側《えんがわ》に出て、障子《しょうじ》をあけ放した隣座敷を覗《のぞ》いてゐたこともあつた。

その隣座敷で俄《にわか》に騒ぎ始めたので、三人はそつと縁側へ出て窺《うかが》ふと、湯あがりの若い女達もやはり行儀をくづして何か夢中になつて饒舌《しゃべ》つてゐたらしい。その一人の白い脛《はぎ》へ蟹が突然に這ひあがつたので、みな飛び起きて騒ぎ出したのであつた。もしやと思つて、こつちのチヤブ台の下をあらためると、本多のマッチの箱は空《から》になつてゐた。彼はその箱をハンカチーフと一所に押込んで置いて、ついそのまゝに忘れてゐると、蟹は箱の中からどうしてか抜け出して、おそらく縁伝ひに隣へ這ひ込んだのであらう。さう判つてみると、本多はひどく恐縮して、もう一つにはそれを機会に隣の女達と心安くならうといふ目的もまじつてゐたらしく、彼はすぐに隣座敷へ顔を出して、正直にその事情をうち明けて、自分たちの不注意をあやまつた。その事情が判つて、女達もみな笑ひ出した。

それが縁になつて、臆面《おくめん》のない本多は隣の女連れの身許《みもと》や姓名などをだん〳〵に聞き出した。かれ等は古屋為子《ふるやためこ》、鮎澤元子《あゆさわもとこ》、臼井柳子《うすいりゆうこ》、児島亀江《こじまかめえ》といふ東京の某女学校の生徒で暑中休暇を利用してこの温泉場に来て、四人が六畳と四畳半の二間《ふたま》を借りて殆《ほとん》ど自炊同様の生活をしてゐるのであつた。

「あなた方は当分御滞在でございますか。」と、その中で年長《としかさ》らしい為子が訊いた。

「さあ。まだどうなるか判りません。」と、本多は答へた。「しかし今頃はどこへ行つても混雑するでせうから、まあ、こゝに落着いてゐようかとも思つてゐます。われ〳〵はどの道、一週間ぐらゐしか遊んでゐることは出来ないんですから。」

「左様《さよう》でございますか。」と、為子はほかの三人と顔を見あはせながら云つた。「わたくし共も二週間ほど前からこゝへ来てゐるのでございますが、御覧の通り、この座敷はなんだか不用心でして、夜なんかは怖いやうでございます。」

いくら第二流の温泉宿でも、座敷代と米代と炭代と電燈代と夜具代だけを支払つて、一種の自炊生活をしてゐる女学生等に対して、この真夏に好《い》い座敷を貸してくれる筈はなかつた。彼等の占領してゐる二間《ふたま》は下座敷のどん詰まりで、横手の空地《くうち》には型《かた》ばかりの粗い竹垣を低く結《ゆ》ひまはして、その裾には芒《すすき》や葉鶏頭《はげいとう》が少しばかり伸びてゐた。彼等が忌《いや》がつてゐるのは、その竹垣の外に細い路《みち》があって、それが斜《はす》にうねつて登つて、本街道の往還《おうかん》へ出る坂路につながつてゐることであつた。もし何者かがその坂路を降りて来て、更《さら》に細い路を斜めにたどつて来ると、恰《あたか》も彼《か》の竹垣の外へゆき着いて、更に又《また》一《ひ》と跨《また》ぎすれば安々《やすやす》とこの座敷に入り込むことが出来る。田舎のことであるから大丈夫とは思ふものゝ、不用心と云へばたしかに不用心であつた。ことに若い女ばかりが滞在してゐるのであるから、昼間は兎《と》も角《かく》も夜が更《ふ》けては少し気味が悪いかも知れないと思ひやられた。

その隣へ此方《こつち》の三人が今夜泊りあはせたので、かれ等は余ほど気丈夫になつたらしく見えた。さうなると、此方《こちら》もなんだか気の毒にもなつたのと、相手が若い女達であるのとで、寧《むし》ろこゝで一週間を送らうといふことになつた。

「それが好《い》い。どこへ行つても同じことだよ。」と、本多は真先《まつさき》にそれを主張した。

あくる朝、三人が海岸へ散歩に出ると、隣の四人連れもやはり其処《そこ》らをあるいてゐて、一所になつて崖の上の某社《あるやしろ》に参詣《さんけい》した。四人の女のうちでは、児島亀江といふのが一番つゝましやかで、顔容《かおかたち》もすぐれてゐた。三人の男と列《なら》んでゆく間《ま》も、彼女は殆《ほとん》ど一度も口を利《き》かないのを、遠泉君等はなんだか物足らないやうに思つた。此方《こっち》の三人の中《うち》では、田宮が一番おとなしかつた。

昼のうちは別に何事もなかつた。たゞ午後になつて、本多が果物《くだもの》を沢山に註文して、遠慮してゐる隣の四人を無理に自分の座敷へよび込んで、その果物をかれ等に馳走《ちそう》して、何かつまらない冗談話などをしたに過ぎなかつた。日が暮れてから男の三人は再び散歩に出たが、女達はもう出て来なかつた。

「田宮君、君は怪《け》しからんよ。」と、本多は途中でだしぬけに云ひ出した。「君はあの児島亀江といふ女と何か黙契《もっけい》があるらしいぞ。」

「児島といふのはあの中で一番の美人だらう。」と、遠泉君は云つた。「あれが田宮君と何か怪《あや》しい形跡があるのか。ゆうべの今日ぢやあ、あんまり早いぢやないか。」

「馬鹿を云ひたまへ。」

田宮はたゞ苦笑ひをしてゐたが、やがて又小声で云ひ出した。

「どうもあの女は可怪《おかし》い。僕には判らないことがある。」

「何が判らない。」と、本多は潮の光で彼の白い横顔をのぞきながら訊いた。

「何がつて……。どうも判らない。」
田宮はくり返して云つた。

二

日が暮れてまだ間もないので、方々《ほうぼう》の旅館の客が涼《すず》みに出て来て、海岸も一《ひ》としきり賑はつてゐた。その混雑の中をぬけて、三人が今朝《けさ》参詣した古社《ふるやしろ》の前に登りついた時、田宮はあと先を見かへりながら話し出した。

「僕は一体臆病な人間だが、ゆうべは実におそろしかつたよ。君達にはまだ話さなかつたが、僕はゆうべの夜半《よなか》、彼れ是れもう二時ごろだつたらう。なんだか忌《いや》な夢を見て、眼が醒《さ》めると汗をびつしよりかいてゐる。あんまり心持が悪いから一風呂這入つて来ようと思つて窃《そつ》と蚊帳《かや》を這ひ出して風呂場へ行つた。君達も知つてゐる通り、こゝらは温泉の量が豊富だと見えて、風呂場はなか／＼大きい。入口の戸をあけて這入ると、中には湯気がもや／＼と籠《こも》つてゐて、電燈の光も陰《くも》つてゐる。なにしろ午前二時といふ頃だから、恐らく誰《たれ》も這入つてゐる気遣ひはないと思つて、僕は浴衣をぬいで湯風呂の前へすた／＼と歩いて行くと、大きい風呂のまん中に真白な女の首がぼんやりと浮いてみえた。今頃這入つてゐる人があるのかと思ひながらよく見定《みさだ》めると、それは児島亀江の顔に相違ないので、僕も少し躊躇したが、もう素《す》つ裸体《ぱだか》になつてしまつたもんだから、御免なさいと挨拶しながら遠慮なしに熱い湯の中へすつと這入ると、どういふものか僕は急にぞつと寒くなつた、と思ふと、今まで湯の中に浮いてゐた女の首が俄《にわか》に見えなくなつてしまつた。ねえ、僕でなくつても驚くだらう。僕は思はずきやつと声をあげさうになつたのをやつと堪《こら》へて、すぐに湯から飛び出して、碌々《ろくろく》に湿《ぬ》れた身体《からだ》も拭《ふ》かずに逃げて来たんだが、どう考へてもそれが判らない。今朝《けさ》になつて見ると、児島亀江といふ女は平気であさ飯《めし》を食つてゐる。いや、僕の見違《みちが》ひでない、たしかにあの女だ。たとひあの女ではないとしても、兎にかく人間の首が湯の中にふは〳〵と浮いてゐて、それが忽《たちま》ちに消えてしまふといふ理窟がない。いくら考へても、僕にはその理窟が判らないんだ。」

「君は馬鹿だね。」と、本多は笑ひ出した。「君は何か忌《いや》な夢を見たといふぢやあないか。その怖い〳〵といふ料簡《りようけん》があるもんだから、湯気のなかに何か変なものが見えたのさ。海のなかの霧が海坊主《うみぼうず》に見えるのと同じ理窟だよ。左《さ》もなければ、君があの女のことばかり考へつめてゐたもんだから、その顔が不意と見えたのさ。もしそれを疑ふならば、直接にあの女に訊いてみれば好い。ゆうべの夜なかに風呂へ行つてゐたかどうだか、訊いて見ればすぐ判ることぢやないか。」

「いや、訊くまでもない。実際、風呂に這入つてゐたならば、突然に消えてしまふ筈がないぢやないか。」と、遠泉君は傍《そば》から口を出した。「結局は夢まぼろしと云ふ訳だね。おい、田宮君。まだそれでも不得心《ふとくしん》ならば今夜も試しに行つて見たまへ。」

「いや、もう御免だ。」

田宮が身を竦《すく》めてゐるらしいのは、暗いなかでも想像されたので、二人は声をあげて笑つた。暗い石段を降りて、もとの海岸づたひに宿へ帰ると、隣の座敷では女達の話し声がきこえた。

「おい。田宮君。ゆうべのことを訊いてやらうか。」と、本多は囁《ささや》いた。

「よして呉《く》れたまへ。いけない、いけない。」と、田宮は一生懸命に制していた。

表《おもて》二階はどの座敷も満員で、夜のふけるまで笑ひ声が賑《にぎや》かに聞《きこ》えてゐたが、下座敷のどん詰まりにあるこの二組の座敷には、わざ〳〵たづねて来る人のほかには誰も近寄らなかつた。廊下を通ふ女中の草履《ぞうり》の音も響かなかつた。彼《か》の竹垣の裾からは虫の声が涼しく湧き出して、音も無しに軽く靡《なび》いてゐる芒《すすき》の葉に夜の露がしつとりと降《お》りてゐるらしいのが、座敷を洩《も》れる電燈の光に白くかゞやいて見えた。三人は寝転んで饒舌《しやべ》つてゐたが、その話しの鳥渡《ちよつと》途ぎれた時に、田宮は吸ひかけの巻莨《まきたばこ》を煙草盆の灰に突き刺しながら、俄に半身を起した。

「あ、あれを見たまへ。」

二人はその指さす方角に眼を遣ると、縁側の上に、一匹の小さな蟹が這つてゐた。それは、ゆうべの蟹とおなじやうに、五色《ごしき》に光つた美しい甲《こう》を持つてゐた。田宮は物に魘《うな》されたやうに、浴衣の襟《えり》をかきあはせながら起き直つた。

「どうしてあの蟹がまた出たらう。」

「ゆうべの蟹は一体どうしたらう。」と、遠泉君は云つた。

「なんでも隣の連中が庭へ捨てゝしまつたらしい。」と、本多は深く気にも留めないやうに云つた。「それがそこらにうろ付いてゐて、夜になつて又這ひ込んで来たんだらう。」

「あれ、見たまへ。また隣の方へ這つて行く。」と田宮は団扇《うちわ》でまた指さした。

「はゝ、蟹もこつちへは来ないで隣へ行く。」と、本多は笑つた。「やつぱり女のゐるところの方《ほう》が好《い》いと見えるね。」

　遠泉君も一所になつて笑つたが、田宮は飽《あく》までも真面目《まじめ》であつた。彼は眼を据《す》ゑて蟹のゆくへを見つめてゐる中《うち》に、美しい甲の持主はもう隣座敷の方へ行《ゆ》き過ぎてしまつた。屹《きっ》とまた女達が騒ぎ出すだらうと此方《こっち》では耳を引立てゝ窺《うかが》つてゐたが、隣ではなんにも気が注《つ》かないらしく、やはり何かべちや〳〵と話しつゞけてゐた。

「御用心、御用心。」と、本多は隣へ声をかけた。「蟹がまた這ひ込みましたよ。」

　隣では急に話し声をやめて、そこらを探し廻《まわ》つてゐたらしいが、やがて一度にどつと笑ひ出した。彼等は蟹を発見し得《え》ないので、本多にかつがれたのだと思つてゐたらしかつた。本多は起きて縁側《えんがわ》に出て行つた。さうして、たしかに蟹が入り込んだことを説明したので、四人の女達はまた起《た》ちあがつて座敷の隅々を穿索《せんさく》すると、蟹は果して発見された。彼《かれ》は床《とこ》間《ま》の上に這ひあがつて、女学生の化粧道具を入れた小さいオペラバックの上にうづくまつた。つてゐた。そのバックは児島亀江のものであつた。蟹は本多の手につかまつて、低い垣の外へ投《ほう》り出された。

　蟹の始末も先づ片附《ま》いて、男三人は十時頃に蚊帳《かや》に這入つた。隣座敷も殆ど同時に寝鎮《ねしず》まつた。宵《よい》のうちは涼しかつたが、夜の更《ふ》けるに連れてだん〳〵に蒸暑くなつて来たので、遠泉君は一寝入《ひとね》りしたかと思ふと眼がさめた。襟《えり》に滲《にじ》む汗を拭いて蒲団《ふとん》の上に腹這《はらば》ひながら莨《たばこ》を吸つてゐると、隣に寝てゐた本多も眼をあいた。

「忌《いや》に暑い晩だね。」と、彼は蚊帳越しに天井を仰《あお》ぎながら云つた。「もう何時だらう。」

　枕もとの懐中時計を見ると、今夜ももう午前二時に近かつた。いよ〳〵蒸して来たので、遠泉君は手をのばして団扇《うちわ》を取らうとする時に、隣座敷の障子《しょうじ》が徐《しずか》にあいて、二人の女がそつと廊下へ出てゆくらしかつた。遠泉君も本多も田宮の話をふと思ひ出して、たがひに顔を見あはせた。

「風呂へ行《ゆ》くんぢやあないかしら。」と、本多は小声で云つた。

「さうかも知れない。」

「丁度《ちょうど》ゆうべの時刻だぜ。田宮が湯のなかで女の首を見たといふのは……。」

「して見ると、隣の連中《れんじゅう》は混みあふのを嫌つて、毎晩夜なかに風呂へ行くんだ。」と、遠泉君は云つた。

「田宮はゆうべも丁度そこへ行き合はせたんだ。湯のなかに女の首なんぞが浮き出して堪《たま》るものか。」

「田宮を起《おこ》して、今夜も嚇《おど》かして遣《や》らうぢやないか。」

「よせ、よせ。可哀《かわい》さうによく寝てゐるやうだ。」

二人は団扇をつかひながら莨《たばこ》をまた一本吸つた。一つ蚊帳のなかに寝てゐる田宮が急に捻《うな》り出した。

「おい、どうした。何を魘《うな》されてゐるんだ。」

云ひながら本多は彼の苦しさうな寝顔をのぞくと、田宮は暑いので掻巻《かいまき》を跳《は》ねのけてゐた。仰向けに寝て行儀悪くはだけてゐる浴衣の胸の上に小さい何物かを発見したときに、本多は思はず声をあげた。

「あ、蟹だ。さつきの蟹が田宮の胸に乗つてゐる。」

これと殆《ほとん》ど同時に、風呂場の方角で消魂《けたたま》しい女の叫び声が起つた。家内《かない》が寝鎮《ねしず》まつてゐるだけに、その声が四辺《あたり》にひゞき渡つて、二人の耳を貫くやうに聞えた。

「風呂場のやうだね。」

風呂場には隣の女ふたりが這入つてゐることを知つてゐるので、一種の不安を感じた遠泉君はすぐに飛び起きて蚊帳を出た。本多もつゞいて出た。二人は先《ま》づ風呂場の方へ駆けてゆくと、一人の女が風呂のあがり場に倒れてゐた。風呂の中にはなんにも見えなかつた。

兎もかくも水を飲ませてその女を介抱してゐるうちに、その声を聞きつけて宿の男や女もこゝへ馳付《かけつ》けて来た。

女は表二階に滞在してゐる某官吏《ぼうかんり》の細君《さいくん》であつた。この人も混雑を嫌つて、正午頃に一度、夜なかに一度、他の浴客《よくかく》の少ない時刻を見はからつて入浴《にゆうよく》するのを例としてゐた。今夜は例《いつも》よりも少しおくれて丁度二時を聞いた頃に風呂場へ来ると、湯のなかに二人の若い女の首が浮いてゐた。自分と同じやうに夜ふけに入浴してゐる人達だと思つて、別に怪《あや》しみもしないで彼女も浴衣をぬいだ。さうして、湯風呂の前に進み寄つた一刹那《いつせつな》に、二つの首は突然消えてしまつたので、彼女は気を失ふ程におどろいて倒れた。

ゆうべの田宮の話が思ひ出されて、遠泉君はなんだか忌《いや》な心持《こころもち》になつた。しかし本多はそれが迷信でも化物でもない、自分の隣座敷の女二人がたしかに入浴してゐたに相違ないと云つた。それにしても人間ふたりが突然に消え失せる筈はないので、風呂番や宿の男どもが大きい湯風呂のなかへ飛び込んで隅々《すみずみ》を探して見ると、若い女二人が湯の底に沈んでゐるのを発見した。女ふたりは確かに入浴してゐて、恰《あたか》も彼《か》の細君が這入つて来た途端に、どうかした機《はずみ》で湯の底に沈んだらしい。二つの首が突然に消え失せたやうに見えたのは、それが為であつた。すぐに医師を呼んで色々と手当を加へた結果、一人の女は幸《さいわ》ひに息を吹き返したが、一人はどうしても生きなかつた。

生きた女は古屋為子であつた。死んだ女は児島亀江であつた。為子の話によると、二人が湯風呂の中にゆつくり浸《ひた》つてゐると、なんだか薄ら眠いやうな心持になつた。と思ふ時に、入口の戸をあけて誰《たれ》か這入つて来たらしいので、湯気の中から顔をあげてその人を窺《うかが》はうとする一刹那、自分と列《なら》んでゐる亀江が突然に湯の底へ沈んでしまつた。あつと思ふと、自分も何物にか曳《ひ》かれたやうに、同じくずる〳〵と沈んで行つた。それから後《のち》は勿論なんにも知らないと云ふのであつた。

三

亀江の検死は済んで、死体は連《つ》れの三人に引渡された。三人はすぐに東京へ電報を打つて、その実家から引取人の来るのを待つてゐた。為子は幸ひに生き返つたものゝ、あくる日も床《とこ》を離れないで、医師の治療を受けてゐた。遠泉君の一行《いつこう》も案外の椿事《ちんじ》におどろかされて、隣座敷の女達のために出来るだけの手伝ひをして遣つた。田宮は気分が悪いと云つて、あさ飯《めし》も碌々《ろくろく》に食はなかつた。

「あの、まことに恐れ入りますが、どなたか鳥渡《ちよつと》帳場まで……。」と、女中が此方《こつち》の座敷へよびに来た。

遠泉君はすぐに起《た》つて、旅館の入口へ出てゆくと、駐在所の巡査がそこに腰をかけて番頭と何か話してゐた。

「なにか御用ですか。」

「いや、早速ですが、少しあなた方におたづね申したいことがあります。」と、巡査は声を低めた。「御承知の通り、あなた方の隣座敷の女学生が湯風呂のなかで変死した事件ですが、どうしてあの女学生が突然に湯の中へ沈んでしまつたのか、医者にもその理由が判らないと云ふんです。どうも急病でもないらしい。と云つて、滑《すべ》つて転《ころ》ぶといふのも少し可怪《おかし》い。そこで、あなたのお考へはどうでせうか。あの児島亀江といふ女学生は、同宿の他《た》の三人と折合の悪かつたやうな形跡は見えなかつたでせうか。それとも何かほかにも御心当りのことはなかつたでせうか。」

四人のうちでは一番の年長《としかさ》で、容貌《きりよう》もまた一番よくない古屋為子が、最も年若で最も容貌の美しい児島亀江と、一所に湯風呂のなかに沈んだのは、一種の嫉妬か或ひは同性の愛か、さういふ点について警察でも疑ひを挟《はさ》んでゐるらしかつた。併《しか》し遠泉君は実際なんにも知らなかつた。

「さあ、それはなんとも御返事が出来ませんね。隣り合つてゐるとは云ふもの丶、なにしろ一昨日《おととい》の晩から初めて懇意になつたんですから、あの人達の身の上にどんな秘密があるのか、まるで知りません。」

「さうですか。」と、巡査は失望したやうに首肯《うなず》いた。「しかし警察の方では偶然の出来事や過失とは認めてゐないのです。もしこの後《のち》にも何か御心付きのことがありましたら御報告を願ひます。」

「承知しました。」

巡査に別れて、遠泉君は自分の座敷へ戻つたが、児島亀江の死――それは確かに一種の疑問であつた。相手が若い女達であるだけに、それからそれへと色々の想像が湧《わ》いて出た。田宮がその前夜に見たといふ女の首のことがまた思ひ出された。

四人連れの一人は死ぬ、一人はどつと寝てゐるので、あとに残つた元子と柳子との二人は途方に暮れたやうな蒼い顔をして涙ぐんでゐるのも惨《いじ》らしかつた。流石《さすが》の本多も今日はおとなしく黙つてゐた。田宮は半病人のやうな顔をしてぼんやりしてゐた。夕方になつて、警官が再び帳場へ来て、なにか頻《しき》りに取調べてゐるらしかつた。警察の側では女学生の死に就《っ》いて、何かの秘密をさぐり出さうと努めてゐるのであらう。それを思ふにつけても、遠泉君は一種の好奇心も手伝つて、なんとかしてその真相を確かめたいと、自分も少しく燥《あせ》り気味になつて来た。

その晩は元子と柳子と、遠泉君と本多と、宿の女房と娘とが、亀江の枕もとに坐つて通《っ》夜《や》をした。田宮は一時間ばかり坐つてゐたが、気分が悪いと云つて自分の座敷へ帰つてしまつた。元子と柳子とは唖のやうに黙つて、唯《ただ》しよんぼりと俯向《うつむ》いてゐるので、遠泉君は彼等の口からなんの手がかりも訊き出す便りがなかつた。かうしてさびしい一夜は明けたが、東京からの引取人はまだ来なかつた。

徹夜のために、頭がひどく重くなつたので、遠泉君はあさ飯の箸《はし》をおくと、一人で海岸へ散歩に出て行つた。女学生の死はこの狭い土地に知れ渡つてゐると見えて、往来の人達もその噂をして通つた。遠泉君は海岸の石に腰をかけて、沖の方から白馬の鬣《たてがみ》毛のやうに縺《もつ》れて跳《おど》つて来る浪の光をながめてゐる中《うち》に、ふと自分の足下《あしもと》へ眼を遣ると、彼《か》の五色の美しい蟹が岩の間をちよろ〳〵と這つてゐた。田宮の胸の上にこの蟹が登つてゐたことを思ひ出して、遠泉君はまた忌な心持になつた。彼はそこらにある小石を拾つて、蟹の甲を眼がけて投げ付けようとすると、その手は何者にか摑《つか》まれた。

「あ、およしなさい。祟《たた》りがある。」

おどろいて振返ると、自分のそばには六十ばかりの漁師《りようし》らしい老人が立つてゐた。

「あの蟹はなんと云ふんですか。」と、遠泉君は訊いた。

「あばた蟹と云ひますよ。」

美しい蟹に痘痕《あばた》の名は相応《ふさわ》しくないと遠泉君は思つてゐると、老いたる漁師はその蟹の由来を説明した。

今から千年ほども昔の話である。こゝらに大あばたの非常に醜い女があつた。あばたの女は若い男に恋して捨てられたので、彼女は自分の醜いのを甚く怨《うら》んで、来世は美しい女に生まれ代つて来ると云つて、この海岸から身を投げて死んだ。彼女は果して美しく生れかはつたが、人間にはなり得ないで蟹となつた。あばた蟹の名はそれから起つたのである。

さうして「この蟹に手を触《ふ》れたものには祟りがある」と云ひ伝へられていたづらの子供ですらも捕へるのを恐れてゐた。殊《こと》に嫁入り前の若い女がこの蟹を見ると、一生縁遠いか、あるひはその恋に破れるか、必ず何かの禍《わざわい》をうけると恐れられてゐた。

明治以後になつて、この奇怪《きっかい》な伝説もだん〳〵に消えて行つた。あばた蟹を恐れるものも少くなつた。ところが、十年ほど前に東京の某銀行家の令嬢がこの温泉に滞在してゐる中《うち》に、ある日不図《ふと》この蟹を海岸で見付けて、あまり綺麗だといふので、その一匹をつかまへて、なんの気も無しに自分の宿へ持つて帰つた。宿の女中も明治生まれの人間であるので、その伝説を知りながら黙つてゐると、その明くる晩令嬢は湯風呂のなかに沈んでしまつた。それ以来、あばた蟹の伝説が再び諸人《しょにん》の記憶に甦つたが、それでも多数の人はやはりそれを否認して、令嬢の変死とあばた蟹とを結び付けて考へようとはしなかつた。

「そんなことを云ふと、土地の繁昌《はんじょう》にけちを付けるやうでいけねえが、その後にもそれに似寄《によ》つたことが二度ばかりありましたよ。」と、彼は附け加へた。

八月のあさ日に夏帽の庇《ひさし》を照らされながら、遠泉君は薄ら寒《さむ》いやうな心持でその話を聴いてゐた。

漁師に別れて宿へ帰る途中で、遠泉君は考へた。一昨日《おととい》その蟹をつかまへたのは本多である。しかも現在のところでは、本多にはなんの祟りもないらしく、蟹は却《かえ》つて隣座敷へ移つて行つた。一旦《いったん》投げ捨てたのが又這ひあがつて来て、彼《か》の児島亀江のオペラバックの上に登つた。彼女はこの時にもう呪はれたのであらう。彼女が湯風呂の底に沈んだのは、為子の嫉妬でもなく、同性の愛でもなく、あばた蟹の祟りであるかも知れない。それにしても、四人の女の中でなぜ彼女が特に呪はれたか、彼女が最も美しい顔を持つてゐた為であらうか。それともまだ他《た》に仔細があるのであらうか。

遠泉君は更に彼女と田宮との関係を考へなければならなかつた。一昨日《おととい》の晩、田宮が風呂場で見たといふ女の首はなんであらうか、それが果して亀江であつたらうか。ゆうべも本多が垣《かき》の外へ投げ出した蟹が、再び這ひ戻つて来て田宮の胸にのぼると、彼は非常に魘《うな》された。かの蟹と田宮と亀江と、この三者の間にどういふ糸が繋《つな》がれてゐるのであらうか。

遠泉君は田宮を詮議してその秘密の鍵を握らうと決心した。

宿の前まで来ると、かれは再び昨日《きのう》の巡査に逢つた。

「やつぱりなんにも御心付きはありませんか。」と、巡査は訊いた。

「どうもありません。」と、遠泉君は冷《ひや》やかに答へた。

「古屋為子がもう少し快《こころよ》くなつたら、警察へ召喚《しょうかん》して取調べようと思つてゐます。」と、巡査はまた云つた。

警察は飽《あく》までも為子を疑《うたが》つて、色々に探偵してゐるらしく、東京へも電報で照会して、かの女学生等の身許《みもと》や素行の調査を依頼したとのことであつた。遠泉君は漁師から聞いたあばた蟹の話をすると、巡査はたゞ笑つてゐた。

「はゝあ、わたしは近頃転任して来たので、一向に知りませんがねえ。」

「御参考までに申上げて置くのです。」

「いや、判りました。」

巡査はやはり笑ひながら首肯《うなず》いてゐた。彼が全然それを問題にしてゐないのは、幾分の嘲笑《ちようしよう》を帯びた眼の色でも想像されるので、遠泉君は早々に別れて帰つた。

午後になつて、東京から亀江の親戚がその屍体《したい》を引取りに来た。死体はすぐに火葬に附して、遺髪と遺骨とを持つて帰るとのことであつた。その翌日、元子は遺骨を送つて東京へ帰つた。柳子はあとに残つて為子の看護をすることになつた。柳子は警察へ一度よばれて、何かの取調べをうけた。警察では飽《あ》くまでも犯罪者を探り出さうとしてゐるのを、遠泉君は無用の努力であるらしく考へた。

田宮はそれ以来ひどく元気を喪《うしな》つて、半病人のやうにぼんやりしてゐるのが、連れの者に取つては甚《はなは》だ不安の種であつた。為子はだん〳〵に回復して、遠泉君等が出発する前日に、たうとう警察へ召喚《しようかん》されたが、そのまゝ無事に戻された。出発の朝、三人は海岸へ散歩に出ると、かのあばた蟹は一匹も形を見せなかつた。

東京へ帰つてからも、田宮は一月《ひとつき》以上もぼんやりしてゐた。彼は病気の届《とどけ》を出して、自分の会社へも出勤しなかつたが、九月の末になつて、世間に秋風が立つた頃に、久振りで遠泉君のところへたづねて来た。この頃やう〳〵気力を回復して二三日前から会社へ出勤するやうになつたと云つた。

「君はあの児島亀江といふ女学生と何か関係があつたのか。」と、遠泉君は訊いた。

「実は曽《かつ》て一度、帝劇の廊下で見かけたことがある。それが偶然に伊豆でめぐり逢つたんだ。」

「そこで、君はあの女をなんとか思つてゐたのか。」

田宮は黙つて嘆息《ためいき》をついてゐた。

附録

S君の話

一

これは小説といふものではない。単にS君の話を取次ぐに過《すぎ》ないのであることを、初めに断つて置《おき》たい。S君は好んで不思議を語る人である。私はいつもぽかんと口をあいて、その不思議な話を黙つて聴いてゐる人である。そのS君が去年の暮《くれ》にわたしの病気見舞に来て、枕もとでこんな話を真面目で語つた。

S君がこの話を聴いたのは最近のことであるが、事実はもう七八年の過去に属するさうである。その頃にKといふ若い学生が仙台のある学校へ通ふために、市の片隅《かたすみ》の宮城野《みやぎの》の原《はら》に近いところに下宿してゐた。Kは岐阜県の生れで、学校の都合でこの仙台へ来たのであるが、どこも市中は騒々しくて勉強の邪魔になると云ふので、萩で名高い宮城野の原の近所の荒物屋の狭い二階を借りて、そこから学校へ毎日通つてゐた。

Kがこゝへ来てから二年目の初夏の夕方である。Kは二階で代数の宿題に頭を痛めてゐると、宿の小さい娘が一枚の名刺を持つて来て、この人が逢ひに来たと取次いだ。名刺にはN――と印刷してあつて、それはKが郷里の親友の名であつた。懐しさにKはすぐに起《た》つて階子《はしご》を降りると、店先には人の影も見えなかつた。其処《そこ》らをうろ〳〵見廻してゐるところへ、娘もあとから降りて来て、今の人はあすこへ行くと指さして教へた。夏イムバネスを着た小作りの男が宮城野の原の方へ急いでゆくのである。そのうしろ姿が成《なる》ほどNらしく思はれたので、Kはつづいて追つて出た。

「おい、おい、N君。どこへ行《ゆ》く。」

彼は友の名を呼びながら追つて行つたが、相手の足はなかなか早いので、容易に追ひ付くことが出来なかつた。広い原のまん中には八幡《はちまん》の森がある。Nの姿はそこで消えてしまつたのでKもつゞいて其森の前に来た。さうして、頻《しき》りに友の名を呼びつゞけてゐると、木の間から一人の男がふらりと出て来て、Kと向ひ合つて立つた。夕方で判然《はつきり》とは見えなかつたが、それは確実《たしか》にNであつた。

「なぜこんな方へ来たんだ。兎《と》も角《かく》も僕の家《うち》へ来たまへ。」とKは云つた。

二

それには答へないで、Nは左の手を突き出した。さうして、今そこの木の枝で指を痛めたから鳥渡《ちよつと》巻いてくれと云つた。Kは袂《たもと》から反古紙《ほごがみ》を探り出して、その左の中指をまいて遣《や》ると、彼は更《さら》に鳥渡待つてくれと云つて、再び森の中へ引返してしまつた。いつまで待つてゐても、Nは一向に出て来ないので、Kは少し不安になつて、自分も森の中へ踏み込んで探したが、どこにもNの姿は見付からなかつた。名を呼んでも何処《どこ》からも返事は聞えなかつた。Kは狐に化かされたやうな心持でぼんやりと宿へ帰つた。

それでも訪ねて来るかと心待に待つてゐたが、Nはその晩来なかつた。あくる朝、Kがいつもの通りに学校へ出ようとすると、店の前を大勢の人が急いでゆくのを見た。

「森の中に首縊《くびくく》りがあつたさうです。」と、宿の娘が囁《ささや》いた。

Kは愕然《ぎよつ》とした。彼はすぐにNの死を聯想した。彼も大勢の人のあとを追つて、八幡の森まで一息に駈け付けた。死体はもう森の外へ運び出されて、一人の警官が夏草の中に立《たち》番《ばん》してゐると、大勢の人がそれを遠巻にして何か囁き合つてゐた。Kはその人達の肩越しにあわたゞしく覗いて見てほつとした。あさ日に照《てら》されてゐる死体の顔はNではなかつた。まるで彼とは似付かない別人であつた。併《しか》しその服装は昨夕《ゆうべ》見たNの姿によく似てゐた。

その死人は薄茶の中折《なかおれ》帽子をかぶつて、薄い鼠色の夏イムバネスを着て、イムバネスの下から銘仙《めいせん》の袷《あわせ》の裳《すそ》が食《は》み出してゐた。

その服装があまりに能《よ》く似てゐるので、別人とは知りながらも、Kはもう一度近寄つて覗いて見て、俄《にわか》に竦然《ぞっ》とした。彼は総身が鳥肌になつた。死体の左の手の中指には紙片《かみきれ》が巻き付けてあるではないか。それは代数を書いた反古紙で、紙の端にはXやYの鉛筆の蹟《あと》が薄く見えてゐるではないか。それは確実《たしか》に昨日の夕方、自分の袂から探り出してNの指にまいて遣つた反古紙に相違なかつた。併しどう見直しても、それはNの死体でないことは判り切つてゐるので、Kは再び狐に化かされたやうに感じた。自分が昨夕《ゆうべ》出逢つたのは確実《たしか》にNで、こゝに死んでゐるのは確実《たしか》にNではなかつた。いつの間に何《ど》う早変りをしたのか、Kにはその理窟が判らなかつた。その中《うち》に学校へゆく時間が迫つて来たので、Kはこの不可思議な死体を後に見捨てゝ立去つた。

三

学校から帰つて訊《き》くと、その死人の身許《みもと》はまだ判らないとのことであつた。Kはもう一度繰返して昨日の夕方の出来事を考へた。どう考へても、それが腑に落ちないので、彼は結局郷里の友達のところへ手紙を出して、Nは此頃どうしてゐるかと他《よそ》ながら問ひ合せて遣ると、四日ほど経つて其友達から二葉《よう》の新聞を送つて来た。それは郷里で発行される新聞で、その中に紅《あか》インキで枠を付けてある長い雑報の記事を発見した。

その記事によるとNは、もう一月《ひとつき》ほど前に死んでゐるのであつた。Kはまた驚かされた。加之《しか》もNの死は尋常でなかつた。Nはある会社に出勤してゐる身の上で、若い美しい妹《いもと》と二人暮しであつた。その妹にTといふ若い男が恋して、表向きに結婚を申込んだが、妹は肯《き》かなかつた。兄のNも不承知であつた。その復讐のために、Tはこの兄妹《きようだい》に対して跡方もない噂を立てた。Nの兄妹は畜生《ちくしよう》であると云ふやうなことを云ひ触らした。それが土地の新聞の投書欄にまで現れたので、妹は口惜《くやし》がつて自殺してしまつた。拭《ぬぐ》ふべからざる汚名の腹立しさと、最愛の妹を亡《うしな》つた悲しさとで、兄のNも少し気が可怪《おかし》くなつた。さうして、半月ばかりの後《のち》にこれも妹のあとを追つた。妹は川へ身を投げたのであつた。兄は劇薬を嚥《の》んだのであつた。二人とも書置を残して死んだ。

四

その書置が発表されると、今までNの兄妹《きようだい》に対して悪声を放つてゐた世間《せけん》の人達も、俄《にわか》に兄妹の不幸に同情するやうになつた。同時に、Tに対する非難攻撃が烈《はげ》しくなつた。Tはそれがために警察へも呼び出された。幸ひに罪にはならなかつたが、もう其《その》土地にも居堪《いたた》まれなくなつて、彼は東京へゆくと云つて夜逃同様に立去つた。そのゆくへは判らない。

新聞の記事はこれだけであつた。Kは思ひ当ることがあるので、更《さら》に郷里の友達にむかつて、誰かTの写真を持つてゐる者があるならば借《かり》てくれろと云つて遣《やる》と、それから一週間ほどの後《のち》にTの写真を送つて来た。一種の予覚に脅《おびや》かされながらKはすぐに其封を切つて見ると、写真は眼の前にあらはれた。それは八幡の森の縊死者《いしや》の顔であつた。Kはまた蒼くなつて顫《ふるえ》た。

「どうだい、君。判つたかね。」と、S君は云つた。

「判らない。」と、私は寝ながら答へた。

「Tは恐《おそら》く自分の罪を悔《くい》ると同時に、兄妹の恨《うらみ》に対して、おびたゞしい恐怖を感じたんだね。その結果、一種の自己催眠で、自分がNといふ人になつたと感じたか、或《あるい》はNといふ人に導かれたと感じたか、いづれにしても親友のKをたづねて行くことになつたらしい。Kの居所はNの生きてゐる間に聞いたことがあるんだらう。Nの名刺も曽《かつ》て貰つてゐたんだらう。それより他に説明の仕様はないよ。」と、S君は更に注釈を加へてくれた。

私は矢《や》はり黙つて聴いてゐた。

綺堂夜話

この間私が文藝倶楽部に書きました「妖婆」といふ怪談は本当に有つた事なんですかといつて、四五日前に大村嘉代子さんが家《うち》へ来ての話なのです。どうしてですと、私が笑ひながら聞くと、

「実はわたし、最近あれと同じ事に出喰《でくわ》して随分気味が悪かつたんです」と大村さんは前置きをして、次のやうな話をした。

最近の事なんですが、妹と二人で、小石川の切支丹坂《きりしたんざか》を歩いてゐたんです。先生も御存知の通り、あの坂は道は細し、急な坂ではあり、その上両側へ木が繁つてゐて、昼間でも一寸《ちよつと》陰気な場所ですが、それが夕方の事で、人通りはなし一層不気味だつたんです。其の

坂を妹と二人で上《のぼ》つて来ますと、坂の中途に今迄ついぞ一度も見懸《みか》けた事のない婆さんが、立つてゐるんです。わたしも最初は何処《どこ》か近所のお婆さんでもあらうくらゐに、考へて別段気にもしませんでしたが、不思議な事には、わたし達が少し行《ゆ》くと、又それと同じ婆さんが少し前かがみになつて立つてゐるぢあありませんか、不思議だなとは思ひましたもの、、でもまだそれほど驚きもしませんでした。ところが三度目にその婆さんを坂の中途で見た時は流石《さすが》に気味悪く感じました。何しろあたりが暗いので分明《はつきり》と顔は分らなかつたのですが、白髪《しらが》まじりの乱れた髪の下に見える顔が、妙に黒ずんだ薄気味の悪い顔でそれがどうやらニタ〳〵笑つてゐるらしいんです。それまでは、左程《さほど》でもなかつたが、さてさうなるとわたしもたゞのお婆さんとは思へなくなつてくるし、それに一緒の妹が、おつかながつてわたしの体《からだ》へしがみついてくるので二人は息せき切つて坂を上《のぼ》つて来ますと、どうでせう、もう坂の上にその婆さんがちやんと立つてゐるんです。それを見ると二人共もう生《いき》た心地はなく、その場を駈け出しましたが全く怪談のやうな話ですけれど、実際わたしこの間会つたんですから、先生の「妖婆」も事実有つた事なんですかと御尋ねした訳《わけ》なんです。

と大村さんは話したんですが、私は一度さうした怪談にゆき当《あた》つて見たいと思ひながら不幸にしてまだ一度も体験した事がないので、今の大村さんの話も何んだか本人の幻覚か何かぢやないかと思つても見たのですが、それにしても大村さん一人だけでなく妹さんも見たといふのだし、それに四回も同じものを見たといふのだかち、まんざら幻覚や話ばかしではなささうです。

で今もいふやうに、私自身怪談の体験といふものはないのだが、親爺《おやじ》に聞いた話だの、他の人に聞いた怪談《はなし》だのを二つ三つお話してみませう。

今でこそ品川駅も出来れば、京浜《けいひん》電車も出来て、高輪《たかなわ》から八《や》ツ山《やま》へかけての繁昌《はんじよう》振りは大したものですが、私の親爺の若い頃は、あの辺りは随分淋しい所であつたらしい。この話も実は親爺から聞いた話で、安政二年といふから、今からざつと七十五年ほど前の事です。

恰度《ちようど》七月十日《とおか》過ぎの事で、親爺が一ぱい気嫌《きげん》で、高輪から品川への道を歩いてゐた。時刻は、四《よ》ツ頃といひますから、今の午後十時頃であつたのでせう。盆前ではあつたが、生憎曇《あいにく》つた夜で、星明り一つ見えない暗闇を、浜伝ひに一人、とぼとぼ歩いてゐました。その時親爺は何処《どこ》へ行《ゆ》く心組《つもり》であつたのか、この話を聞いたとき、尋ねてみましたが、言葉を濁して語らなかつたところをみますと多分品川あたりへ遊びにでも行く途中だつたのでせうが別に急ぐといふ事もなかつたらしく、夜道をぶら〳〵歩つて来《や》ました。前には黒い海が薄気味悪いほど和《な》いで、波音一つ立てず静まり返つてゐる、後《うしろ》には後《うしろ》で、八ツ山が大入道《おおにゅうどう》のやうに起立《きりつ》してゐます。其処《そこ》を詩吟か何かをやりながら行くのですが、場所が場所だけに、自分で出す声が一つは水面を渡つて海の彼方《かなた》に消えるのと、一つは八ツ山に木霊《こだま》してやけに余韻を引いて響くのが、誰か別に呼んでゐるやうに聞こえたさうです。

と暫くすると、歌の切目《きれめ》に親爺の耳に這入つたのは、自分を追ひ駈けてくるらしい草履《ぞうり》の音で、かなり忙《せわ》し気《げ》に、バタバタ〳〵こちらへ近づいて来ます。今時分誰だらうと思ひながら、親爺は振り返つて見ましたが、何分暗い晩の事とて草履の主《ぬし》の姿が見えませんが、細い光の提灯《ちょうちん》が道をこちらへ急いで来るのが分りました。別段怪《あや》しげな様子もないので親爺はそのまゝ歩みを続けてゐますと、もう草履の主は親爺に追ひ付いたらしくバタ〳〵と鳴る音が耳元でしたかと思ふと、そのまゝ向ふへ行き過ぎてしまひました。とたんに親爺は、草履の主をひよつと見ると、一人の女が、二つ三つの子供を脊負《せお》つてゐるのですが、子供の手には盆燈籠が握られて、それから僅《わず》かな光が洩れてゐます。それだけですと何の変つた事もないのですが、その燈籠の薄明りでちらつと見えた女の顔は……その顔は、眼も鼻も口もない、のつぺらぼうの顔で、その顔が光りの加減でか、いやに青白く見えたといふ事です。親爺もぎよつとして、さては妖怪狐狸《こり》の類《たぐい》かと思つてやにはに斬りつけようと思つて、刀の柄《つか》に手を掛けたのですが、何分自分も酔つてもゐる事だしその上対手《あいて》が別にさからつたといふではなし、無闇と人を殺《あや》めるといふ事も出来ないと思ひ返して、そのまゝ暫く立止つて後姿《うしろすがた》を見送つてゐると、光と共に女の姿は品川の方へ消えてしまつたといふのです。

　ところが、その明《あく》る朝、一人の身投げをした女の死体が品川の浜に引上げられた。聞いて見ると、女は子供を脊負つてゐたといふ事でしかも、母親と子供の間には骨ばかしになつた盆燈籠がさゝつてゐたといふ事でありました。そればかしではなく身投げをした女の身元を洗つてみると何んでも芝あたりの大工の女房が身投げの当夜、亭主といさかひをして子供を脊負つたまゝ四ツ前に家出をしたといふ事が分りました。であれやこれやを考へ合せて見ると、四ツ過ぎ品川の手前で親爺の会つた、のつぺらぼうの女と、品川の浜へ死体となつて上げられた身投げした大工の女房とは同一人であるらしく思はれもしたが、それにしても身投げ女の顔は、眼もあれば、鼻も口も完全な美人であつたといふ事であります。してみると、四ツ過ぎ親爺の会つたといふのつぺらぼうは全然親爺の見誤りであつたのでせうか。

　ところが此処に不思議なことには、その晩品川のそば屋の出前持が、出前の帰りに子供を脊負つたのつぺらぼうの女に出会つて、腰を抜かさんばかりに驚いて家へ駈け込んで、その話をしたといふ事実があります。しかもその刻限が恰度《ちようど》親爺ののつぺらぼうに会つた時刻を少し過ぎた頃であつたといふところから、そば屋の出前持が見たのつぺらぼうも親爺の会つたのつぺらぼうも同じものであらうといふ事になりました。

　しかしそののち親爺だのそば屋の出前持の見たのつぺらぼうの女と、品川の浜へ身投げをした女とが同一人であるといふ事を證明する、何《なに》ものもなく全く不思議な事件として人々は語り伝へてゐました。たゞ親爺だけは死相といふものが現はれたときは人間の顔があゝ見えるものだらうとこんな風にこの不思議な事件を解釈してゐるやうでした。

　この話は、私の住《すま》つてゐた家に有つた話で、私の三つの時分ですから明治七年の事です。元よりそんな子供時分の事ですから、私自身記憶してゐよう筈もなし、矢張りこの話もその後《のち》になつて、父親《ちち》やら母親《おふくろ》から聞いた話です。

　私の家は元高輪に有つたのでしたが、父が英国公使館の書記生をやつてゐた関係から、公使館の近くへ引越したのでした。その時分英国公使館は、牛込の中坂《なかざか》、俗に二合半坂《にごうはんざか》と呼ばれる処にあつたのですが、そのすぐ近所で、何《な》んでも昔旗本の大久保とかいふ人の住《すま》つてゐたといふ邸《やしき》を借り受けて、住《すま》ふ事になつたのでした。その家といふのは、馬鹿に広い古びた家で、しかも昔の事ですから、地面は贅沢にとつてあるし、その上歳を経た庭木が繁茂して、化けものでも出るには、屈竟《くつきよう》な家でした。

　ところが、私達一家が引越して間もなく、近所から出た火事で、その家が類焼の厄《やく》に会つたのでした。さて家が焼けてしまへば早速借家を探さなければならなかつたのですが、何しろ今と異《ちが》つて、昔の事ですから、それほど骨を折らずに、近所へ手頃な家が見つかりました。そこへ早速に引越しましたが、別段遠くへ越したといふのではありませんから、出入の商人達はそのまゝ、従前通り出入りしてをりました。ところが其家《そこ》へ引越して来るまでは、噂一つ聞かなかつたのが、その家へ越すと、出入の商人達が、変な事をきゝ出したのでした。御用聞きに来たときなど女中を捕へて「前の家では別に変つた事は起りませんでしたか」といふやうな事をどの商人も、どの商人も聞くのです。ところが女中はそれがどんな意味やら分らなかつたのか、「何事もありませんでした」と簡単に答へてすましてゐたのですが或日のこと、母親が台所でその話をききとがめて八百屋《やおや》に聞いて見ると八百屋はこんな事を話したのでした。

「いやなに、今だから申上げますが、実は今までお住ひになつてゐた家は、変な家で、あの家へ越して来られる方は皆んな一と月と経たないうちに御引越しになるので、どうした訳かとよくよく聞いてみると矢張りお化けとか、幽霊とかが出るのださうで今では此界隈でお化屋敷とさへ云へば知らない人はないくらゐですよ、でも今だから申上げるやうなもの、お宅が引越して来られたとき、何か今にあるに異《ち》ひないと実は皆んなで注意してゐたんです。別に何事もありませんでしたか」と八百屋は前の家の事を聞かしてくれた。そんな事も聞かなかつた昔は何でもなかつたのを八百屋に話をきかされてからは、変に気味悪くなつて、色々と記憶をたどつてなどみるのでした。と矢張り母親《おふくろ》にも父親にも、それらしい記憶が甦つて来たのです。で二人の話を簡単にお話してみますが、その前に家の作りについて一寸《ちよつと》お話して置かなければなりません。前にも云つたやうに、駄々広い家で、おまけに上《かみ》便所が母屋を離れたところにあるので便所へ行くに長い廊下を通らなければならないのでした、しかも昔の事で、電気などといふものはなし手燭《てしよく》をつけて行くのですが、馴れてくるに随つてこんな面倒な事をせずとも通り馴れた一本道の事ですから無提灯《むぢようちん》で行く事が多くありましたが、或夜のこと、母親《おふくろ》が便所からの帰へりに廊下で確かに誰かにすれ違つたといふのです。そんな事が二回ばかりあつたといふのですがそれが商人達のいふお化けであつたのでせうかと母親は、さも〳〵当時の事を回想するやうに話しました。

と父親《ちち》もそれと同じやうな事を語りました。

「俺も似たやうな事があつた、何日《いつか》だつたか、夜更けに庭に向つた四畳半で書見《しよけん》をしてゐると、障子の後ろに誰かゐるやうな気配がするのでお前か――お母《ふくろ》さんのこと――女中で、もあるかと呼んでみたが、一向に返事がないので、障子を開けてみると誰もゐなかつたのだ。不思議だなとは思つたが、その晩はそれで寝てしまつたがそれから間もなく或晩のこと、今まで一度もほえた事のない隣りのマクラッチの犬が、庭でしきりとほえるので、誰か来たのではないかと思つて、庭へ出てみると、犬はほえ止《や》めるし、別段誰もゐさうな風もないので家へ這入ると、又犬の奴がしきりにほえる。余り不思議なので再び庭下駄をひつかけて家の囲《まわ》りを一廻《めぐ》りしてみた。丁度その晩い丶月夜で、家の軒《のき》の角々《かどかど》までも見えたが、誰もゐないのを見届けると犬をたしなめて寝てしまつたが、どうも不思議であつたので、その明《あく》る日公使館へ出勤して書記官のマクラッチへ、その話をすると、彼は自分の犬は悧巧だからそんな筈はないと云つて、てんで俺のいふ事を嘘でもあるかのやうな云ひ草をするので、一寸癪《しやく》に触つたが、考へてみると多分そのとき、犬が商人達のいふ化けものを見てほえたのであらうと思はれる。」

解　題

千葉俊二

春陽堂より大正十四年（一九二五）五月から昭和三年（一九二八）八月にかけて五冊ほど刊行された「綺堂読物集」は、昭和七年（一九三二）五月から春陽堂の発行する「日本小説文庫」に収録されて、順次に廉価な文庫本として刊行された。「日本小説文庫」には、「綺堂読物集」完結後に書かれた作品を中心に、『異妖新篇』と『怪獣』の二冊が追加されたが、この二冊はともに単行本として刊行されたことがなく、「日本小説文庫」への収録がはじめてである。

『異妖新篇』は、昭和八年（一九三三）二月二十八日に刊行された。巻頭に掲げられた「西瓜」は、「稲城家《いなぎけ》の怪事」というタイトルで「三二」までが、昭和二年（一九二七）一月の「講談倶楽部」に掲げられた。『岡本綺堂日記』の大正十五年（一九二六）十月十三日には「講談倶楽部の原稿をかく。なんだか気乗りがしないので捗取《はかどら》ない（引用文のルビは解説者による。以下同）」とあり、翌十四日にも「原稿をかきつゞけたが、どうも捗取らない」とあって、十五日には「再び原稿をかく。余白があればもう少し十分に書けるのであるが、何分《なにぶん》にも今日が締切りであるから何《ど》うにもならない」と記して、午後「八時ごろに原稿をかき終る。先日来の分をあはせて二十一枚、題は「稲城家の怪事」といふ、すぐに講談社へ郵送」とある。

綺堂はこの作品の出来に満足することができなかったようで、昭和四年（一九二九）になって書き直されることになる。『岡本綺堂日記・続』の昭和四年七月六日に「旧稿「稲城家の怪事」を訂正」とあり、十日に「「稲城家の怪事」の追加五枚をかいたが、思ふやうに筆が進まないので中止」とあって、翌十一日には「「稲城家の怪事」の追加を書きつゞける。陰《くも》つて蒸暑く、頗《すこぶ》る頭の重い日である。（中略）「稲城家の怪事」の追加十三枚をかく。題は「西瓜」と改める」とある。「稲城家の怪事」は、現在、末國善己編『岡本綺堂探偵小説全集　第二巻　大正五年〜昭和二年』（作品社、二〇一二年九月）に収められたので、簡単に読むことができるようになった。

『岡本綺堂探偵小説全集　第二巻』巻末の「編者解説」には、「稲城家の怪事」として発表された前半は、登場人物の名前など細部に手を入れただけで、内容はそのままに「西瓜」に取り込まれ、「三」「四」の部分が新たに書き足されるかたちで訂正されたとある。末國氏は、「西瓜」の発表を昭和七年（一九三二）の「文学時代」二月号としているが、実際に発表されたのは昭和七年の「文学時代」四月号である。「文学時代」に掲載された「西瓜」の冒頭は次のようである。

私は曽て某《ある》雑誌に「稲城家の怪事」といふ物語を書いたことがある。これから語る「西瓜」の話は、前者と一種の関係を繋いでゐるのであるから、前の物語を知らない読者のために、先づその梗概を述べて置く必要があるやうに思はれる。「稲城家の怪事」の顛末はかうである。

これにつづいて、「稲城家の怪事」の話のあらましがごく簡略に述べられるが、「稲城家の怪事」の「追加」部分を語る前に、次のような文章も挟まれていた。


以上が倉沢家の祖先の随筆のうちに記録された「稲城家の怪事」の梗概である。私はM君からその話を聞かされて、成程めづらしい出来事であると思ふがまゝに、その事実に何の潤色も説明も加へず、ありのまゝに記述して某雑誌に掲載すると、それを読んだM君はすぐに私のところへ来た。

「君。あの話を発表するならば、僕に一応相談して呉れゝば好かつた。あれに関聯して、まだ不思議な話があるんだぜ。」

「あの西瓜にまだ後談があるのか。」と、わたしは訊いた。

「後談といふのか何か知らないが、君にも話した通り、僕は静岡の倉沢君の家であの随筆を読まされた。それから後に、又一つの不思議な事が起つたのだ。まあ、不思議な事といふのだらうな。それとも一種の偶然か。それは僕にもよく判らないがね。」

「すると、それは昔のことではなく、君が出逢つた現代の出来事なんだね。」

「さうだ、さうだ。それだから僕もなんだか不思議に思ふのさ。まあ、聴きたまへ。」

M君はしづかに語り出した。以下の物語のうちに「私」とあるのは、M君自身のことゝ思つて貰ひたい。私は単にその談話を筆記したに過ぎないのである。


「西瓜」が発表されたのが、昭和七年（一九三二）四月の「文学時代」であるから、昭和四年七月に「稲城家の怪事」への手入れがおこなわれて、約三年近くもその原稿は篋底《きょうてい》に仕舞われてあったということになる。そして、昭和八年二月に『異妖新篇』がまとめられるにあたって、「西瓜」という題名のもとに、前半の「講談倶楽部」に発表された「稲城家の怪事」の物語が末國氏の指摘にあったように登場人物の名前など細部に手が入れられてもとに戻されて、その後半に「追加」として書かれた部分と合体され、現行のかたちとなったわけである。

綺堂は、新たな物語を着想を得たときに書いておき、急な原稿依頼などに対応するために原稿のストックをいくつか作っておくことにしていたようだ。したがって、原稿執筆と発表の時期が大きくくずれることはさほど珍しいことでもないが、「西瓜」の場合は前半の

「稲城家の怪事」だけでは満足ゆくものではなかったのだろう。時間的に遠い昔の世界ならば、狐が美女に化けようが、人が虎に変身しようが、西瓜が人の首に変わろうが、何が起こっても不思議はない。まして生首を西瓜に見立てることは、江戸時代ならば一般的に行われたことだったようで、末國氏もこの元ネタとして素速斎恒成《そそくさいつねなり》の黄表紙『怪談四更鐘《うしみつのかね》』の一篇をあげている。

しかし、「稲城家の怪事」に語られた話だけでは、たしかにその語り方はうまいと思うものの、ただありきたりの怪異譚にすぎない。作者としては、そこに何かプラスアルファが欲しいと思ったのだろう。それが後半の「西瓜」の追加部分となったと考えられるが、この両者を比べることによって、綺堂が自作に何を求めていたかということも分かる。つまり、単なる「昔のこと」ではない、「現代の出来事」に通じるような、読者に共感をもって迎えられる「単なる偶然とばかりは云ひ得ないやうな」、「一種の神経作用」に働きかける「不思議の暗合」である。

「西瓜」では、群集心理といったものから考えだされた「群衆妄覚」といった心理学めいた怪しい現象がもちだされる。それは、まあ、ご愛敬としても、「世のなかには実際不思議の暗合が沢山あるからね」と、語りだされる因縁話は、読むものに日常の生活に隣接してある不思議な、怪異な世界の存在をのぞかせる。私たちが住んでいる世界は、私たちが知覚できる世界だけで完結しているのではなく、私たちには感知できない不可思議の世界がすぐその隣にあって、ときに私たちに「一種の神経作用」を及ぼす。綺堂の読物空間は、宇宙が私たちが知っているこの宇宙ひとつだけではなく、多元的にいくつか存在していても不思議ではないように、時間と空間とを超絶した世界である。

　このとき、もうひとつの世界との結びつきを「暗合」させるものとして機能する道具に使われるのは、西瓜（「西瓜」）であったり、鏡（「鴛鴦鏡」）であったり、鷲《わし》（「鷲」）であったり、鰻《うなぎ》（「鰻に呪はれた男」）であったり、蟹《かに》（「五色蟹」）であったりするわけである。『異妖新篇』には「怪談コント」として非常に短い三つのコントによって構成されている一篇があるが、この三つのコントには綺堂の妖異譚の特色が凝縮されている。いってみれば、どんなに複雑な現象も、きわめて単純でシンプルな法則によって構成されているように、このとてもシンプルな三つのコントが綺堂作品を読み解くための鍵を与えてくれているようだ。

「怪談コント」の三篇とは、「一　黒蜥蜴」「二　朝鮮の父」「三　涼み台の少女」であるが、まず「涼み台の少女」から見ていこう。これは狢《むじな》が少女に化けて、悪戯をするというものだが、いってみれば、小動物などの異世界との接触である。羽田村で鷲撃ちの役目を負った鉄砲方の話である「鷲」や、なぜだか分からないけれど、文字通りに「鰻に呪はれた男」の話や、河獺《かわうそ》を手なずけながらその河獺から手痛い反逆をうける「深川の老漁夫」、「あばた蟹」と名付けられた美しい五色の蟹に触れたものには祟りがあるという「五色蟹」

など、この系譜の話型に分類される。

「朝鮮の父」は、過去の因縁によって結ばれながら、作品中の本人はその因縁を知らないままに物語が展開し、その物語を動かすファクターが、その因縁によっているのかそうでないのか、読者にも分からないまま、さまざまに偶然な「不思議の暗合」が認められるというもの。綺堂の怪異譚はこうしたパターンによって書かれることが多いが、この話型は必然的に多くの謎をはらむことになる。

その謎解きの方に比重がかけられたときには、おのずから探偵小説となる。当時、探偵小説の傑作が多く掲載された「新青年」に発表された「鴛鴦鏡」には、「一体それは探偵談といふべきものか、怪談といふべきものか、自分にもよく判らない。今日の流行詞でいへば、或は怪奇探偵談とでも云ふべき部類のものであるかも知れない」とある。綺堂の探偵小説の多くが、「怪奇探偵談」たる所以である。

巻頭に掲げられた、過去の因縁から西瓜を食うと祟られるという「一種の神経作用か、さもなくば不思議の暗合」を描いた「西瓜」は、この話型の典型だろう。「鴛鴦鏡」も、二千年も前の漢の時代に制作されたという鏡にまつわる事件を語った因縁話である。が、作者自身も断っているように、探偵小説に仕上げようとしたが、その事件の理窟も判らないままに「怪奇探偵談」になってしまった。「鷲」も、信州と甲州の境にある山中の樟の大樹の鷲の巣から連れだされた乳呑み児だったお蝶のエピソードは、ほとんどそのまま

「朝鮮の父」の話型に重なる。「鷲」はこうした不思議な暗合を示す因縁譚と異世界としての動物譚とが結びついたところに生みだされたものといえる。かつて一度だけ帝劇の廊下で見かけた女学生との奇しき因縁を語る「五色蟹」も、同様に因縁話と動物譚が結びつけられて語りだされている。

「怪談コント」の最初に掲げられた「黒蜥蜴」は不思議な作品である。何やら背筋の寒くなるような、薄気味悪いところがあって、タイトルからすれば、これははじめの小動物などの異世界との接触とかかわる話型とも解釈できるものの、基本的にはもうひとつの世界との接点がモノを介さずに、直接ヒトとかかわることが、この怪談の怖さの原点である。怖いといって、私たちにとって何より怖いのは見知らぬ他者だろう。同じ人間でありながら、何を考えているのか分からない他者の存在は、私たちの神経作用に強く影響をおよぼし、強い恐怖感を喚起させる。

弁護士試験を何度も受験しながら、その度に試験場に「髪の毛の白い女の姿」があらわれて失敗するという「白髪鬼」や、大雪の降りつづいた正月に、旗本の歌留多会に集まった若者たちが、番町の鬼婆横町で雪に埋もれてすわりつづけるひとりの老婆を見たという「妖婆」などは、この話型である。しかも前者では、郷里で弁護士をしている父にうっかり白い髪の女のことを話すと、もう弁護士試験を受けることは止めて、郷里に帰って来いといわれ、父がみずからも弁護士を廃業したというところから、この職業にまつわる過去の因縁が伏在することが仄めかされるけれど、それがどのようなことか明かされない故にいっそう怖さが増している。「妖婆」は、鬼婆横町という何やら怪しい地名と結びつくだけの、何が何やら訳も分からず、ひたすら恐ろしく、ゾッとする話である。

綺堂の読物はこの三つの話型、パターンが組み合わされるところから、さまざまな複雑な物語が生みだされるといってもいい。人間とも動物ともつかず、山中に生息する怪しい生き物を扱った「くろん坊」は、綺堂が得意とした山中奇譚のひとつである。「くろん坊」について「人でもなく、猿でも無く、からだに薄黒い毛が一面に生えて」おり、俗に「黒ん坊」と呼ばれており、「或地方では山男といひ、或地方では山𤢖《やまわろ》といふ」とある。綺堂は大正元年（一九一二）から翌年にかけて「やまと新聞」に長篇「飛驒の怪談」を連載し、人とも獣ともつかない、飛驒の深山に棲息している山𤢖が出没する物語を書いているが、東雅夫は『文豪山怪奇譚　山の怪談名作集』（山と溪谷社、二〇一六年二月）の「編者解説」に、こうした綺堂の山怪の物語が、「山人外伝資料」などの柳田国男の山人論に触発されたものと指摘している。

父親がくろん坊に冗談半分に娘が年頃になったならば嫁にやるから働けという約束から発する悲劇は、飼犬の八房《やつふさ》に敵将安西景連《かげつら》を咬み殺したならば娘の伏姫《ふせひめ》を与えると約束したところから物語がはじまる馬琴の「南総里見八犬伝」から枠組みを借用したものかも知れない。こうした因縁話も絡まりながら、人とも獣ともつかない得体の知れない生き物が、殺されたあとにはその頭蓋骨が松の大木にかかって、どうしてだか分からないけれど、カラカラと鳴りつづける。この作品は「怪談コント」に表現された綺堂の怪異譚の三つの要素が、すべてふくまれているといえる。

「くろん坊」の冒頭には、「このごろ未刊随筆百種のうちの「享和雑記」を読むと、濃州徳山くろん坊の事といふ一項がある」と書き出されている。この作品はこれをネタに換骨《かんこつ》奪胎《だったい》したものだけれど、綺堂の想像力はこんな短いひとつの材料から、たちまち「くろん坊」のような一篇の物語を構築してしまう。最後に、三田村鳶魚《えんぎょ》校訂『未刊随筆百種　第三巻』（米山堂、一九二七年六月）に収録された「享和雑記」から、「濃州徳山くろん坊の事」を引いておこう。両者を読みくらべることによって、綺堂の創作の秘密に少しばかり近づくことができるだろう。

美濃国大垣より北へ行事十里、外山と云処あり、次第に山中へ入れ共是迄は牛馬通ふ也、是よりは弥山道嶮岨にして、登り下り三里の難所を越て根尾に至る、山中に廿七村あり、泉除《イツノキ》川といふあり、昔此辺一面に水溢れ流たりしを岩を切、山を崩して水道を付しより、水落、平地と成し故、其所を泉除川といふとぞ、此川の鮎至て風味よし、鮎の時節には川下外山迄三里の間、七所に簗を掛て鮎をとる事夥しといへ共、献上になるは川上根尾の鮎也、格別に大鮎揃へば也、此山道五里を行て徳の山といふ所に至る、徳山八村三里四方程に跨るといへ共、皆山計り多して平原の地は少し、故に一村の家数五七軒十軒に過ず、その内に本郷と云所は三四町四方も平地ありて民家も多し、此辺の山々皆艾生茂りて夥し、薬艾多く出る、又胡葱《アサツキ》自然と生じ、何程取ても尽る事なし、山葵は至て風味よく価も尊し、里人とりて名護屋大垣桑名へ出す、又楮櫨多き故、紙を漉出ス也、是を業とする者は家居も広く男女廿人計も召仕ふ程の百姓三軒あり、夫より相応の家居多し、深山なる故、雪深く積る事壱丈五六尺は常也、大雪の年は弐丈余積る事あり、此辺田といふはなし、畑あれ共麦とてもよくは実のらず、蕎麦は至てよし、五穀少き故、栗柿椎樫の実の類都て樹の実を以て夫食《ブジキ》とす、四方の山々より心儘に取来貯置て食とするに不足なし、殊更常の食にはトチの実を第一とせり、至て苦き物にて其儘にては食難き故にあくへ漬置、夫を引上て清水にて晒して喰へば至極軽く、甘き物にて風味至てよしといへり、此山中男女とも色白肌濃にして美男美女多し、され共言語かたくなにして美濃の詞に似ず、方言多しとぞ、此所に善兵衛といふ杣人あり、奥山へ入て木を伐出ス事数十年也、然るに其形猴の如くして、大きく、色黒く毛長し、能く立て行事人の如し、又よく人言をなしてあらかじめ人の意を察する事神の如し、もし人有て是を殺さんと欲スれば、先其意を知りて速に遁レ去る故、捕る事能はず、是を黒ん坊と名付く、いつとなく善兵衛に馴て、善兵衛山へ入時は黒坊来り手伝ふ、大に助と成て害をなす事なく、後には善兵衛が宅へも伴ひ来て人の如く働き居る事度々也、然るに此辺に三十歳計の後家あり、容貌うるはしかりければ人々再縁をすゝめけれ共、十歳計の男子有ければ、是に家を継せて其身後見せん迚、更に得心せず、独身にて暮しける、然るに頃日夜更人静りぬれば、夢の如くに人来りて契をこめんと欲する者あり、夢かと思へは現《ウツツ》也しかば、後家甚怖敷、又怪敷事に思ひ咄しける故、村の人々是を見顕さんと物陰に忍びて様子を伺ひぬれば、其夜は来らず、かくて二三日も夜毎に待けれ共、夫ぞと思ふ事もなければ、人々もあきれて止ぬ、人待ざれば彼者来る事例の如し、後家甚難儀に思ひけるが、此家に由縁ありて昔より伝はりし観世音あり、代々大切に致し、又日頃信心せし事なれは、此節の災難救はせたまへと一心に祈りける、其夜の夢に此事、人頼ニては去難し、汝心を定めて決断すべしと、あらたなる霊夢を蒙りし程に、後家も覚悟を極居たる所へ其夜も又彼者来りて怒り怨る事頻りにて、我申事に背く上は汝が日頃大切にする観音を打破り捨んと、已に仏壇より引出したり、此時後家も聢と目覚ける故、隠し置たる鎌にて彼者を切ければ、思ひ寄らずや有けん、大に狼狽して逃去たり、忰は近所を馳廻りてかくと告たりしかば、人々早速集りて其血をしたひ尋行に善兵衛が住居の椽の下へ入、夫より又山の方へ逃行し様子也、是より後彼黒ん坊来る事無し、彼が仕業なるべし、これ玃《ヤマコ》といふ物の類なるべし、玃の事は本草綱目に見へたり、純牡にして牝なし、能く婦女に接して倡をなし、子を生むといふ、美濃飛驒には深山多ければ是等の者も住なるべし、

麦畑はほにあらはれし黒ん坊みのりの為の障りなるべし

初出は以下のとおりである。

異妖新篇
西　瓜　「講談倶楽部」昭和二年一月号（原題「稲城家の怪事」）、
　および「文学時代」昭和七年四月号
鴛鴦鏡　「新青年」昭和四年一月号
白髪鬼　「文藝倶楽部」昭和四年三月号
鷲　「婦人公論」昭和七年九月号
鰻に呪はれた男　「オール讀物」昭和七年一月号
くろん坊　「文藝倶楽部」昭和四年七月号
妖　婆　「文藝倶楽部」昭和三年七月号
深川の老漁夫　「文藝春秋」昭和二年四月号
怪談コント
一　黒蜥蜴　初出誌不詳
二　朝鮮の父　「文藝春秋」昭和四年八月号

三　涼み台の少女　「講談倶楽部」大正十四年七月号
五色蟹　「ポケット」大正九年八月増刊号（原題「呪ひの蟹」）

附　録

S君の話　「人情倶楽部」大正七年四月号
綺堂夜話　「文藝倶楽部」昭和三年九月号

附録の「S君の話」「綺堂夜話」はともに単行本未収録の作品であるが、前者「S君の話」は大正十三年（一九二四）九月号の「婦人公論」に掲げられた座談会「談話交換会」において綺堂が、「宮城野原の怪」として語っている内容とほぼ同じである。「岡本綺堂読物集二」の『青蛙堂鬼談』の解題でも触れておいたが、綺堂はこれに取材するかたちで『青蛙堂鬼談』に収められた「兄妹の魂」を書いている。また「妖婆」の執筆から派生した後者の「綺堂夜話」における後半の「親爺に聞いた話」は、「岡本綺堂読物集三」の『近代異妖篇』に収められた「父の怪談」に語られた話と同じ内容である。綺堂にはこんな風に同一の内容を何度か語り直した作品もある。

著者略歴

岡本綺堂（おかもと　きどう）

一八七二年（明治五）東京生まれ。本名は敬二。元御家人で英国公使館書記の息子として育ち、「東京日日新聞」の見習記者となる。その後さまざまな新聞の劇評を書き、戯曲を執筆。大正時代に入り劇作と著作に専念するようになり、名実ともに新歌舞伎の作者として認められるようになる。一九一七年（大正六）より「文藝倶楽部」に連載を開始した「半七捕物帳」が、江戸情緒あふれる探偵物として大衆の人気を博した。代表作に戯曲『修禅寺物語』『鳥辺山心中』『番町皿屋敷』、小説『三浦老人昔話』『青蛙堂鬼談』『半七捕物帳』など多数。一九三九年（昭和十四）逝去。

編者略歴

千葉俊二（ちば　しゅんじ）

一九四七年生まれ。早稲田大学第一文学部卒業。現在、早稲田大学教育・総合科学学術院教授。著書に『谷崎潤一郎　狐とマゾヒズム』『エリスのえくぼ　森鷗外への試み』（小沢書店）『物語の法則　岡本綺堂と谷崎潤一郎』『物語のモラル　谷崎潤一郎・寺田寅彦など』（青蛙房）ほか。『潤一郎ラビリンス』（中公文庫）全十六巻、『岡本綺堂随筆集』（岩波文庫）、『決定版谷崎潤一郎全集』（中央公論新社）全二十六巻などを編集。

本書は、一九三三年（昭和八）二月に春陽堂から刊行された日本小説文庫『異妖新篇』を底本としました。さらに、「S君の話」と「綺堂夜話」は初出誌を底本としました。

正字を新字にあらためた（一部固有名詞や異体字をのぞく）ほかは、当時の読本の雰囲気を伝えるべく歴史的かなづかいをいかし、踊り字などもそのままとしました。ただし、ふりがなは現代読者の読みやすさを優先して新かなづかいとし、明らかな誤植は修正しました。

底本は総ルビですが、見た目が煩雑であるため略しました。ただし、現代の読者のために、簡単なことばであっても、独特の読み仮名である場合は、極力それをいかしました。

本書に収載された作品には、今日の人権意識からみて不適切と思われる表現が使用されておりますが、本作品が書かれた時代背景、文学的価値、および著者が故人であることを考慮し、発表時のままとしました。

（中公文庫編集部）

中公文庫

異妖新篇《いようしんぺん》

——岡本《おかもと》綺《き》堂《どう》読物《よみもの》集《しゅう》六《ろく》

2018年2月25日　初版発行

著　者　岡本《おかもと》　綺堂《きどう》

発行者　大橋　善光

発行所　中央公論新社

〒100-8152　東京都千代田区大手町1-7-1

電話　販売 03-5299-1730　編集 03-5299-1890

URL http://www.chuko.co.jp/

ＤＴＰ　柳田麻里

印　刷　三晃印刷

製　本　小泉製本

Published by CHUOKORON-SHINSHA, INC.

Printed in Japan　ISBN978-4-12-206539-0 C1193

各書目の下段の数字はＩＳＢＮコードです。978－4－12が省略してあります。

中公文庫既刊より

あ-27-3
名曲決定盤（上）器楽・室内楽篇
あらえびす

クライスラー、エルマンの歴史的名演奏を始め、コルトー、カサルスなど苦心の蒐集盤一万枚をもとに情熱的な筆致で音楽を語る、あらえびす＝野村胡堂の名著。

206131-6

あ-27-4
名曲決定盤（下）声楽・管弦楽篇
あらえびす

トスカニーニ、フルトヴェングラーの交響曲、ソプラノのレーマン、バスのシャリアピン、名盤を聴き抜いた耳と情熱の筆がレコード愛を語る。〈解説〉山崎浩太郎

206147-7

う-9-4
御馳走帖
内田百閒《ひゃっけん》

朝はミルク、昼はもり蕎麦、夜は山海の珍味に舌鼓をうつ百閒先生の、窮乏時代から知友との会食まで食味の楽しみを綴った名随筆。〈解説〉平山三郎

202693-3

う-9-5
ノラや
内田百閒

ある日行方知れずになった野良猫の子ノラと居つきながらも病死したクルツ。二匹の愛猫にまつわる愛情と機知とに満ちた連作14篇。〈解説〉平山三郎

202784-8

う-9-6
一病息災
内田百閒

持病の発作に恐々としつつも医者の目を盗み麦酒をがぶがぶ……。ご存知百閒先生が、己の病、身体、健康について飄々と綴った随筆を集成したアンソロジー。

204220-9

う-9-7
東京焼盡《しょうじん》
内田百閒

空襲に明け暮れる太平洋戦争末期の日々を、文学の目と現実の目をないまぜつつ綴る日録。詩精神あふれる稀有の東京空襲体験記。

204340-4

う-9-11
大貧帳
内田百閒

お金はなくても腹の底はいつも福福である——質屋、借金、原稿料……飄然としたなかに笑いが滲みでる。百鬼園先生独特の諧謔に彩られた貧乏美学エッセイ。

206469-0

各書目の下段の数字はISBNコードです。978-4-12が省略してあります。

た-30-18
春琴抄・吉野葛 谷崎潤一郎

美貌と才気に恵まれた盲目の地唄の師匠春琴。その弟子佐助は献身と愛ゆえに自らも盲目となる――代表作『春琴抄』と『吉野葛』を収録。〈解説〉河野多恵子

201290-5

た-30-28
文章読本 谷崎潤一郎

正しく文学作品を鑑賞し、美しい文章を書こうと願うすべての人の必読書。文章入門としてだけでなく文豪の豊かな経験談でもある。〈解説〉吉行淳之介

202535-6

た-30-50
少将滋幹《しげもと》の母 谷崎潤一郎

母を恋い慕う幼い滋幹は、宮中奥深く権力者に囲われた母の元に通う。平安文学に材をとった谷崎文学の傑作。小倉遊亀による挿画完全収載。〈解説〉千葉俊二

204664-1

お-78-1
三浦老人昔話 岡本綺堂読物集一 岡本綺堂

死んでもいいから背中に刺青を入れてくれと懇願する若者、置いてけ堀の怪談――岡っ引き半七の友人、三浦老人が語る奇譚の数々。〈解題〉千葉俊二

205660-2

お-78-2
青蛙堂鬼談《せいあどうきだん》 岡本綺堂読物集二 岡本綺堂

夜ごと人間の血を舐る一本足の美女、蝦蟇に祈禱をするうら若き妻、夜店で買った猿の面をめぐる怪異――暗闇に蠢く幽鬼と妖魔の物語。〈解題〉千葉俊二

205710-4

お-78-3
近代異妖篇 岡本綺堂読物集三 岡本綺堂

人をひとり殺してきたと告白する藝妓のはなし、影を踏まれるのを怖がる娘のはなしなど、江戸から大正期にかけてのふしぎな話を集めた。〈解題〉千葉俊二

205781-4

お-78-4
探偵夜話 岡本綺堂読物集四 岡本綺堂

死んだ筈の将校が生き返った話、山窩の娘の抱いた哀切な秘密、駆落ち相手を残して変死した男の話など、探偵趣味の横溢する奇譚集。〈解題〉千葉俊二

205856-9

お-78-5
今古探偵十話 岡本綺堂読物集五 岡本綺堂

中国を舞台にした義俠心あふれる美貌の女傑の話、新聞記事に心をさいなまれてゆく娘の悲劇「慈悲心鳥」など、好評「探偵夜話」の続篇。〈解題〉千葉俊二

205968-9